LA ROSE ET LE LILAS

Jean Anglade

LA ROSE ET LE LILAS

Roman
suivi d'une nouvelle

LE ROI DES FOUGÈRES

LE GRAND LIVRE DU MOIS

A Rose Combe,
garde-barrière et romancière,
auteur du Mile des Garret*,*
cette histoire qui aurait
pu être la sienne.
A ma femme, Marie Ombret,
qui n'a pas eu le temps de
lire ce roman.

Quel orgueil d'être seul, les mains contre son front,
A noter des vers doux comme un accord de lyre
Et, songeant à la mort prochaine, de se dire :
Peut-être que j'écris des choses qui vivront.

Georges Rodenbach, *Veillée de gloire*

Sur la ligne qui va de Vichy au Puy en passant par Ambert et La Chaise-Dieu, Rose Combe occupait ses loisirs de garde-barrière à composer, entre deux trains, le roman d'un enfant sans famille, *Le Mile des Garret*. Encouragée par Henri Pourrat et Alexandre Vialatte. Elle eut à peine le temps de le voir sortir des presses en 1931 et mourut l'année suivante.

En dehors de ce peu, j'ignore tout d'une si étonnante femme de lettres, disparue à l'âge de quarante-neuf ans. Inspiré par son destin, j'ai voulu raconter ici la vie de Rose Malartre, son double en écriture, en emploi ferroviaire et en prénom. Lui attribuant toutefois une personnalité, une famille, des amitiés et relations, une résidence géographique indépendantes, puisées dans mon imagination ou mon expérience propre. Car, comme dans d'autres, plusieurs pages de mon roman à moi ont un caractère autobiographique, mes amis les reconnaîtront. Inutile de vouloir attribuer ou refuser à la copie ce qui appartenait ou n'appartenait pas au modèle, et de chercher à susciter une nouvelle guerre des Deux-Roses. Plutôt qu'une histoire authentique, bourrée de dates, de notes et de détails incontestables, j'ai préféré une histoire inventée, sachant bien qu'elle passerait nécessairement par moi-même.

Qu'on se contente donc de savourer la fraîcheur et l'émotion toujours, souvent la drôlerie de Rose Malartre et de son roman écrit à l'encre violette sur un cahier d'écolier.

J.A.

1

La voiture était chargée à pleines ridelles. Ses pauvres meubles, démontés, déchevillés, n'avaient plus figure humaine. Quelques provisions de bouche : elle n'allait pas se confiner dans un désert sans emporter des pommes de terre — ces bleues qui faisaient de si bonnes fricassées —, des carottes, des betteraves rouges, des choux-raves à la chair dorée. La cage des trois poules : comment accepteraient-elles leur nouvelle résidence qu'aucun chant de coq ne viendrait ensoleiller ? La lapine prête à mettre bas. Raymond Malartre, le beau-frère, accompagnait le déménagement et menait le cheval.

Rose embrassa Jeanne, sa belle-mère.

— Attends ! dit celle-ci. Je veux te donner un souvenir de notre maison. Tu le planteras devant la porte. Il te rappellera notre pauvre Etienne.

Elle entra dans son jardin, munie d'une bêche à dents, et rapporta un pied de lilas.

— Il ne fleurira peut-être pas au prochain printemps. Mais l'année d'après tu auras ses premières grappes. C'est un lilas rose. Vous serez roses tous les deux.

Le moment des adieux fut assez mouillé. Les femmes se tinrent longtemps embrassées, n'arrivant pas à se séparer. Pourtant, d'Espeytavi à Saint-Georges-Gare, il n'y avait en ligne droite qu'une lieue, en criant fort elles auraient pu se parler sans téléphone.

— On y va ! lança Raymond en faisant claquer son fouet aux oreilles du cheval.

La bête s'ébranla, faisant plic-ploc sur la route caillouteuse. Au nord, celle-ci se rendait à Paulhaguet, connue pour sa tuilerie ; au sud, elle partait vers l'Allier et Langeac, fief du marquis de La Fayette. Assise sur le siège à côté de son beau-frère, Rose regardait passer les arbres, les haies, les champs où les blés d'automne levaient leurs innombrables index verts. Elle songeait au malheureux Etienne victime de la route, les larmes coulaient sur ses joues brunes. Raymond faisait mine de ne rien voir ; pour donner le change, il parlait au cheval.

Ils traversèrent Couteuges, prirent à main droite, longèrent la voie de chemin de fer, passèrent sous le pont, atteignirent la gare de Saint-Georges-d'Aurac. Rose savait qu'à partir de ce point la ligne se partageait en deux branches. L'une tournait au levant pour courir vers le Puy ; l'autre gardait la direction nord-sud, remontait le cours de l'Allier, desservait Langogne, plus loin Alès, Montpellier, Béziers. Des villes où elle n'irait jamais, mais dont elle connaissait les noms et les traits particuliers grâce à l'enseignement qu'elle avait reçu à Villeneuve de madame Merley. Car elle était née à Montgieux, un hameau de six fermes au-dessus de Villeneuve-d'Allier. Elle en descendait enfant chaque matin par un sentier de chèvres, emportant dans une musette une gamelle de soupe, une tranche de pain et une de fromage, son repas de midi. Excepté le jeudi. Excepté les mois de juin et de juillet parce que ses parents la louaient à des fermes voisines pour garder les vaches au pré. Et malgré cette assiduité biscornue, elle avait obtenu le certificat d'études primaires élémentaires en juillet 1897. Avec le rang numéro 1 dans le canton. Ce qui avait humilié plusieurs familles cossues de Saint-Ilpize et de Lavoûte-Chilhac. Rose pensait à ces choses lointaines pendant que le cheval, devant elle, remuait son gros derrière et lâchait des crottins parfumés.

Ils arrivèrent au passage à niveau où se croisaient la ligne du Puy et la nationale 56. Traversant la voie unique, la voiture vint se ranger aussi près qu'elle le put de la maison présentement inhabitée, où seul un employé à casquette marquée *PLM*, monté de Saint-Georges, assurait le service des barrières en attendant l'arrivée de la nouvelle gardienne. Petit bâtiment de brique rouge, pareil à toutes les maisonnettes de la compagnie. Il se trouvait au milieu d'un bassin légèrement incliné en direction de l'Allier, que les gens du pays appellent « la plaine d'Aurac ». Une terre riche et profonde, à en croire les récoltes, le blé d'automne déjà haut et dru, le colza déjà vert qui produirait l'« huile de rave » si belle et si bonne en salade, si éclairante dans les chaleils. Autour de cette plaine, des remparts de montagnes au loin faisaient cercle : la Margeride au couchant, que dominait le puy du Roy ; au sud, le Mézenc et le Mégal ; au nord, les plateaux de Craponne et d'Altyre.

Raymond attacha le cheval au montant de la barrière. Celle-ci était de la catégorie oscillante, il fallait l'élever et l'abaisser au moyen d'une manivelle ; un portillon la complétait, à l'usage des piétons.

L'employé à casquette prêta la main au transport des meubles et à leur installation. Le logis comprenait une cuisine, une grande chambre et un galetas auquel on accédait par une échelle de fer extérieure. Pas de souillarde pour recueillir les eaux usées ; il faudrait les jeter dans le caniveau de la voie. Pas de cabinet hygiénique non plus : une cabane de planches y suppléait au fond du jardin. Chaque objet transporté remuait Rose d'une émotion, lui rappelant d'où elle provenait. La table et les chaises de paille, cadeaux de ses parents. La nappe, les serviettes, les rideaux, cadeaux de sa belle-mère, autrefois de profession « leveuse de dentelles ». Le rosaire en noyaux d'olive de sa grand-mère, après un pèlerinage au Puy-Sainte-Marie. La vaisselle, cadeau de diverses cousines à l'occasion de son mariage. La pendule achetée à Langeac, chez Lotiron. Le portrait agrandi de son homme, en uniforme de chasseur alpin. Celui de Notre-Dame-de-France, au Puy, avec sur le bras droit son Enfant bénissant la ville de sa petite main. Les coiffes à rubans moirés, cadeaux de ses tantes de Pinols. Toutes ces choses étaient des marques d'amour.

Elle chercha et trouva une bonne place pour le lilas : devant la maisonnette, face à la voie ferrée. Lorsqu'il produirait ses grappes, les voyageurs des trains pourraient le voir et s'écrier : « Quel beau lilas ! »

Quand elle voulut arroser le plant, se posa la question de l'eau.

— Vous avez un puits près du chemin qui va d'un Saint-Georges à l'autre, répondit l'employé. C'est à vingt pas d'ici.

Les deux Saint-Georges s'appelaient Saint-Georges-Gare et Saint-Georges-d'Aurac. Le PLM lui remettait la maison telle que l'occupante antérieure l'avait laissée, sans prendre la peine d'en rafraîchir les badigeons. Les tableaux enlevés avaient laissé aux murs des rectangles plus clairs. Oserait-elle se plaindre, victime de la route, que la compagnie ferrée avait recueillie ?

— Tu seras richement logée ! dit Raymond.

— Et si je reçois mes enfants ? demanda-t-elle à l'employé.

— Quel âge ont-ils ?

— Eugénie, vingt ans. Elle est en service chez un notaire de Langeac. Simon en a dix-neuf. Il travaille à la tuilerie de Paulhaguet.

— Vous avez une grande chambre. Et vous pourrez aussi les faire coucher au galetas. On y monte par l'échelle extérieure.

Il expliqua le fonctionnement des barrières.

— Quand la sonnette grelotte, si vous voyez venir une voiture, fermez d'abord la barrière qui lui fait face. A l'inverse, après le passage du train, ouvrez d'abord la barrière la plus éloignée.

— Et s'il vient du monde des deux côtés en même temps ?

— Dans ce cas, vous vous partagez en deux comme une poire : une moitié pour l'un, une moitié pour l'autre.

L'employé était un farceur. Mais il expliquait bien. Il montra le levier qu'elle devrait tirer juste après le passage de chaque convoi afin d'avertir, selon le sens de sa marche, la gare suivante.

Un cas exceptionnel : le passage à niveau se trouvait encombré par une voiture en panne sans possibilité de dégagement immédiat. Rose devait courir au-devant du train annoncé, disposer sur la voie deux pétards que la locomotive ferait exploser, le mécanicien renverserait la vapeur.

— Si le train roule à soixante à l'heure, il lui faut trois cents mètres pour s'arrêter. Vous devrez donc courir à son devant d'au moins trois cents mètres. Il vous est recommandé de ne jamais chausser des sabots, mais des sandales légères. Pourtant, rassurez-vous ! Ce genre d'accident n'arrive presque jamais. De toute ma vie, je ne l'ai vu que deux fois.

— Il y a eu des morts ?

— Oui, des vaches. Pas de personnes.

En elle-même, elle se sentit terrifiée à l'idée de ce malheur possible dont elle pourrait être tenue pour responsable. Elle espéra que Notre-Dame-de-France l'en protégerait.

A midi, ils dînèrent tous les trois avec les provisions de Jeanne : de l'omelette froide, du saucisson, du fromage. Les autres jours, Rose pourrait faire de la cuisine chaude, le bûcher contenait encore une réserve de bois. Il ne restait qu'à scier les bûches en tronçons de bonne longueur, elle demanderait à son fils Simon de s'en charger lorsqu'il viendrait lui rendre visite.

L'employé coucha sur le papier la liste des trains qui devaient passer chaque jour dans un sens ou dans l'autre. Trains de voyageurs, trains de marchandises, trains mixtes. Le premier à 4 h 12 du matin en direction de Langeac. Le second à 6 h 8 vers Clermont. Le troisième à 7 h 17 vers Langeac encore. Et ainsi de suite. En moyenne, toutes les quatre-vingt-dix minutes, jusqu'à 10 h 30 du soir. Au total, une dizaine de passages. Chacun lui prendrait quinze minutes en comptant les attentes. Sur les vingt-quatre heures de la journée, le PLM laisserait donc à sa disposition les neuf dixièmes de son temps.

— Vous êtes une sacrée veinarde ! confirma l'employé. Logement gratuit et deux heures et demie de besogne quotidienne. C'est presque aussi bien qu'une existence de curé. Sauf qu'il peut être appelé par un malade à tout moment du jour ou de la nuit. Comment occuperez-vous votre temps ?

— A préparer mes repas, à cultiver le jardin, à soigner mes animaux. Et à faire de la dentelle.

— En tout cas, ne manquez aucun passage de train. Vous pouvez même en avoir d'exceptionnels, on vous prévient par téléphone. Si vous en manquiez un seul, vous seriez immédiatement congédiée.

— Je n'en manquerai point.

Il fallut plus de la journée pour trouver à chaque objet une place provisoire. Le cheval se reput de l'herbe environnante. L'employé les quitta avant la nuit. Elle fit une soupe d'oignon et de pain qu'elle consomma avec Raymond, face à face, presque sans parler. Ils n'avaient pas grand-chose à se dire. Avant de se séparer, un genou sur la paille d'une chaise, ils récitèrent un *Je vous salue*, un *Notre Père* et la prière des morts en l'honneur d'Etienne. Puis ils se souhaitèrent la bonne nuit. Le beau-frère sortit, elle entendit ses souliers gravir l'échelle de fer. Chacun dormit sur une paillasse remplie de feuilles de frêne séchées, d'où émanait un parfum de tisane. Elle tomba dans le sommeil comme dans un puits, morte de fatigue.

Mais elle avait précédemment monté son réveil, réglé la sonnerie sur quatre heures moins le quart. Quand le grelin la réveilla, elle s'assit sur sa couche, ne comprenant pas dans ce noir où elle se trouvait. Mais très vite les odeurs de la maison lui remirent les idées en place. Cela sentait d'abord le pétrole, en réserve dans une bonbonne, pour allumer éventuellement les lanternes d'alarme. Et aussi la fumée des locomotives, dont le poivre imprégnait les murs, les plafonds, les planchers.

Quatre heures moins dix. Elle eut juste le temps d'enfiler sa jupe noire, de se couvrir les épaules d'un fichu, de courir vers les manivelles, d'abaisser l'une après l'autre les barrières oscillantes. Un vent froid venait de Couteuges. Puis ce fut le grelottement annonçant que le train quittait Saint-Georges-Gare. Elle l'entendit accourir du fond de la nuit noire. Quatre minutes plus tard, elle distingua ses lampes comme deux yeux lumineux. Il passa dans un grand vacarme, environné de vapeur, lâchant un coup de sifflet pour la saluer. C'était un convoi de marchandises ; les wagons sans lumières avaient quelque chose de fantomatique. Vint enfin la lanterne de queue, dont le feu rouge fondit au loin. Elle remanœuvra les manivelles, releva les barrières, se demandant si cette besogne était bien utile : quelle voiture, quel charroi pouvait avoir l'idée de traverser le passage à niveau à une heure pareille ? Puisqu'on l'avait comparée à un prêtre, elle se sentait proche du curé qui dit sa première messe dans une église vide et lance aux bancs et aux chaises ses bénédictions.

— Qu'est-ce que tu fais maintenant ? se demanda-t-elle à voix haute, car elle avait l'habitude de se parler comme à une autre personne.

Elle disposait de deux heures avant le passage suivant. Elle régla la sonnerie de son réveil à 5 h 45 et regagna son lit encore chaud.

— Essaye de te rendormir, se recommanda-t-elle.

Mais à peine fut-elle recouchée qu'elle repensa au pauvre Etienne. C'était le vrai moyen pour ne pas fermer l'œil. Dans quelques jours, la neige allait tomber. Elle fut contente de savoir son homme dans la terre de Saint-Arcons. A l'abri de l'eau, du vent, du froid sur la pente ensoleillée. Il était originaire de cette petite commune qui domine l'Allier. Au-dessus de l'église, le cimetière, avec ses croix disparates, ses bosses et ses creux, était si joli que des peintres professionnels venaient de Paris ou même de l'étranger pour le représenter sur leurs toiles. Les Malartre y avaient leur concession depuis plus d'un siècle. Il n'avait pas été question d'enfouir Etienne ailleurs que parmi les restes de ses ancêtres. De là-haut, les pieds bien au sec, il voyait chaque matin le soleil se lever derrière Montagnac. Lui non plus n'était guère à plaindre.

Qui aurait jamais cru qu'un farceur de cette espèce était destiné à une telle fin ? Cantonnier départemental de Chanteuges, il entretenait les routes et chemins sans casser le manche d'aucune pioche. On ne le voyait jamais seul, mais toujours en compagnie de sa brouette. Elle faisait partie de son emploi, et pour ainsi dire de sa personne, au même titre que ses sabots ou son chapeau. Elle témoignait de sa présence sur tel ou tel chantier, même s'il devait provisoirement s'en écarter. Si son absence devait durer, il laissait visiblement à l'intention de son chef Vignal un des deux cartons qu'il avait préparés : *Je reviens dans cinq minutes*. Ou : *Je suis allé poser culotte*. Par bonheur, le chef passait rarement et ne se rendait pas compte de ces disparitions. Une seule fois, au retour d'une visite qu'il avait faite à une certaine citoyenne qui avait du goût pour ses moustaches, Etienne avait à son retour trouvé Vignal, son oignon à la main :

— C'est ce que tu appelles cinq minutes ? Moi, j'en ai compté trente, sans parler de celles qui s'étaient écoulées avant ma venue.

— J'ai eu des ennuis.

— Quel genre ?

— Me suis pris le pied dans un piège à renard. J'ai eu le plus grand mal à m'en défaire.

Le chef secoua la tête, ne croyant pas un mot de cette explication. Mais il connaissait Malartre depuis longtemps et se contenta d'une recommandation :

— Méfie-toi des pièges. Si un jour j'accompagne l'agent voyer et qu'on ne trouve ici que ta brouette, il pourrait t'en cuire.

Le cantonnier reprit sa pelle, se remit à curer les fossés. Il aimait à dire à ses copains :

— Je ne veux aucun mal à Vignal. Je le respecte beaucoup. Mais s'il venait à crever, c'est probablement moi qui prendrais sa place.

Et c'est le contraire qui arriva.

2

Rose était fille d'un ouvrier agricole, Francis Borel, qui peinait à nourrir sa femme, sa belle-mère et ses deux enfants. Par bonheur, l'un d'eux mourut en bas âge. Par malheur, c'était le garçon, celui qui aurait pu rapporter des salaires en grandissant. La vie est ainsi faite de chances et de malchances. Rose adorait mémé Lalie, sa seule grand-mère, dont elle était aussi la seule petite-fille, bien qu'elle eût donné le jour à sept drôles ou drôlettes. Tous dispersés dans le département de la Haute-Bique (comme disaient ces moqueurs d'Auvergnats) ou dans les départements voisins : mineurs à Saint-Etienne, tonneliers à Bordeaux, scieurs de long en Champagne, servantes ou épouses loin de Montgieux. Delphine, femme de Francis, du moins était restée pour protéger ses vieux jours et soigner ses vieux membres.

Lalie ne parlait guère que le patois. Les seuls mots français qu'elle connût étaient ceux des prières, plus ou moins estropiés : *Nom du Pè, du Fi, du Cinq-Esprit, Si soit-y*. Mais que d'histoires, que de chansons, que de devinettes elle connaissait ! Son jeu préféré consistait à asseoir Rose sur ses genoux, à lui prendre une main, la paume en l'air, à secouer chaque doigt l'un après l'autre en récitant :

Athy po kèlo plonèto
Y possè ino lebrèto...

Ici sur cette petite plaine
Est passée une levrette.
Celui-ci [le pouce] l'a vue.
Celui-ci [l'index] l'a saisie,
Celui-ci [le médius] l'a cuisinée,
Celui-ci [l'annulaire] l'a mangée ;
Et celui-ci [l'auriculaire] de crier :
Ouah ! ouah ! ouah ! ouah ! ouah !
Reste rien pour moi !

Et toutes deux de rire comme des bossus.

Delphine régnait sur quelques chèvres. Borel mettait ses bras au service de fermiers qui l'embauchaient pour la fauche, la moisson ou le bûcheronnage. Un mois par-ci, un mois par-là. En septembre-octobre, les vendanges l'employaient plusieurs semaines. Depuis Langeac jusqu'à Lavaudieu, l'Allier se tortillait au fond d'une gorge dont les pentes étaient arrangées en terrasses où prospérait la vigne. Elle donnait un vin un peu sec, un peu raide, mais qui trouvait preneur sur place, dans les familles et les nombreux cabarets sous le nom de « vin de la Ribeyre ». Le phylloxéra lui avait causé de grands torts. Les habitants du lieu se voyaient déjà condamnés à boire de l'eau, ce liquide bizarre qui en été rafraîchit mais ne désaltère pas. Par bonheur, on avait remplacé les anciennes souches par des plants nouveaux, les vignes avaient ressuscité.

Borel passait le reste de l'année à cueillir des champignons, à braconner dans les bois, à pêcher dans l'Allier, à ramasser des escargots. Les restaurants des alentours voulaient bien prendre ses récoltes, pour pas trop cher. Les trois femmes faisaient de la dentelle.

Leur *carreau* était une petite caisse carrée (d'où son nom) en bois de pin. Recouverte de velours, elle avait un peu la forme d'un pupitre. Ou mieux : d'une machine à écrire. L'illusion se trouvait accentuée par le cliquetis des fuseaux de buis ou d'os qui rappelait celui d'un clavier. Les dentellières — ou *denteleuses* — aimaient à chamarrer leur métier de rubans de soie, de fleurettes, d'images pieuses qui représentaient la Vierge Marie ou Jean-François Régis leur saint patron. Une autre chose enjolivait le carreau : les épingles qui fixaient les points sur les cartons (fournis par le fabricant) et assuraient le croisement des fils. Chacune avait une tête en cuivre, en laiton ou en verre de couleur.

Ces dames se réunissaient à la belle saison en plein air sous un arbre ; en hiver, autour de la boule de veillée qui les éclairait à bon compte. Il s'agissait d'une carafe ronde de la grosseur de deux poings, pleine d'eau de pluie (la plus transparente) ; elle répandait et multipliait les rayons du chaleil, la petite lampe à huile. Certaines jeunes mères apportaient le berceau de leur dernier-né qu'elles balançaient du pied en travaillant des mains. Et toutes travaillaient bien de la langue. Elles se rapportaient les nouvelles et les cancans qu'elles avaient recueillis au marché ou au sortir de l'église. Elles s'annonçaient les mariages, les naissances, les maladies, les décès. Elles se racontaient quelquefois des histoires tellement raides qu'il valait mieux les réserver aux jours où elles se trouvaient entre femmes mariées, bien avisées, hors la présence de fillettes. Ainsi celle que Rose Borel eut l'occasion d'entendre beaucoup plus tard, en 1902, juste avant d'épouser Malartre. Ce jour-là, Annette Philippon, une veuve très dégourdie, apprenant que Rose allait devenir madame, se mit à vouloir lui donner des leçons :

— Sais-tu au moins ce que les maris font à leur femme pendant la nuit de noces ?

— Je le sais bien un peu, répondit Rose en devenant pivoine jusqu'aux oreilles.

— Un peu seulement ?... Tu n'es pas au moins comme cette innocente voisine que j'ai connue dans les temps à Chilhac ? Moi, j'étais déjà au courant de tout. Elle de rien, parce que sa mère, sourde-muette, ne le lui avait pas expliqué. Je la trouve donc le lendemain de la noce, encore toute dépeignée, je lui demande : « Alors, cette nuit, ça s'est bien passé ? Le mari a été gentil ? — Ne m'en parle pas, qu'elle me répond. D'abord, il a entrepris de me chatouiller. Ensuite, il lui est poussé tout à coup une espèce de corne. Il m'a sauté dessus. Si j'avais pas eu le trou de la pissarotte, il m'éventrait ! »

Et toutes les dentellières de se pâmer de rire sur leur carreau.

Pour ce qui est de Rose, elle n'avait reçu de sa nuit de noces aucune surprise, ni agréable, ni désagréable.

Comment avait-elle connu Etienne Malartre ? Je le raconte. A Villeneuve, elle avait pour institutrice madame Isménie Merley qui enseignait les filles au premier étage, tandis que monsieur Merley s'occupait des garçons au rez-de-chaussée. Elle ne fréquenta l'école qu'à partir de sept ans, à cause du long et rude chemin qui reliait Montgieux à Villeneuve-d'Allier. Néanmoins, elle devint très vite la meilleure élève de la classe. Et cela dans toutes les matières. Mais, à mesure qu'elle gravissait les divisions, elle montrait un goût passionné pour les textes littéraires. Si bien qu'à treize ans et demi, non seulement elle obtint le certificat d'études primaires élémentaires, mais fut reçue la première du canton.

— Parbleu ! disaient les jaloux. Elle n'a aucun mérite : elle est aussi la plus vieille ! Elle a quasiment l'âge du mariage !

L'école n'avait rien de commun avec celle qu'Isménie avait connue aux Estables au début de sa carrière et dont on parlera plus loin. Etablie au bord de la route qui épouse les tortillements de l'Allier, elle était bâtie, comme la plupart des maisons de Villeneuve, de solides pierres schisteuses, feuilletées comme des livres, avec des angulaires de granit. Une treille ornait sa façade, bleuie par le sulfate de cuivre. Pas de cour de récréation. Les enfants jouaient sur la route où ne passaient que des chars à vaches, rarement un cheval, un âne ou un mulet. Les toits de chaume du bourg cédaient de plus en plus la place aux tuiles romaines. Plusieurs commerces, un hôtel du Pont (justifié par le pont suspendu qui conduit à Saint-Ilpize), des artisans, des cabarets, des fermes, des abreuvoirs, des jardins. L'église Notre-Dame-de-la-Nativité, en contrebas, remarquable par son clocher pointu, semble vouloir tremper ses pieds dans la rivière. Sa fête, le 8 septembre, attire beaucoup de monde. Le tout donnait une impression d'aisance et d'activité.

Une année encore après le certif, Rose resta au cours supérieur sous la dépendance de monsieur Merley. Celui-ci lui prêtait des livres tirés de sa bibliothèque personnelle. Rose se nourrissait de George Sand, de René Bazin, de Gustave Flaubert, d'Alphonse Daudet. Et même de poètes à la mode en cette fin du dix-neuvième siècle, Henri Chantavoine, Albert Samain, Sully Prudhomme, Théodore de Banville. Mais elle les lisait clandestinement en gardant les chèvres de sa mère, parce que Borel détestait les livres qui ne sont bons qu'à vous gâter l'esprit et à vous faire perdre votre temps. S'il ne lui imposait pas de denteller pendant cette garde, vu que le carreau exige une absolue immobilité des genoux, du moins lui commandait-il de repriser les bas, les chaussettes, les maillots.

Elle rêvait de devenir institutrice, comme Isménie. A tel point que cette dernière décida un jeudi de gravir le chemin abrupt afin d'en parler à Borel. Elle fut assez mal reçue, malgré les compliments dont elle couvrit sa « meilleure élève ».

— Qu'est-ce que vous voulez que ça me fasse ? répliqua le père. Pour garder les chèvres ou les cochons, on n'a pas besoin de savoir lire. Moi, je ne sais ni *a* ni *b*. Et je vis quand même.

— Justement, elle pourrait mieux vivre. Et vous aider avec l'argent qu'elle gagnerait.

— C'est ce qu'elle fait quand je la loue dans les fermes.

— Elle serait institutrice comme moi.

— Institutrice ? Et combien que vous gagnez ?

— Soixante francs par mois. Avec un logement gratuit.

— Soixante francs ? Ça fait combien ?

Il comptait encore dans la monnaie ancienne.

— Six pistoles, traduisit-elle. Au commencement, on touche un peu moins. A la fin, un peu plus. Et quand on atteint cinquante-cinq ans d'âge, on part à la retraite avec une bonne pension.

— A la retraite ?

— Ça veut dire qu'on ne travaille plus. On est payé sans travailler.

Il se gratta le front, signe qu'il réfléchissait. Puis il lâcha :

— D'accord. Je vous la confie. Apprenez-lui ce qu'il faut et rendez-la-moi maîtresse d'école.

— Hé ! Les choses ne se font pas si vite. Elle doit entrer à l'école normale de Vals, y rester trois ans. Cela vous demandera des sacrifices pour son trousseau, ses livres, ses voyages.

— Qu'est-ce que vous appelez des sacrifices ?

— L'argent nécessaire pour payer tout ça.

— J'ai pas d'argent à lui donner. C'est elle qui m'en rapporte ici, juste de quoi acheter le pain qu'elle mange. Nous sommes des misérables.

Pas si misérables qu'il prétendait. Rose connaissait l'existence d'une bourse de cuir, fermée par un lacet, dans laquelle il ajoutait de loin en loin, au retour de ses campagnes, quelques pièces d'argent ou de bronze. A l'effigie de la Semeuse ou de Badinguet, si bien que l'ancien Empire et la République s'y faisaient des embrassades. On ne sait pourquoi, Borel avait baptisé cette bourse Ernestine. Comme il n'avait confiance en personne, il la promenait d'un endroit à l'autre, tantôt dans la cave, tantôt dans le grenier, tantôt dans la chèvrerie. Lorsque Rose le surprenait en train de fouiller les trous des murailles ou le dessous des meubles en grommelant des jurons parce qu'il ne se souvenait plus bien de la cachette, elle l'entendait dire :

— Où es-tu passée, garce d'Ernestine ?

Ils n'étaient donc pas des misérables complets. Borel refusa très sèchement ce projet d'école normale qui exigeait des sacrifices. Madame Merley resta un moment songeuse. Pour en venir à cette proposition inattendue :

— Il serait bien dommage que votre fille n'aille pas à Vals. Si elle est reçue au concours, je pense pouvoir l'aider à constituer son trousseau, à acheter les livres. J'ai un ami libraire. Si vous me l'envoyez une année de plus — jusqu'à sa quinzième — le jeudi matin je la préparerai au concours.

Borel secouait la tête, mal convaincu. Pourquoi cette Merley tenait-elle tant à faire de sa fille une institutrice ?

— Trois ans à Vals ? se fit-il répéter. Trois ans qu'on pourra pas la louer ?

— Ensuite, elle gagnera soixante francs par mois.

Elle finit tout de même par persuader ce vieux grigou. Delphine, la mère, n'eut pas un mot à dire, Borel commandait sur tout son univers comme Dieu sur le sien.

Rose commença donc l'année 97-98 en descendant à Villeneuve un matin par semaine. Pendant quatre heures, madame Merley la bourrait de tout ce qu'on doit savoir pour préparer Vals. Avec cependant des récréations au cours desquelles Isménie se répandait en confidences et en souvenirs, racontant par exemple comment elle avait débuté sa carrière aux Estables, le bourg le plus haut du Massif central, entre le mont d'Alambre et le Mézenc :

— Le Mézenc est à la fois un sommet (1 754 mètres au-dessus de la mer et bien davantage au-dessus des inquiétudes humaines) et un massif volcanique que les Constituants de 1790 eurent la sagesse de répartir entre deux départements : la Haute-Loire et les Sources-de-la-Loire, devenues plus tard l'Ardèche. De sorte que leur limite passe exactement par la Croix de Boutières et par la Croix de Peccata, dressée récemment pour la rédemption de nos péchés. A l'origine, le village des Estables fut sans doute composé uniquement d'étables. Puis, sans doute, une poignée d'hommes intrépides décida de s'y installer. Ils y furent quarante, puis cent, puis un millier. Quand j'y fus nommée, l'école était effectivement une ancienne étable dans une ferme vidée par la mort de ses habitants. Le sol était pavé de pierres disparates. Des poutres rondes, formées de troncs de sapin, soutenaient un plancher assez bas dans lequel on voyait encore les trappes d'où tombait naguère dans les mangeoires le foin de la fenière. Le mobilier ? De longues tables à six places, avec six trous pour recevoir les encriers de porcelaine. Chacune s'accompagnait d'un banc sans dossier. Les élèves s'appuyaient à la table de derrière. Ceux qui occupaient la table du fond n'avaient rien pour s'adosser, ils devenaient bossus. Pour les nécessités corporelles, l'ancien poulailler avait été aménagé en cabinets. C'est-à-dire qu'on avait creusé une fosse profonde sur quoi étaient disposées des passerelles de planches. Arrivée au milieu de ce pont, tu devais tirer la porte derrière toi, mettre le crochet, t'accroupir pour laisser tomber tes matières dans le dépôt qui y était déjà et qu'on voyait grouiller au-dessous, plein de vers énormes. Une corde pendait du plafond à laquelle tu pouvais te cramponner pour ne pas choir dans le cloaque. Je te laisse imaginer l'odeur. Si bien que beaucoup d'élèves préféraient sortir de la maison et aller se soulager dans les champs environnants, à l'abri des haies. Chez eux, à la ferme, ils ne disposaient d'ailleurs d'aucune commodité. Si ce n'est l'étable, derrière les vaches, en s'arrangeant pour ne pas y rencontrer quelqu'un de la famille déjà en place. Autrement, la campagne les accueillait. Ils appelaient ces nécessités « aller dehors ». Quand un de mes loupiots voulait se rendre aux cabinets, il levait le doigt : « M'zelle ! Je peux aller dehors ? » Il m'a été dit que l'un d'eux, racontant à ses parents l'usage qu'on avait fait de l'ancien poulailler, avait expliqué : « A l'école, on va dehors dedans. »

Après les Estables, Isménie avait été nommée à Monastier-sur-Gazeille, en pays plus humain. Elle y avait fait la connaissance de Joseph Merley, originaire de Saint-Ilpize ; ce qui les avait conduits à se marier, puis à obtenir un poste double à Villeneuve-d'Allier. Construite en 1886, comme l'attestait le linteau de la porte avec les lettres *RF* gravées dans le granit, la maison d'école offrait un préau où les enfants se réfugiaient les jours de pluie ; trois cabinets à haute porte pour les filles et trois à porte plutôt basse pour les garçons. On ne sait pourquoi ceux-ci n'avaient pas droit à la complète obscurité. La cour était de même partagée en deux rectangles par un muret que seuls les regards et les voix avaient le droit de franchir. D'un côté, les filles jouaient à la marelle, à la balle, sautaient à la corde. Elles jetaient en l'air leurs pelotes de tissu, aussi haut que possible, pour avoir le temps de battre des mains avant de les rattraper. Elles accompagnaient ces jongleries de phrases convenues :

— Sans parler... Sans rire... Sans respirer... Les yeux fermés... Sur un pied... Sur l'autre...

Les gars pratiquaient dans le second rectangle des jeux plus énergiques : à l'épervier, aux barres, aux gendarmes et aux voleurs. Ou bien ils traçaient sur le sol un serpent à grosse tête qu'ils parcouraient de leurs billes en terre cuite. Chacun en avait au moins une douzaine dans sa poche. Ces billes servaient en outre de monnaie d'échange, on en payait un service rendu, une toupie achetée.

Monsieur Merley tirait la cloche à huit heures moins cinq le matin et à treize moins cinq l'après-midi. Les entrées et sorties se faisaient au sifflet. Tout fonctionnait avec une discipline à la prussienne. Particulièrement rigoureuse chez les garçons qu'il fallait préparer à combattre un jour l'Allemagne afin de lui reprendre l'Alsace et la Lorraine. Dans cette intention, le maître les alignait sur la route et leur apprenait les manœuvres militaires : « A vos rangs, fixe !... En avant, marche !... Pas cadencé, gauche, gauche, gauche !... Section, halte !... Demi-tour à droite, droite !... » Avec des bâtons en guise de fusils, ils pratiquaient le maniement d'armes : « Présentez, arme !... Baïonnette, on[1] !... » Les usagers de

1. Abréviation de « Au canon ! ».

la route s'arrêtaient pour admirer ces manœuvres en pensant que les Prussiens n'avaient qu'à bien se tenir.

Les filles préparaient aussi la revanche en chantant *Vous n'aurez pas l'Alsace et la Lorraine* et *C'est un oiseau qui vient de France.* Rose Borel s'était toujours sentie bien petite pour participer à de si grandes entreprises. Elle préférait fredonner avec sa mère :

Volez, volez, mes agiles fuseaux,
Adroits lutins qui tissez la dentelle.
Votre caquet dans nos foyers rappelle
Pendant l'hiver le doux chant des oiseaux.
Volez, volez, mes agiles fuseaux...

Et c'est la dentelle qui devait déterminer son destin. Six jours par semaine, elle continuait de garder les bêtes pour sa mère ou pour d'autres personnes. Et, le jeudi, elle descendait à Villeneuve préparer le concours d'entrée à Vals. Au mois d'avril 1899, alors qu'il ne lui restait plus que quelques mois pour en subir les épreuves, un vendredi matin, Isménie s'évanouit devant ses élèves épouvantées. A leurs cris, monsieur Merley accourut. Il emporta sa femme dans leur appartement, confia les deux classes à la surveillance des plus âgés, envoya le garde champêtre jusqu'à Vieille-Brioude pour appeler le médecin. A midi, il congédia tout le monde, disant :

— Je ne peux m'occuper de vous. Revenez demain.

Isménie sortit enfin de son évanouissement ; mais elle se sentait encore tout étourdie. Le docteur vint à cheval trois heures plus tard. C'était un homme chauve muni d'une barbe fleurie comme Charlemagne. Il se pencha sur elle, l'examina de la tête aux pieds, poussa de petits gloussements.

— Eh bien ! dit-il en conclusion. J'ai une bonne nouvelle à vous annoncer. Madame n'est point malade. Elle se trouve simplement dans une situation intéressante.

— Quoi ? Quoi ? Quoi ? fit Joseph Merley en claquant du bec.

— A mon avis, elle en est à son quatrième mois.

— C'est un peu fort !... C'est un peu fort !

— Vous y êtes quand même pour quelque chose !

— Sans doute... Je l'espère...

— L'ennui, c'est son âge. Dites-le-moi ?

— Quarante et un ans.

— Si vous voulez garder l'enfant, il faudra bien ménager votre femme. Pas de fatigues inutiles. Qu'elle reste allongée le plus souvent possible. Un premier enfant passé la quarantaine présente toujours un grand risque, pour lui aussi bien que pour elle.

Joseph Merley fut si bouleversé par ces informations que les larmes lui montèrent aux yeux, puis descendirent dans sa moustache. Dès lors, Isménie fut l'objet de soins et de gâteries comme une nièce d'évêque. Elle bénéficia des congés prévus par l'inspection académique. Il ne fut plus question de continuer son enseignement gratuit du jeudi. Elle aussi pleura en annonçant la chose à son élève préférée.

Voilà comment et pourquoi Rose Borel ne devint pas institutrice.

3

Elle cessa de lire en cachette. Il lui resta le carreau, dont l'emploi est en même temps un travail et un plaisir, car la dentelle n'est rien d'autre que de la poésie en fil de lin. Ou de coton. Ou de soie, selon les fournitures des fabricants. Sa poésie apparaît aussi dans le vocabulaire. Chaque point porte un nom joli : point de Venise, grain d'orge, point de Dieppe, fond à la Vierge, nid d'oiseau, fond mariage, serpent fin, bouquet, miroir, éperon, fleur de lys, escargot, grenouille, dent de rat... C'est parfois le nom d'une prière : pater, pater menu, ave, évangelette, pater clair-blanc, rosaire... On ne sait d'où proviennent ces appellations. Son préféré était le point d'esprit, qui avait la forme d'une demi-lune. On l'exécute avec quatre fuseaux, le premier faisant la navette entre les trois autres pour les entrelacer. Lorsqu'une certaine longueur de dentelle était achevée, elle s'enroulait sur une planchette. La sienne était toute simple, toute nue. Celle de sa mère, au contraire, sculptée au couteau par Borel au temps de leurs fiançailles, montrait des rosaces, des étoiles, des trèfles.

Une fois par mois, Rose et Delphine se rendaient à pied de Montgieux à Langeac pour vendre leur travail. Parfois, elles rencontraient un charretier qui avait pitié d'elles et les installait près de lui. Sinon, elles marchaient quatre heures dans un sens, quatre heures dans l'autre. C'était jour de marché. Les dentellières — on les reconnaissait à leurs petits chapeaux de feutre dur, à leur ruban de moire — s'écrasaient dans la boutique un peu sombre de Verdier, le fabricant, qui ne fabriquait rien mais faisait fabriquer. Il était derrière son comptoir, ses lunettes sur le nez, en compagnie de sa femme et de ses filles, tous attentifs à mesurer les dentelles au moyen de la grosse règle carrée longue d'une aune, c'est-à-dire d'un mètre et vingt centimètres. L'usage le permettait : les marchands achetaient à l'aune, mais revendaient au mètre à leurs clientes. Les quatre Verdier scrutaient de près les produits afin d'y découvrir des imperfections, vraies ou imaginées. Il n'y avait pas à discuter du prix qui en tombait :

— C'est à prendre ou à laisser.

Les dentellières prenaient toujours. Elles repartaient avec un peu d'argent, avec un nouveau faix de patrons, de fils et de recommandations.

Il en avait été ainsi jusqu'en 1898. Date à laquelle parut Jeanne Malartre, la leveuse. Originaire de Saint-Arcons, elle battait la campagne avec son roussin et son cabriolet rempli de marchandises. C'était une femme grosse et rouge, sous son grand chapeau à fleurs, la langue si audacieuse qu'elle eût été capable, comme on dit par ici, de faire téter un veau de sept ans. Son goût particulier allait à la « blonde », une dentelle d'un très bel effet, qui devait son nom à la soie grège employée à sa confection. Sa venue dans les fermes et hameaux évitait la longue marche jusqu'à Langeac. Lorsqu'elle paraissait sur une place de village, elle soufflait dans un cornet. Les femmes accouraient comme les chiens à la trompette du chasseur. Alors commençaient des négociations que Verdier n'aurait pas admises. Les dentellières devaient tout de même s'user la langue pour faire augmenter d'un sou chaque aune qu'elles apportaient.

Il faut dire qu'alors un sou était une somme importante, comme le prouvait une image d'Epinal répandue dans les écoles : *Ce qu'on peut faire avec un sou.* L'image fournissait vingt-quatre réponses : « Avec un sou, l'enfant achète un sucre d'orge ou un cigare en chocolat qui, au moins, ne s'en va pas en fumée. On achète le journal et on se met au courant de la politique aussi bien que des crimes du jour, ce qui est quelquefois tout un. On achète un alphabet, ce premier livre de l'humanité, ou un cahier, ou un crayon, cette première grande joie de la vie. C'est le petit bouquet de violettes, chaque matin, au corsage de Jenny l'ouvrière qui s'en va à l'ouvrage en chantant. On fait un tour de chevaux de bois pendant la semaine ; hélas, le dimanche, les chevaux de bois, les chemins de fer augmentent leurs places, ce qui est injuste. C'est l'envoi de la carte d'amitié au jour de l'an... etc. »

Un matin de cette année 1898, Jeanne Malartre et son cheval eurent le courage de se hisser jusqu'à Montgieux. Avec l'aide d'Isménie, Rose se préparait encore à devenir institutrice. C'était alors une jolie demoiselle aux joues roses comme son prénom, aux hanches déjà fortes, prometteuses de belles maternités. Sitôt que la leveuse eut jeté les yeux sur elle, fille unique, fille docile comme le sont toutes celles qui ont grandi dans la pauvreté, une idée surprenante dut lui traverser la tête. Car, ayant observé et apprécié son travail au carreau, elle lui en fit des compliments, le lui paya avec générosité, avança enfin cette proposition :

— A Langeac, j'ai besoin d'une aponceuse. Une personne habile de ses doigts qui saurait faire des aponces. Ça te dirait ?

— ...

— Aponcer signifie assembler les pièces de dentelle à l'aiguille, mais si finement qu'on ne voit pas la liaison. Tu serais logée, nourrie et tu gagnerais... mettons quinze sous par jour. Qu'en penses-tu ?

— Je ne sais pas aponcer.

— Tu auras très vite appris, j'en suis certaine.

Rose secoua la tête :

— Je suis encore petite et je ne veux pas quitter mes parents.

— Tu pourrais revenir à Montgieux très souvent. En voiture. Mon fils Etienne serait content de te transporter.

— ...

— Réfléchis. Réfléchis bien.

Il va de soi que Rose n'allait pas renoncer au métier d'institutrice pour celui d'aponceuse. Lorsque Jeanne Malartre revint à la charge, elle reçut plusieurs fois la même réponse : « Je ne veux pas quitter mes parents. » Ayant découvert dans la maison des Borel deux livres prêtés par Isménie, elle s'étonna :

— Tu sais donc lire ?

— J'ai été reçue première du canton au certificat d'études.

— J'ai chez moi un livre très curieux que je pourrais te prêter. Je l'ai acheté parce qu'il parle de la dentelle. Tu aimerais le lire ?

— Si vous voulez.

La leveuse cherchait à la gagner par tous les moyens. Elle apporta l'ouvrage en question : un volume ancien, relié cuir, doré sur tranche, imprimé à Paris chez G.C. Molini, libraire, rue du Jardinet, l'an MDCCLXXXII. Le titre à lui seul occupait toute la première page : *Les Singuliers et Nouveaux Pourtraicts pour les ouvrages de lingerie, nouvellement augmentés de plusieurs différents pourtraicts servant de patrons a faire toutes sortes de poincts couppés, lacis et autres réseaux de poinct conté, dédié à la royne, le tout inventé au proffit et contentement des nobles dames et demoiselles et autres gentils esprits par le seigneur Federic de Vinciolo, Vénitien.* Les pages étaient ornées en effet de planches représentant divers motifs de dentelles. Rose ne s'intéressa guère à ce bouquin parce qu'il était rempli de fautes d'orthographe. Elle en retint seulement que, depuis 1782, de grands progrès avaient été faits dans la société, puisque autrefois seules les reines et nobles dames ou demoiselles pratiquaient cet art et qu'aujourd'hui toutes les filles d'Auvergne et du Velay savaient faire danser les fuseaux.

L'année suivante, elle dut renoncer à devenir institutrice. Elle renonça également aux livres. La dentelle ne rapportait guère ; son père la loua dans une ferme de Mercœur où elle s'occupait de nourrir les hommes et les enfants, la mère de famille étant décédée en couches. Son titre nouveau était celui de *chirvento*, servante. Au dernier-né, elle donnait le biberon ; elle le débarbouillait, le langeait, lui chantait une berceuse reçue de sa mère :

Sainte Margrite
Qu'êtes si jolie,
Endormez mon enfant
Jusqu'à l'âge de quinze ans.
Quand quinze ans seront passés,
Nous le faudra marier.
Dodo, Margrite
Qu'êtes si jolite.

Elle-même dormait dans un appentis, sous un escalier qui conduisait au charnier où l'on conservait dans le sel le porc dépecé. Si bien que son réduit à elle embaumait le lard et la saucisse. Deux autres enfants dormaient dans le *tchambarà*, une pièce attenante au fenil. Le maître, Charmasson, était un brave homme qui la traitait honnêtement, mais exigeait d'elle beaucoup de besogne. Non seulement dans la maison, mais dans les champs. La volaille, les cochons, le lait et les fromages, l'épierrage des terres avant les labours, rien ne lui était épargné.

Elle tint deux ans à ce régime. Avec un retour, un dimanche sur quatre, à Montgieux, où sa mère, chaque fois, la trouvait grandie et maigrie.

— Pas maigrie ! protestait Borel. Elle devient seulement femme. Elle perd un peu de ses joues et de ses fesses.

Sa seule distraction était le voyage trimestriel, en compagnie du maître et des enfants, jusqu'au plateau d'Ally où tournaient les ailes de plusieurs moulins.

La farine qu'ils produisaient, croyait-on, était meilleure que celle des moulins à eau. Ces derniers, d'ailleurs, semblaient frappés par une fatalité. Plusieurs accidents s'y produisirent. Un nommé Vedel se laissa prendre une manche dans les engrenages de son moulin et il passa dedans tout entier, réduit en chair à saucisse. Rien de pareil dans les moulins à ailes. Véritables maisons tournantes, on pouvait les orienter face au vent. Pour cela, le meunier poussait de toutes ses forces l'escalier de vingt-quatre marches — il l'appelait la « queue du moulin » — et l'édifice pivotait sur le « bourdon » bien graissé à la panne de porc. Si le vent manquait d'haleine, l'homme possédait une réserve de blé déjà moulu qui permettait de satisfaire un ou deux clients. Ils étaient six à souffler sur le plateau d'Ally à tour de rôle : le vent blanc, le vent de Nîmes, l'aubracien, la traverse, la burle, l'écir.

Le meunier voyait arriver de loin sa clientèle car il disposait d'une longue-vue qui lui permettait aussi d'observer les nuages et de prévoir le temps à venir. Grâce à ses ailes, il pouvait communiquer sans téléphone avec les autres moulins. Décalées d'un côté, une jambe en l'air, en chien qui pisse, elles signifiaient que le propriétaire s'occupait au repiquage des meules afin de leur redonner du mordant. Arrêtées en X équilibré, elles informaient simplement que le meunier leur donnait chômage. Une disposition en croix était signe de deuil. On raconte que les Chouans savaient autrefois utiliser ce langage comme celui de véritables sémaphores.

Rose aimait la visite du moulin, la rotation des meules écrasant le grain avec une mastication gourmande ; les secousses rapides des babillards, la coulée de la farine dans les bluteaux. Tout cela, accompagné par le clapotis des toiles dans les ailes, produisait une musique entêtante dont le meunier, blanc depuis les sabots jusqu'au bonnet, était le chef d'orchestre. Alentour, volait une nuée de pigeons peu farouches ; ils picoraient les grains perdus jusqu'entre les pieds des visiteurs. On revenait à Montgieux joliment poudré. Les gamins s'envoyaient des tapes dans l'échine qui soulevaient des bouffées farineuses. La suite était une autre fête : celle du pain. Pain de seigle, un peu gris, qui collait parfois au couteau. On en conservait les tourtes dans la maie. Avant d'entamer chacune, Charmasson traçait dessus un signe de croix avec la pointe de sa lame. Il était recommandé de la poser sur la table bien à plat, la courbure en haut, afin de ne pas lui manquer de respect :

— Celui qui pose le pain à l'envers ne sait pas le gagner.

Il ne s'en perdait pas une miette dans la maison. Si quelques-unes restaient sur la table, le maître les balayait de sa main droite recourbée, les recueillait dans la gauche, se les envoyait dans la bouche. A l'église, au moment de l'eucharistie, le prêtre ne faisait guère mieux.

Rose venait de dépasser à peine sa seizième année lorsque se produisit un événement d'importance. Charmasson avait coutume de lui demander une fois par mois de lui raccourcir les cheveux et la barbe. Elle avait vu faire ce travail à sa mère sur la tête et la figure de Borel. Ce jour-là, elle mit une serviette au cou de son maître et entreprit la tonte aux ciseaux.

— Applique-toi bien, recommanda-t-il. Demain, c'est la fête de Mercœur, je veux y faire bonne mine.

Depuis trois jours, en effet, un manège était déjà installé sur la place de l'église. D'ordinaire, il s'agissait de chevaux de bois entraînés par un cheval vivant, les yeux bandés, que l'on voyait tourner à l'intérieur de la machine, avec son gros derrière et son poil luisant de sueur. Les gamins avançaient une main et lui caressaient les oreilles. Celui-là fut d'une autre sorte. Au lieu de faire tourner des montures en carton-pâte, il entraînait des bicyclettes. Or avec un sou, n'importe quel gamin pouvait se jucher sur ces engins sans apprentissage, sans craindre la chute. Accompagné par la musique du piano mécanique. Charmasson voulait peut-être en faire lui-même l'expérience, car ils n'étaient pas réservés aux enfants.

Mais voici ce qui se passa lorsque Rose eut achevé la tonte. Soudain, l'homme lui prit les mains, les couvrit de baisers, les serrant bien fort entre les siennes pour les retenir de s'envoler. Elle crut qu'il s'agissait d'un remerciement un peu appuyé, tira dessus ; il ne lâcha point prise. Sa barbiche « impériale » et sa moustache la chatouillaient. Tout cela sentait le tabac, car il se fourrait bien cent grammes de pétun dans les narines chaque mois, les colporteurs ne manquaient pas de venir l'approvisionner.

— Si tu voulais... si tu voulais... finit-il par bredouiller.

Elle tira plus fort, réussit à se dégager, s'écarta de deux pas, le regarda mieux. Il aurait pu être son père et quasi son grand-père.

— Ne t'en va pas, supplia-t-il. Il faut que je te parle. Assieds-toi.

Elle fit comme il disait. A bonne distance.

— Je suis un honnête homme. Je n'ai jamais songé à te forcer. Quel âge as-tu ?

— Seize ans et demi.

— Mettons dix-sept. Tu en parais dix-neuf ou vingt. Penses-tu à te marier ?

— J'ai le temps.

— Je te propose... Ecoute bien !... Je te propose de devenir ma femme. Madame Charmasson.

— ...

— Tu n'auras pas besoin d'avoir d'autres enfants, nous en aurons déjà trois. Qu'en dis-tu ?... Parle... Ne reste pas muette.

— Je ne veux pas me marier tout de suite.

— Tu veux qu'on attende ?... Moi non plus, je ne suis pas pressé.

— Et vous, quel âge avez-vous ?

— Cinquante-quatre. Je ne suis pas vieux... Je t'achèterai des robes, des souliers, des chapeaux...

— Je ne saurai pas les porter.

— Mais si, mais si. Tu auras l'air d'une vraie dame.

— Je ne pourrai plus donner mes gages à mes parents, qui en ont grand besoin.

— Tu ne vas pas nourrir tes parents toute leur vie !

— Faut que je réfléchisse.

— D'accord. Prends le temps. Réfléchis bien.

Plusieurs nuits, elle en perdit le sommeil. Elle savait que la première obligation d'une femme mariée est de dormir dans le même lit que son homme, de lui laisser faire ce qu'il veut avec ses mains, avec sa corne. L'idée de coucher près de Charmasson, de supporter son gros ventre, sa figure contre la sienne, sa moustache et sa barbiche jaunies par le tabac la faisait frissonner de dégoût. Lorsqu'elle revint à Montgieux, elle rapporta la proposition à sa mère. Delphine approuva sa réserve, mais lui recommanda de ne pas dire non tout de suite à son maître.

— Fais-le patienter pour qu'il te traite bien.

Effectivement, Charmasson commença de faire à sa servante de menus cadeaux qui n'étaient pas prévus dans leur contrat. Une paire de sabots de noyer à la Noël, six mouchoirs de batiste au Jour de l'An, un flacon d'eau de Cologne à son anniversaire. Il cherchait à l'apprivoiser comme on fait à un chaton sauvage par petites doses. En guise de remerciement, il exigeait d'elle trois bises sur les joues, ce qu'elle lui accordait malgré l'odeur. Lorsqu'elle vaquait dans la ferme au soin des animaux, des personnes, du ménage, elle sentait les regards du bonhomme attachés à chacun de ses gestes. Ils semblait dire : « Tu vas réfléchir encore longtemps ? »

Elle ne pratiquait plus le travail du carreau ; mais sa mère continuait et vendait sa dentelle à Jeanne Malartre. Voici qu'un dimanche celle-ci débarque à Montgieux, non pas seule dans son cabriolet, mais en compagnie d'un garçon, disant :

— Je te présente mon fils Etienne. Je lui ai tellement parlé de toi qu'il a souhaité te connaître.

Un beau jeune homme en vérité : les cheveux séparés par une raie tracée au cordeau, une fine moustache, faux col et cravate, souliers noirs et guêtres blanches. On aurait dit un sous-préfet.

— Il a vingt-quatre ans, ajouta la leveuse. Il a fait son service dans le Génie. Il sait construire les routes et les chemins.

— Il ferait pas mal, dit Borel, de nous en construire une bonne pour descendre à Villeneuve. Ça nous éviterait de nous écorcher le derrière dans les descentes.

— Parle comme il faut ! s'indigna Delphine.

— Peut-être un jour, promit Jeanne Malartre.

Etienne tira de la voiture une bouteille de vin bouché et une boîte de biscuits fabriqués par les associés Lefèvre et Utile sous le nom de *Petits Lu*. Tout cela fut reçu avec des exclamations, c'était pas la peine ! Vous avez fait de la dépense ! Et déposé sur la table. La mère sortit des verres, Borel un tire-bouchon, Etienne fit le reste, le vin coula, bleu-noir et parfumé. Delphine et Rose voulurent bien s'en mouiller la langue. Et l'on grignota les biscuits. Le jeune homme promenait ses regards autour de lui, observait la pièce aux poutres enfumées, la cheminée où pétillait un feu de *garnes*[1]. Sans manifester aucun sentiment. Mais ses yeux s'attardaient souvent sur Rose. Madame Malartre précisa que son fils était « fonctionnaire du département », qu'il occupait un bon emploi, à l'abri du chômage, celui de cantonnier. Etabli à Chanteuges, il entretenait la route qui monte de Langeac à Saugues en traversant le bois de Coupe-Gorge. Après quoi, l'on parla dentelles. Delphine sortit son travail, la leveuse n'y chercha aucun défaut et le paya vingt-deux sous l'aune.

C'est ainsi que Rose Borel fit la connaissance de celui qui devait, par la suite, la demander en mariage et l'épouser. Il avait un frère, Raymond, plus jeune, mais qui ne manifestait aucun intérêt pour les femmes ; la chasse et la pêche suffisaient à ses divertissements. La

1. Branches de pin.

maison était pleine de ses cannes et de ses fusils. Il faut de tout monde pour faire un monde, dit le proverbe. Rose fut contente d'échapper à Charmasson. Mais lorsqu'elle lui annonça son intention de le quitter, les choses se passèrent mal :

— Me quitter ? Pourquoi donc ? Tu veux que j'augmente tes gages ?

— Non, non, il y a autre chose.

Elle demeurait interdite, n'osant aller plus loin.

— Parle donc !

— C'est pour me marier.

— Te... te... Mais je t'ai déjà demandée ! Je suis le premier !

Il croyait que le mariage est pareil au sucre à l'épicerie : le premier qui en demande est le premier servi.

— Avec qui ? Avec qui ?

— Vous ne le connaissez pas. Il vient de loin.

Tout à coup, il se mit une main devant les yeux et commença de pleurer.

— Et maintenant... et maintenant... hoqueta-t-il, comment je vais faire pour élever mes gosses ?

— Vous trouverez bien une autre servante.

Rose n'avait jamais vu un homme adulte dans cet état. Elle croyait que les larmes sont réservées aux femmes et aux enfants. Elle en ressentit une vive émotion mêlée de remords, puisqu'elle se savait responsable de ce déluge.

— J'espérais que tu voudrais bien... Mais je comprends que tu me trouves trop vieux... Ça n'était pas une idée raisonnable... Non, pas raisonnable du tout.

Il s'essuya les yeux avec le revers de sa manche. Rose restait devant lui, muette, pétrifiée. Pour consoler les gens, on arrive à inventer des mensonges ; elle avait beau chercher, elle n'en trouvait point dans sa tête. Elle ne sut que lui dire au revoir.

— Attends ! cria-t-il.

Il appela ses gamins qui jouaient sur le *coudert*[1] avec les oies.

— Qu'est-ce qu'il y a ?

— Vous savez pas ? Rose nous quitte. Elle ne veut plus de nous !

Les trois enfants tournèrent vers elle des yeux ronds. Ils ne comprenaient rien à ce départ. Sauf Jacot, un grand rouquin de treize ans, qui haussa les épaules avec indifférence. Les deux plus jeunes restèrent bouche bée.

— Au revoir, répéta Rose.

— Adieu ! répondit Charmasson.

Elle s'éloigna lestement, rejoignit Jeanne Malartre qui l'attendait dans sa voiture à cent pas de là, son fouet à la main, prête sans doute à intervenir.

Deux mois plus tard, les noces eurent lieu à Saint-Arcons, ce village suspendu au-dessus de l'Allier, dans lequel il dégringolera un jour de grand orage. Rose abandonna une terre escarpée, Montgieux, pour une autre qui ne l'est pas moins.

— Je reviendrai vous voir souvent, promit-elle à ses père et mère.

En fait, pendant les années qui suivirent, elle ne revint pas autant que promis, retenue par son ménage et les deux enfants qu'elle mit au monde : une drôlette, Eugénie, en 1906, et un drôlet, Simon, en 1908. Tous vivaient dans la maison et sous l'autorité de la leveuse.

1. Pré communal.

Ils ne voyaient guère leur père et mari, Etienne, très occupé par l'entretien de la route départementale. A Chanteuges, bourg célèbre pour les moines-brigands qui autrefois attaquaient les voyageurs afin de les dépouiller au nom de Jésus-Christ, il avait une cabane de planches où il entreposait sa brouette et ses outils ; elle contenait un petit poêle sur lequel il faisait réchauffer le fricot que sa femme lui avait préparé. Son travail consistait à curer les fossés, à dégager les saignées qui assuraient l'écoulement des eaux de pluie, à empierrer les chaussées avec les cailloux qu'il brisait à la massette comme dans la chanson *Sur la route de Louviers*. Les yeux protégés par des sortes de lunettes munies d'un grillage à la place des verres. Il élaguait les arbres, faisait brûler les chutes, tondait les talus à la faux. Et si l'on considère qu'il devait assurer le bon état de vingt et un kilomètres de route, on devra bien admettre qu'il ne volait pas l'argent qu'il recevait du département. Son contrat lui imposait douze heures par jour de présence en été, dix heures en automne et au printemps, huit heures en hiver. Tout cela sous la surveillance de Vignal, communément appelé par ses hommes « l'inspecteur des brouettes ».

Il n'est pas vrai, comme le prétendent les mauvaises langues, que les cantonniers ont de la peau morte sous le menton à force de s'appuyer debout sur le manche de leur pelle. Car leurs postures sont multiples. La plus courante exige une borne kilométrique dont la forme arrondie semble avoir été calculée pour le repos à califourchon. Les cantonniers devraient donc avoir souvent de la peau morte aux fesses. Ce qu'aucune enquête n'a jamais établi. Etienne, d'ailleurs, n'aimait pas perdre complètement son temps. Au cours de ses pauses, il s'adonnait à la lecture, car il emportait dans sa musette un volume de la collection rose « Les romans vécus » ; c'est ainsi qu'il avait consommé *La Lumière du cœur* par Georges Spitzmoller en trois semaines ; pareillement *L'Enfant du péché* par Léon Groc. L'observation de la nature l'occupait beaucoup. Il lui arriva de passer une heure à suivre une procession de fourmis en train de déménager, s'émerveillant de les voir traîner des bûchettes trois fois plus lourdes qu'elles. Le soir, il remontait à Saint-Arcons où il retrouvait sa femme, ses drôlets, son frère et sa mère lorsque celle-ci n'était pas en tournée lointaine.

Rose ne regrettait pas d'avoir épousé Etienne. Il la traitait avec ménagement pourvu qu'elle lui servît de bonnes soupes, bêchât le jardin, le fournît en chaussettes de laines, s'occupât des poules et des lapins, tînt la maison et les enfants propres et satisfît à ses besoins nocturnes comme le voulaient le mariage et la religion. Il jouissait d'une bonne santé. En vingt-quatre ans de services cantonniers, il ne prit que trois semaines de congé à l'occasion de divers accidents. Si tous les fonctionnaires s'étaient comportés comme lui, les médecins n'auraient pas fait fortune. Il appliquait un principe reçu de ses ancêtres : tout mal que le vin et le fromage ne peuvent guérir est incurable. Dans ses rapports écrits, l'inspecteur Vignal le qualifiait de « travailleur régulier », ce qui n'était pas un mince compliment.

En 1914, les cantonniers furent mobilisés comme les autres. Spécialiste des routes et chemins, Etienne Malartre se trouva expédié sur le front des Vosges afin de préparer l'avance des troupes françaises. Mais ensuite, ce fut le contraire qui arriva, elles durent battre en retraite. C'est-à-dire reculer. Rose, qui ne connaissait rien à la stratégie, imaginait des régiments entiers en capotes bleues et pantalons rouges obligés de combattre les Prussiens à reculons. Jeanne Malartre fit une promesse à la Vierge de Saint-Arcons. Elle possédait un sautoir composé de pièces d'argent percées en leur milieu et reliées par une chaînette du même métal ; il avait représenté, lors de son mariage, l'essentiel de sa dot.

— Sainte Vierge, si mes fils reviennent de la guerre vivants, je vous le donnerai.

D'autres femmes, mères ou épouses, firent des promesses comparables. Si bien qu'après le 11 novembre 1918, la statue de Marie fut couverte de colliers, de sautoirs, de bracelets, de diadèmes. Etienne et Raymond revinrent intacts et la Vierge s'en trouva enrichie.

Peu de temps après le retour de la paix, Jeanne eut une dispute avec plusieurs personnes de Saint-Arcons. Elle renonça à son métier de leveuse qui, d'ailleurs, devenait de plus en plus difficile à cause de la dentelle mécanique ; elle vendit sa maison et alla s'installer à Espeytavi où elle en possédait une autre à vingt kilomètres de là, espérant vivre avec les économies qu'elle avait accumulées. De leur côté, Etienne et Rose trouvèrent un logement à Chanteuges, qui permit au cantonnier de renoncer à sa cabane.

Pendant ces années de désordres, Eugénie et Simon avaient grandi. En 1925, âgée de dix-neuf ans, la fille fut engagée chez un notaire de Langeac où elle apprit les bonnes manières : piété, propreté, honnêteté, politesse, discrétion. Usage exclusif de la langue française. Le plus difficile fut l'emploi de la troisième personne qui l'obligeait à dire : « Madame est servie... La voiture de Monsieur vient d'arriver... » Les enfants avaient aussi droit à cette conjugaison : « Monsieur Georges [le fils] ne devrait pas faire pipi sur les giroflées, sinon, après, elles crèvent... » Malgré ses gaucheries d'expression, elle était très appréciée de ses maîtres et des autres domestiques. Etienne descendait tous les trimestres pour encaisser les gages de sa fille. La notairesse lui faisait parfois cadeau de vêtements qu'elle ne voulait plus porter ; si bien que, lorsqu'elle s'endimanchait pour aller à la messe, on l'eût prise pour la fille de la maison.

Simon, son cadet de deux ans, travaillait à la tuilerie de Paulhaguet. D'abord simple manouvrier, il allait avec un compagnon plus âgé extraire la terre glaise dans une colline au lieu-dit Chantelauze qui trempait ses pieds dans la Sénouire. Ils en arrachaient de pleins tombereaux qu'ils étendaient ensuite derrière l'usine sur une grande surface afin de lui faire subir une sorte de pourrissage. Puis ils la pétrissaient à la pelle. Venaient alors les tuiliers proprement dits qui en remplissaient des moules ; chacun contenait une double poignée d'argile ; elle y était tassée avec un rouleau de bois. Les futures tuiles romaines n'étaient encore que des trapèzes d'une pâte rousse et molle, épaisse de la largeur du petit doigt. Exposées au soleil sur des claies, elles séchaient à demi. Les tuiliers les saisissaient alors et les couchaient sur leur cuisse, dont elles épousaient exactement la courbure. Elles étaient enfin cuites au four. Le curé de

Paulhaguet avait coutume de tirer argument de leur exemple :

— Vous avez remarqué, mes très chers frères, mes très chères sœurs, qu'au sortir du four, les tuiles n'ont pas la même teinte. Les unes ont pris la couleur du jaune d'œuf ; d'autres sont dorées ; d'autres rousses comme la châtaigne ; d'autres encore presque noires. Mais toutes proviennent de la même argile. Il en est de même de notre espèce, pauvres humains. Certains d'entre nous ont la couleur du blanc d'œuf, d'autres celle du jaune, d'autres celles de la châtaigne ou du charbon. Mais nous sommes tous nés de la même glaise, que Dieu prit un jour dans ses mains pour en former nos ancêtres. Nos nuances de peau proviennent de cuissons différentes. En dessous, nous sommes tous pareils.

Etienne et Raymond avaient combattu pendant la guerre aux côtés de Sénégalais, d'Algériens, d'Indochinois. Ils les avaient vus tomber et pouvaient confirmer que les sangs qui coulaient de leurs blessures avaient exactement la même couleur.

Avec le temps, Simon gravit les échelons de la hiérarchie tuilière. En 1926, lorsque se produisit l'accident, il était un des meilleurs ouvriers de Paulhaguet.

Ce jour-là, Etienne Malartre se trouvait au-dessus de Bourleyre, là où commencent les grands virages qui conduisent, à travers le bois de Pourcheresse, plus communément appelé « bois de Coupe-Gorge », jusqu'à Saugues. Il était en train de rouler une cigarette en observant le ciel pour essayer de deviner le temps du lendemain, lorsqu'il entendit des hurlements. L'instant d'après, parut au loin une charrette emballée transportant plusieurs personnes. Le cheval n'obéissait plus aux rênes, le véhicule menaçait de se renverser et de produire un désastre. Sans hésiter, lui qui pendant plus de quatre ans avait tant de fois frôlé la mort, Etienne s'élança, saisit le cheval par la gourmette. L'écume aux dents, la bête le traîna sur trente mètres. Au bout desquels il lâcha prise et glissa sous ses sabots. Ce qui la fit trébucher, tomber en avant comme agenouillée. Cramponnés aux ridelles, les voyageurs évitèrent la chute, puis sautèrent sur la route, s'embrassant les uns les autres, éberlués de se voir encore en vie.

— Quel miracle, mon Dieu, quel miracle ! Merci Sainte Vierge !

Le cantonnier, lui, était mort. Piétiné, disloqué, fracassé. Son corps fut transporté à Saint-Arcons et enseveli, avec les bénédictions de toute la commune. Etienne Malartre ne devint jamais contrôleur des brouettes à la place de Vignal. Depuis 1926, sa tombe est fleurie par ceux qu'il a sauvés ou par leurs descendants.

Du jour au lendemain, Rose se trouva donc veuve et sans autres ressources que celles que pouvaient lui fournir sa fille et son fils. Mais elle avait scrupule à toucher à l'argent qu'ils gagnaient et le laissait dormir à la caisse d'épargne. Se contentant de quelques dons subreptices. Chaque fois que l'un ou l'autre venait la voir, elle avait la surprise de trouver un billet de cinq francs glissé dans une poche de son tablier. Elle s'efforçait de ne le dépenser qu'au dernier moment. Avec le temps, elle réussit même à former une liasse de ces billets roses où figuraient sur une face le profil de la République coiffée d'un casque, sur l'autre un débardeur portant un sac sur le quai d'un port inconnu. Il avait un peu le visage d'Etienne et elle ne se lassait pas de le contempler. Elle n'eut jamais la pensée de demander un secours à sa belle-mère. Pas davantage celle de poursuivre en justice les voyageurs de la charrette ; ils n'avaient, pensait-elle, aucune responsabilité de l'accident.

Le maire de Saint-Arcons s'occupa de Rose, écrivit au ministre des Travaux publics. Celui-ci s'accorda avec son collègue des Routes et Transports. Après quatre mois de démarches, une lettre officielle lui fit une proposition alléchante.

Voilà comment et pourquoi Rose Malartre devint garde-barrière.

4

Tous les soirs, elle arrosait le plant de lilas que lui avait donné sa belle-mère. Une grande douleur liait les deux femmes : la disparition du pauvre Etienne. Jeanne avait su le préserver de la guerre en sacrifiant à la Vierge son sautoir d'argent ; et c'est la paix qui lui avait pris son fils. L'église de Saint-Arcons était tapissée d'ex-voto de remerciements pour d'autres vies sauvegardées : plaques de marbre ou de bronze gravées à l'avance que le curé vendait de cinq à dix francs selon leur surface. Leur valeur n'avait rien de commun avec celle du sautoir ! « Je ne comprends rien aux volontés du Ciel, se disait-elle. Fallait-il que je sacrifie autre chose ? Mais sans doute la Sainte Vierge ne peut-elle faire face à toutes les prières. Et puis, là-haut, ce n'est pas elle qui commande. »

De son côté, Rose regrettait son mari de tout son cœur. Un glorieux combattant revenu du front avec la croix de guerre qu'il s'épinglait sur la poitrine lorsque le curé d'Arcons célébrait la messe du 11 Novembre. Ce prêtre lui-même se trouvait marqué dans sa chair : une balle lui avait traversé la figure, lui conférant le titre de

« gueule cassée ». Etienne et Rose formaient un couple sans histoire car elle s'était toujours soumise à ses quatre volontés. Sa belle-mère, une femme d'expérience qui avait souvent bataillé avec son défunt mari, expliquait :

— Etre heureux en ménage, c'est facile quand on est fait l'un pour l'autre. Ce qui est difficile, c'est de dormir tous les soirs dans le même lit, de partager trois fois par jour les mêmes repas, d'avoir la même bourse.

L'emploi du cantonnier avait arrangé les choses puisqu'il partait chaque jour et devait se trouver sur la route de l'aube au crépuscule. Le lundi matin, seul maître de la bourse, il plaçait une pièce de quarante sous sur le coin de la table, destinée à couvrir les emplettes de la semaine. Le dimanche suivant, Rose devait lui rendre compte de son emploi. Les nuits se déroulaient dans le calme de leurs deux fatigues. Au commencement, Etienne s'était montré enclin à l'allumage ; ensuite, la froideur de sa femme l'avait lui-même refroidi. Chacun accomplissait son devoir conjugal par habitude, par hygiène, comme de temps en temps on se lave les pieds. A Chanteuges, dans les intervalles que lui permettait sa besogne, il lui arrivait de rencontrer une certaine veuve qui accueillait pour pas cher les clients dans le besoin. Elle pratiquait même des prix d'abonnement mensuel, c'était une personne très organisée. Etienne et Rose avaient eu ensemble une fille et un fils ; après quoi, sur les conseils de la leveuse, ils avaient arrêté la production. Le proverbe appuyait cette limite : « Qui en a un n'en a aucun ; qui en a deux, c'est tout comme un ; qui en a trois en a trop. »

Rose écrivait de temps en temps à madame Merley, son ancienne institutrice. Celle-ci lui renvoyait de longues lettres où elle exprimait ses regrets de la savoir confinée aux tâches ménagères. Elle lui faisait aussi parvenir des livres qu'elle appelait des « évasions ». Ils l'emmenaient au Japon avec Madame Chrysanthème, en Russie avec Anna Karénine, en Angleterre avec Jane Eyre. Une fois ses enfants placés, son mari envolé, elle resta seule avec ces bouquins pour compagnie. Entre deux trains, elle se jetait dedans et en serait presque venue à oublier d'abaisser les barrières si la sonnette déclenchée de la gare précédente ne l'avait avertie.

Les barres oscillantes arrêtaient les voitures, mais non pas les piétons. Ils pouvaient en effet emprunter le portillon toujours libre après avoir, avant de traverser, bien regardé à droite et à gauche si le convoi annoncé était encore à quelque distance. Il arrivait souvent que Rose se tînt à proximité de la manivelle. Ce qui lui permettait d'examiner les personnes en attente. Voire d'entrer en conversation avec elles. C'est ainsi qu'elle fit la connaissance d'Hector Pignol, un vieux monsieur (car il avait vingt ans de plus qu'elle), ancien professeur à Clermont, retiré à Lavaudieu. Il occupait sa retraite à faire des recherches archéologiques ou historiques, en tirait des articles extrêmement documentés qu'il publiait dans l'*Almanach de Brioude*.

Il faut savoir que les Brivadois possèdent deux monuments remarquables. L'un, la basilique Saint-Julien, la plus vaste de nos églises romanes, même si elle est gothique par la tête, par l'élan des voûtes sur ogives. Son matériau principal est un tuf tendre, rougeâtre, qu'on peut trancher à la scie comme les bûches.

Sans de perpétuelles restaurations, elle ressemblerait à une motte de beurre. L'autre trésor est cet *Almanach.* Inspiré par l'*Armanà prouvençaou* des félibres, il offre chaque année à ses lecteurs, depuis 1920, un organe d'érudition locale. Grâce à lui, l'arrondissement est sans doute la région d'Auvergne la plus fidèlement, la plus minutieusement étudiée. Il est soutenu par des milliers d'abonnés et par le blason de la ville : une ruche entourée de six abeilles sous des fleurs de lys et une couronne crénelée. Sa devise : *Concordia et labore.*

Par l'harmonie et par le travail. Hector Pignol était un de ses plus abondants collaborateurs. On lui devait des dizaines de textes sur « La belle vie des chanoines-comtes, Histoire et légende de saint Julien, Un empereur de Rome auvergnat dort à Brioude, La résurrection des lionceaux, Le Christ de la Bajasse, La Vierge parturiente » ... De temps en temps, changeant de plume, il racontait ses souvenirs d'enfance. Il allait même jusqu'à proposer un poème. Le rédacteur en chef aurait dû le refuser ; il l'acceptait par exception à cause des mérites de l'auteur.

LA BORNE
La vieille borne au carrefour,
Sous le soleil et sous la pluie
Montrait le chemin, immobile
Depuis cent ans peut-être ou plus.

Elle disait « C'est par ici
Qu'on va vers Paris, la grand ville.
On dit que c'est un beau pays,
Mais je n'y suis jamais allée... »

Poète et savant : deux qualités qui vont rarement ensemble, mais qui chez lui s'accordaient.

Il parcourait la région à bicyclette, étudiant les pierres, les végétaux, interrogeant les vieilles personnes, remplissant de notes ses carnets. A le voir seulement, sous son vaste chapeau, dans sa veste gibecière, chaussé de houseaux, on comprenait qu'il ne s'agissait pas d'un homme ordinaire. Sa voix était très faible, il fallait se pencher pour l'entendre, on se demandait même comment il avait pu enseigner sans être chahuté. Son explication :

— Il n'y a pas de chahut quand l'enseignant intéresse ses élèves. Dans mes classes, on aurait entendu une mouche voler.

Bref, monsieur Pignol était considéré comme un grand écrivain par ceux qui le lisaient. Peut-être plus franchement encore par ceux qui ne le lisaient point, s'estimant trop ignorants pour l'approcher. Il eut avec Rose Malartre de longues conversations. Il fut étonné que, dès leurs premiers entretiens, elle pût lui citer d'illustres auteurs français ou étrangers.

— Comment les avez-vous connus ?

— Par des prêts de livres de madame Merley, mon ancienne institutrice. J'en achète aussi quelques-uns aux colporteurs.

— Voulez-vous que je vous en prête également ? Vous me les rendrez quand je repasserai par ici. Cela nous fournira d'autres occasions de bavarder.

Ainsi, la garde-barrière eut le privilège d'avoir à sa disposition une véritable bibliothèque qui venait à bicyclette jusqu'à sa porte. A l'inverse d'Isménie qui cherchait à la faire voyager loin, Hector Pignol lui fit connaître les auteurs très attachés à leur région : Alain-Fournier le Berrichon, René Bazin l'Angevin, Gustave Flaubert le Normand, Eugène Le Roy le Périgourdin.

— Et l'Auvergne ?

— Elle a le jeune Henri Pourrat. Mais je ne vous le propose pas tout de suite car le roman qu'il a commencé, *Gaspard des montagnes*, n'est pas terminé. Il n'en est qu'en son milieu. Je vous le proposerai plus tard.

Rose vivait selon un horaire immuable. A quatre heures, elle obéissait à son réveil, passait sa jupe de laine noire et son caraco flottant, s'entourait les cheveux d'un fichu. Elle allait baisser les barrières pour l'arrivée du 4 h 12. Elle disposait ensuite de deux heures avant le 6 h 8, les employait à faire un peu de toilette, à allumer le feu de son fourneau, à chauffer une casserolée de soupe préparée la veille. Ces besognes ne lui prenaient pas plus de quarante minutes. Elle passait les quatre-vingts suivantes à lire, à rêver en compagnie du Grand Meaulnes ou de Jacquou le Croquant. Le troisième convoi lui laissait encore une heure de loisir ; elle reprenait sa lecture au point qu'elle avait marqué avec une feuille de laurier sèche. De sorte que son histoire avait un parfum de ragoût. Ou bien elle allait couper de l'herbe au revers des talus pour ses lapins. Elle leur parlait comme à des amis, les appelant par leur nom, Gourmande, Coquine, Pierrette, Câline. Le mâle vivait à part, elle l'avait baptisé Etienne comme son mari, ce qui lui donnait l'illusion que celui-ci respirait encore. Depuis l'accident de 1926, en vérité, la vie de Rose n'avait pas beaucoup changé puisqu'ils ne se voyaient qu'aux heures nocturnes. A présent, elle avait épousé la barrière.

— Bonjour m'ami, disait-elle au lapin. Comment te portes-tu ? Je t'ai cueilli des plants de sèneçon, je sais que tu en es friand. Bon appétit, mon gros.

Entre onze heures et midi et demi, elle avait largement le temps de s'occuper de sa propre nourriture, de sa vaisselle, de ses lessives. En saison favorable, le jardinage lui prenait une part de son après-midi, avec deux interruptions consacrées aux barrières. Le dimanche, elle aurait aimé se rendre à Saint-Georges-d'Aurac ou à Marjallat pour assister à la messe ; mais ses trains ne le lui permettaient pas. Elle priait donc dans sa tête en épluchant les légumes. Elle avait du moins la consolation de recevoir la visite de Simon, descendu de Paulhaguet à bicyclette, car il avait fait l'achat pour deux mois de salaire d'une de ces machines. Il l'appelait sa bécane et en répandait la propagande :

— Tu devrais, toi aussi, t'en procurer une. Ça te permettrait de te déplacer facilement, d'aller jusqu'à Langeac, ou Brioude, ou Saint-Arcons.

— Les bicyclettes, c'est bon pour les hommes.

— Il y en a aussi pour les femmes.

— Je ne me vois pas là-dessus. Je tomberais, je me casserais la margoulette.

— Quand on sait marcher, on ne tombe pas. Je t'apprendrai.

— Merci beaucoup. Mais j'aime mieux aller à pied.

Simon parlait de son travail, de ses tuiles plates, ou creuses, ou émaillées. Il fut promu contremaître.

Sa sœur Eugénie venait aussi de temps en temps. L'autobus Langeac-Brioude la déposait le matin et la reprenait le soir. Elle racontait la haute considération dans laquelle ses maîtres la tenaient :

— On reçoit certains jours du monde important. Le curé, le vétérinaire, le directeur d'école et même le sous-préfet. Pour les servir, je me mets un tablier blanc et une couronne de dentelle.

— Une couronne !... Alors, tout va bien ?

— Tout va bien, sauf que...

— Sauf que ?

— Madame Armandon refuse de m'appeler Eugénie. Avant moi, elle a eu d'autres servantes qui s'appelaient Célestine. Elle m'a avertie : « Je t'appellerai Célestine, comme les précédentes. Autrement, j'aurais peur de me tromper, je n'ai pas de mémoire. »

— Quelle drôle d'idée ! Mais Célestine est un joli prénom.

Rose était contente du bonheur de ses enfants ; il l'aidait à supporter son veuvage et sa solitude. Or un jour elle ne fut plus tout à fait seule. Vers les neuf heures du matin, elle crut entendre derrière la porte un couinement. Elle ouvrit sans bruit. Et que vit-elle ? Un petit chat roux qui levait vers elle des yeux suppliants, en frétillant de la queue.

— Que me veux-tu, chat roux ?

Il lui fit comprendre qu'il était orphelin de père et de mère ; qu'il avait eu l'idée pas très heureuse de quitter son domicile ; qu'il s'était perdu et qu'il implorait maintenant un peu de secours. Au nom du Christ, car le poil dessinait sur son dos une espèce de croix.

— Je n'ai pas de lait, répondit-elle. Tout ce que je peux t'offrir, c'est une tasse de soupe.

Avec une prudente lenteur, tout en faisant « minou ! minou ! » de la bouche, elle avança la main. Elle réussit à la poser sur son échine maigre, affilée comme une lame de couteau. Elle allait la retenir prisonnière lorsque la bestiole, effrayée par on ne sait quoi, fit marche arrière et commença une fuite. Rose eut le temps de refermer les doigts ; mais c'est la queue qu'elle saisit. Il y eut entre elles, chacune tirant de toutes ses forces, une lutte ardente et noire, accompagnée de feulements furibonds et de griffures. La femme ne lâcha point sa prise. Elle réussit même à capturer entre ses paumes le jeune rouquin, le pressant contre sa poitrine, lui chuchotant à l'oreille :

— N'aie pas peur, petit nigaud. Je vais te donner de la soupe. Calme-toi... Calme-toi...

L'ayant mieux observé, elle constata qu'il s'agissait d'une demoiselle. Tout de suite, elle lui trouva un nom. Le premier qui lui passa par la tête, un peu simplet :

— Tiens-toi tranquille, ma Chattoune !

Chattoune lui resta. La nouvelle venue acceptait la soupe de pain ; mais Rose eut à cœur de lui procurer un peu de lait, elle qui n'en consommait guère et qui avait l'habitude de la soupe noire. Pour ce faire, elle eut le courage de se rendre chez Sorlhac deux fois par semaine, un éleveur de chèvres que les gens du pays appelaient « l'Avocat ». L'avait-il été ? Ou avait-il seulement étudié pour le devenir ? Toujours est-il qu'il s'était un jour dégoûté de la justice, l'avait abandonnée, s'était installé dans une vieille ferme au Monteil, restaurée de ses mains. Il y vivait solitaire, en sanglier, se contentant de la compagnie de ses chèvres. Les passants le rencontraient parfois sur les routes, une pelle et un seau à la main : il emportait les bouses sèches, les ajoutait aux crottes de ses bêtes pour fumer son jardin. Il accueillit Rose avec sympathie. Très vite, il s'aperçut que c'était une personne instruite et se plut à lui tenir de longs discours sur la politique. Il parlait d'André Tardieu, d'Edouard Herriot, d'Aristide Briand comme d'amis ou d'ennemis intimes. Immanquablement, il donnait à ses propos cette conclusion :

— Celui qui n'est pas de mon avis est le plus parfait des imbéciles.

Elle se gardait bien de le contredire, cherchant plutôt à l'orienter vers la littérature. Ainsi, Chattoune la rousse lui donna l'occasion de voisiner. Elles passaient ensemble de longs moments heureux, sur les genoux l'une de l'autre. Il arrivait même à Rose de tenir un livre de la main gauche et de lire à voix haute des pages que la chatte écoutait, ronronnante de plaisir, sensible comme sa maîtresse aux textes des bons auteurs.

A quelque temps de là, devenue adulte, elle prit un gros ventre et se prépara à mettre au monde des chatons. Elle aussi, secrètement, avait voisiné. Lorsque vint la mise bas, Rose se trouva fort embarrassée par l'arrivée de trois petits intrus. Estimant qu'elle avait assez donné à la charité chrétienne, elle songea à les supprimer. Jadis, elle avait vu sa mère assommer ces nouveau-nés en les lançant de toutes ses forces contre un mur. D'autres personnes les jetaient dans un ruisseau où ils se débattaient longtemps avant de périr noyés. Jamais encore elle n'avait procédé à de tels massacres. Et elle ne s'en sentait point le courage. Elle résolut de les porter à l'Avocat. Ce qu'elle fit en serrant contre elle ces petites boules chaudes qui émettaient d'infimes couinements. A Sorlhac, elle proposa d'abord de les garder, ce qu'il refusa poliment ; mais il accepta les exécutions, disant :

— Posez-les sur cette table.

— Qu'allez-vous faire ?

— Vous verrez bien.

Les trois rouquins grouillaient doucement, pas assez forts pour se tenir sur leurs pattes. Et que fit l'homme ? Il sortit, revint porteur d'une hache dont le fer luisait comme celui d'une guillotine. Avec un plaisir qu'elle pouvait lire dans ses yeux et dans son sourire cruel, trois fois il l'abattit sur les chatons. Les têtes roulèrent sur la table en lâchant une giclée sanglante. Sous les regards horrifiés de Rose. Il mit ces débris dans un sac en papier qui avait contenu de la chicorée, les tendit :

— Vous pourrez les enterrer dans votre jardin.

Elle se demanda si l'Avocat n'était pas un assassin mal converti.

Elle avait d'autres voisins. Ainsi, cet étrange trio, père, mère, fille de quinze ans à Chassaniol. Au château de Chassaniol. Jamais elle n'eût osé fréquenter des châtelains si madame Bonnefoy et sa blonde fille Marie, toutes deux à bicyclette, ne s'étaient arrêtées un jour devant la barrière. Comme elles s'apprêtaient à traverser le portillon, Rose les retint, disant :

— Le train passe dans quelques secondes. Patientez un peu, je vous prie.

Effectivement, l'instant d'après, il arriva venant de Saint-Georges-Gare, entouré de ses vapeurs ; le mécanicien salua Rose d'un grand coup de sifflet, selon son habitude.

— Merci de nous avoir retenues, fit la dame. Sans vous, nous serions peut-être écrasées.

— C'est mon travail.

— Je suis Denise Bonnefoy. Voici ma fille Marie. Nous habitons Chassaniol et sommes vos plus proches voisins. Venez nous voir quand vous voudrez. Nous serons heureux de vous recevoir.

— Je n'y manquerai pas.

— A bientôt.

Le dimanche suivant, la gardienne revêtit sa jupe mi-longue (elle n'arrivait pas à accepter les courtes que la mode des villes cherchait à imposer) et son corsage fleuri. Profitant des heures creuses, elle descendit jusqu'au château. Une magnifique résidence, avec des tourelles-poivrières, une écurie, une ferme. Rose se crut, la forêt en moins, devant celle de la Belle au bois dormant. Jamais elle n'avait vu de demeure aussi somptueuse, même en carte postale. Alentour, tout était cultivé en blé, en orge, en colza, en pommes de terre. Un homme coiffé d'un panama, protégé d'une devantière bleue, était occupé à ratisser le sable de la cour. Elle vit en lui un jardinier, s'avança précautionneusement pour déranger le moins possible les hachures de son râteau, se présenta timidement :

— Je suis Rose Malartre, la garde-barrière. Madame Bonnefoy m'a invitée à venir lui rendre visite.

L'homme enleva son grand chapeau de paille, découvrant son front en sueur, pour dire :

— Enchanté ! Je suis Jean Bonnefoy.

Puis il se courba et lui baisa la main. Elle se sentit rougir jusqu'aux cheveux car jamais personne ne lui avait fait une telle gracieuseté.

— Nous sommes ravis de vous recevoir. J'appelle ma femme pour qu'elle vous présente aussi ses salutations. Je me lave les mains et je vous rejoins.

Il tira la boucle d'une chaîne, une clochette intérieure sonna dont on perçut le léger grelot. L'instant d'après, parurent Denise, encore belle à quarante-cinq ans comme le proclamaient les premières rides de son front, et Marie, élève des sœurs ponotes[1]. Toutes deux tendirent les bras et déposèrent sur les joues de Rose des baisers abstraits, qui faisaient pfu-pfu, mais ne touchaient point la peau. Elles l'introduisirent dans la maison. Monsieur Bonnefoy les rejoignit sans devantière ni chapeau.

Visiblement, le château de Chassaniol abritait des personnes très marquées par la religion. Aux murs, sur les meubles, ce n'était partout qu'images saintes : Notre-Dame de France, Bernadette de Lourdes récemment béatifiée, portraits des papes Pie XI et Benoît XV, saint Jean-Baptiste en peinture, en sculpture, en miniature. Et encore des crucifix, des médailles, des rosaires, des bénitiers. Rose ne craignait pas une telle atmosphère qu'une légère odeur d'encens parfumait. Comme elle la humait en remuant les narines, Bonnefoy expliqua :

— Nous faisons brûler un peu d'encens quelquefois. Cela chasse les mauvaises pensées. Nous le fabriquons

1. Les Ponots sont les habitants du Puy.

nous-mêmes par un mélange de benjoin et de genièvre. Comment le trouvez-vous ?

— Très agréable.

Ces marques de piété alternaient avec des souvenirs de 14-18. Le maître des lieux s'y était comporté courageusement, comme l'attestaient une croix de guerre et une médaille militaire épinglées sur un coussin. Il évoqua cette période maudite, racontant qu'une année il était resté cinq mois sans quitter ses vêtements ni ses godillots. Sous une vitrine était encadré un papier jauni et froissé ; il en fit déchiffrer ces lignes écrites au crayon-encre : « Si je suis frappé à mort et que les circonstances le permettent, prière à messieurs les officiers commandant mon groupe ainsi qu'à l'aumônier et à mes camarades de me faire confectionner un cercueil et une croix de bois portant mes noms et matricule, afin que ma femme, ma fille et mes parents puissent me retrouver. Leur indiquer l'emplacement exact de ma tombe et leur dire de ne pas se désoler, que je suis mort content de tomber pour la bonne cause. Les frais occasionnés pourront être prélevés dans le porte-monnaie que l'on trouvera sur moi. A défaut, ma famille remboursera avec urgence. Jean Bonnefoy, Chassaniol par Saint-Georges-d'Aurac (Haute-Loire). »

— Je portais cet avis en permanence dans une de mes poches, expliqua le châtelain. Mais il n'a pas servi. Je suis revenu vivant. A présent, je veux vous dire qui nous sommes. Asseyez-vous, pendant que Denise nous prépare le thé. Comment l'aimez-vous ?

— Quoi donc ?

— Le thé ? Fort ou léger ?

— Léger, répondit Rose qui n'en avait jamais bu de sa vie.

Il présenta donc sa famille. Son père, Joseph Bonnefoy, avait été ministre avant la guerre sous Delcassé. Le château datait de cette époque. Ensuite, il avait abandonné la politique pour se consacrer à la distillerie. Lui, Jean Bonnefoy, étudiait au grand séminaire. Un jour, il avait rencontré une demoiselle qui lui avait fait perdre la tête sinon la foi. Il avait renoncé à la cléricature, épousé Denise. Ils avaient eu ensemble une fille unique, Marie : le nom de la sainte patronne du Puy. Joseph avait légué son industrie au fils aîné, le château au cadet avec les terres environnantes.

Dans cette immense demeure sans domestiques, madame Bonnefoy cuisinait, lessivait, tricotait, ravaudait. Elle faisait même le pain du ménage dans le four, derrière la grande cheminée. Marie, au Puy, songeait à devenir religieuse. Sur ce point, toutefois, le père et la mère étaient assez opposés. Lui souhaitait pour sa fille une existence ordinaire, un mariage heureux, des enfants qu'il ferait un jour sauter sur ses genoux. S'il avait mis la cléricature à la porte de sa vie, ce n'était pas pour la voir rentrer par la fenêtre.

— Un jour, prédisait-il, l'Eglise se réformera. Les curés cesseront de s'habiller en femmes. Dans la rue, personne ne les reconnaîtra à leur costume. Ils auront une famille comme les popes de l'Eglise orthodoxe, comme les ministres de l'Eglise réformée. Si le célibat ecclésiastique ne tombe pas, alors l'Eglise ne trouvera plus de prêtres.

Denise considérait au contraire qu'échapper aux douleurs et aux devoirs de la maternité est un privilège pour une femme. Ce qui ne l'empêche pas de se dévouer au service des enfants des autres, des orphelins, des abandonnés.

— Une fille qui se consacre à la religion, affirmait-elle, voilà le plus grand honneur qui peut toucher une famille.

Marie partageait donc les idées maternelles ; mais le père n'entendait point contrarier sa vocation. L'harmonie parfumait le foyer des Bonnefoy autant que le benjoin. De son côté, Rose exposa qui elle était, d'où elle venait, comment on l'avait préposée aux barrières, son amour des livres. Après le thé, on voulut la retenir pour partager la soupe en train de mijoter. Mais elle ne put accepter, car elle devait être de retour chez elle pour le train de 17 h 40.

5

Le plant de lilas devint un bel adolescent. Puis un adulte achevé. Chaque année, en avril, il ornait de mauve la façade de la maison. A ses pieds, une rangée de monnaie-du-pape[1] aux fleurs violettes formait un alignement épiscopal. Un jour, Rose engagea une conversation avec une automobiliste de passage. Car certaines femmes, encore très rares, s'étaient mises à conduire les voitures. L'inconnue s'émerveilla devant ces couleurs et sollicita une grappe. Largement servie et la barrière relevée, elle reprit ensuite sa route. Or voici que plusieurs semaines après arriva de Lille une carte postale confiée à cette adresse : *Madame la garde-barrière. Maisonnette au lilas. Entre Vieille-Brioude et Langeac. Haute-Loire.* Le facteur Astruc, qui faisait sa tournée à cheval, descendit de sa monture au passage à niveau et remit en mains propres la carte, en fredonnant « Vive la rose et le lilas ». Car il avait l'habitude de lire les correspondances de ses cartes postales pour égayer ses voyages.

1. Appelée de nos jours « euro-du-pape ».

Grâce à la barrière qui arrêtait beaucoup de monde, Rose ne souffrait pas trop de solitude. Le plus assidu à la rencontrer était, naturellement, monsieur Pignol. A cause de sa faible voix, des bruits éventuels qui la couvraient, elle l'invita à entrer dans la maison. Cela devint une habitude. La pièce du rez-de-chaussée était assez grande pour être appelée à la fois cuisine, salle à manger, salon, bibliothèque. Une étagère exposait le dos des livres qui lui appartenaient ou d'emprunt en cours de lecture. Le fourneau ronflait, la cafetière gardait dessus sa chaleur en attendant de servir. L'ancien professeur prenait place derrière la table couverte de toile cirée. Bientôt les soucoupes et les tasses arrivaient. Le café remplissait la pièce de son parfum d'Arabie.

— Je ne le fais pas très fort, s'excusait la gardienne. Et j'y ajoute de la chicorée.

— C'est ainsi que je le prépare moi-même, la rassurait monsieur Pignol.

Il regardait les décorations accrochées aux murs : la photo d'Etienne Malartre en tenue bleu horizon ; celle de la belle-mère Jeanne debout devant son cabriolet ; une vue de Notre-Dame-de-France, inévitable ; le calendrier des postes. Quelques cartes illustrées fixées par des punaises : une de Villedieu signée Isménie Merley ; une de Langeac envoyée par Eugénie ; une de la Lilloise inconnue. Par la fenêtre, il voyait la route blanche de poussière ; de l'autre côté, les talus qui la bordaient, étoilés de primevères jaunes qu'on appelait par ici, à cause de leur forme gonflante au milieu et serrée au fond, des « culottes de coucou ». Les petits bergers les saisissaient par cette pointe, tiraient doucement, détachaient chaque jambe et trouvaient à l'autre bout une goutte de jus sucré.

Il regardait surtout Rose, ses cheveux blonds mêlés de gris, réunis en chignon sur la nuque, ses yeux clairs, son teint pâle, son nez un peu courbe, son corsage presque plat. Habillée de noir comme il convenait au deuil qu'elle porterait jusqu'à la fin de ses jours. Pas très jolie bien qu'elle eût à peine entamé la quarantaine, mais avec un air de finesse et de bonté qui surprenait.

Ils parlaient des derniers livres qu'ils avaient lus. Il lui avait fait connaître Goethe ; elle avait un faible pour *Hermann et Dorothée* qui est un poème en langue allemande, mais devient en français une histoire d'amour en prose.

— Les histoires d'amour en prose sont les plus intéressantes car elles expliquent de façon plus détaillée les causes et les effets.

Ensemble, ils avaient fait le *Voyage avec un âne dans les Cévennes* de Robert Louis Stevenson qui est aussi une histoire d'amour : entre un homme et une bête. Hector avait essayé de lui mettre Proust entre les mains ; elle l'avait trouvé compliqué et ennuyeux. On ne peut pas trop demander à une garde-barrière, même si elle a été reçue la première du canton au certificat d'études.

Un jour, tout soudain, il prononça la phrase la plus surprenante du monde :

— Savez-vous ce que vous devriez faire ?... Ecrire, vous aussi.

— Comment ça, écrire ?

— Raconter une histoire. Un roman. Les écrivains débutants ont coutume de commencer par le plus difficile : la poésie. Je ne vous le conseille pas. Ça n'aboutit à rien. En France, depuis Victor Hugo, personne n'en veut. Les poètes distribuent leurs recueils à leurs amis et connaissances ; mais les libraires sont incapables de les vendre. Si bien que ces auteurs ont très vite l'impression qu'ils ne valent rien, ce qui est rarement vrai. Conséquence : ils ne trouvent pas d'éditeur, ils doivent faire imprimer leurs poèmes à leurs frais. Le public français préfère les romans. Je suis sûr que le vôtre sera intéressant et qu'il trouvera une maison pour le publier.

Rose demeura bouche bée, effarée de ce qu'il lui proposait. Elle osa quand même demander :

— Quel genre de roman ?

— Une histoire simple. Une histoire vraie, que vous avez vous-même vécue. Ou bien qu'on vous a racontée. Qui s'est passée près de chez vous. Les bons romanciers, me semble-t-il, n'inventent pas en général leurs sujets. Ils les recueillent en lisant les journaux, en écoutant les vieilles personnes. Leur seule invention réside dans les détails, le temps qu'il faisait, la couleur du ciel, l'heure du jour, la bergère qui poussait ses vaches en s'abritant sous un grand parapluie noir. La réalité a beaucoup plus d'imagination que tous les écrivains réunis.

— Je ne saurai pas.

— Mais si, mais si. Lorsque vous aurez écrit quelques pages, si vous voulez, vous me les ferez lire pour que je vous donne mon sentiment. Nous travaillerons ensemble. Quand ce sera fini, nous chercherons un éditeur. Je vous laisse. Réfléchissez à tout cela. Nous en reparlerons.

Elle posa des questions naïves :

— Sur quoi faut-il écrire ?

— Sur un cahier d'écolier. N'avez-vous pas quelques restes de votre ancienne école ?

— Je crois que si.

— Prenez ces pages pour commencer. N'ayez pas peur de raturer, de corriger vos lignes, en allant toujours vers la simplicité, vers la transparence. Mais pas vers la pauvreté. Vous devez comprendre cela. Si vous voulez un modèle, songez à George Sand. *La Mare au Diable. La Petite Fadette.* Mais faites plus vrai. Les paysans sont ce qu'ils sont. Il ne faut ni les embellir ni les noircir. Ensuite, quand toutes ces pages seront remplies — il vous en faudra bien au moins cent cinquante si vous voulez qu'on vous prenne au sérieux —, vous devrez les recopier proprement sur des feuilles nouvelles, les numéroter, en écrivant sur un seul côté. Car les imprimeurs ont l'habitude de découper les textes comme des tranches de saucisson. Si la feuille était écrite des deux côtés, les tranches de devant, le recto, assassineraient les lignes de derrière, le verso.

— Avec quelle encre ?

— N'importe. Avec celle que vous fournit le PLM.

— Elle est violette, je la fabrique moi-même, avec un tube de poudre et de l'eau.

— Commencez dès que possible.

Il but son café, embrassa son amie et monta sur sa bicyclette. Pendant une heure, en attendant le train suivant, Chattoune sur ses genoux, Rose resta songeuse. Examinant le contenu de sa tête, elle y trouva une quantité de sujets possibles. Sa propre histoire de garde-barrière nourrie de lectures. Celle de Jeanne, la leveuse de dentelles. Celle d'Etienne, son mari cantonnier. Celle de l'Avocat qui décapitait les chatons après avoir — peut-être ! — décapité des personnes. Celle de son fils tuilier ou de sa fille servante chez un notaire. Celle de son père, Borel, ouvrier agricole à Montgieux, ou de sa mère Delphine, soumise à son père, à son mari, à ses enfants. Après en avoir tourné et retourné plusieurs, s'aidant de tous les souvenirs que madame Merley lui avait confiés, elle choisit d'écrire une histoire qui ressemblerait à celle d'Isménie, dont elle trouva aussitôt le titre : *La Dame du Mézenc*. Elle prendrait toutefois la précaution de donner à son personnage un autre patronyme ; elle changerait aussi ceux qui l'entoureraient ; elle changerait même, autant que possible, les noms des lieux.

LA DAME DU MÉZENC

En 1880, existait au Puy une école normale d'institutrices chargée de recruter pour deux départements, l'Ardèche et la Haute-Loire. Caractère particulier : elle était congréganiste, placée sous l'administration des Dames de Saint-Maur, car les lois sur la laïcité n'avaient pas encore été votées. On y enseignait la lecture, l'écriture, les éléments de la langue française, un peu d'histoire et de géographie, l'arithmétique, le système métrique et, plus longuement que tout, l'instruction religieuse. En ce temps-là, le maître d'école restait sous la dépendance du curé ; il était chantre au lutrin, sonneur de cloches, balayeur de l'église. La maîtresse n'avait pas ces obligations ; mais elle devait se dévouer corps et âme à ses fonctions. Il lui était recommandé de ne pas se marier, donc de ne pas fonder une famille, quoique le célibat ne fût pas obligatoire. Les bonnes sœurs nous faisaient aussi pratiquer la dentelle au carreau et les travaux d'aiguille.

Riche de toutes ces notions, je fus nommée en 1883 à l'école des Estables, créée spécialement pour me recevoir. Avant moi, les enfants de la commune ne bénéficiaient d'aucune instruction, malgré la loi Guizot de 1833, restée lettre morte. On me logea dans une ferme abandonnée, après avoir aménagé l'étable en salle de classe. J'avais quarante-huit élèves, trente-six garçons et douze filles. Non point parce que celles-ci étaient moins nombreuses que les garçons, mais parce que les parents renâclaient à se séparer d'elles. Depuis la loi de neutralité proclamée au printemps 1880, je n'avais pas à dispenser d'enseignement religieux. Seulement « l'instruction morale et civique, c'est-à-dire la morale universelle et les éléments du droit nécessaires au futur citoyen ». Je me demande seulement s'il existe une morale véritablement universelle. N'y a-t-il pas des religions, des coutumes, des civilisations qui autorisent l'inceste, l'assassinat, le parricide, l'anthropophagie ? Des principes, en tous cas, que je n'ai jamais enseignés à mes élèves.

Je suis originaire de Monastier-sur-Gazeille. La Gazeille est un affluent de l'Allier et n'a rien à voir avec les gazelles. En patois vellave, une gazeille est un terrain très humide ; il s'ensuit que gazouiller ne veut pas dire babiller, mais barboter. Ce bourg, à

940 mètres au-dessus du niveau de la mer, possède un beau château du seizième siècle orné de tours bien conservées, et une église abbatiale de style roman, souvenir de l'ancien monastère bénédictin fondé par saint Calmin qui a donné son nom au village. Malgré ces richesses historiques, Monastier doit sa réputation — et elle est devenue internationale — à une ânesse. Chose un peu humiliante. Celle qu'y acheta l'Ecossais Stevenson en 1878, qu'il baptisa du joli nom de Modestine et dont il se servit pour porter son bagage dans la randonnée qu'il entreprit à travers les Cévennes. *C'était quelque chose de beaucoup plus lent qu'une marche lorsque la marche est plus lente qu'une promenade. Elle retenait chaque pied en suspens pendant un temps incroyablement long.* Bref, c'était une ânesse bien digne du Velay, prudente, réfléchie, comme on sait l'être dans ce beau mais dangereux pays plein de ravins, de torrents, de bêtes du Gévaudan, de volcans qui font semblant d'être endormis. Quant au bagage, la principale pièce en était un sac de couchage. Il remplissait une double fonction : celle d'un lit pour dormir, celle d'une valise le jour. *Après des visites réitérées au Puy et force chopines vidées avec ceux qui m'aidèrent à le combiner, il fut enfin fabriqué et triomphalement apporté chez moi. Il avait près de six pieds carrés, sans compter deux pans triangulaires destinés à me servir d'oreiller la nuit... Figurez-vous une sorte de saucisson couvert de toile à bâche imperméable et doublé d'une peau de mouton blanc.* Stevenson partit du Monastier le 22 septembre 1878 et atteignit Saint-Jean-du-Gard

le 3 octobre, douze jours plus tard, à une distance de 192 kilomètres.

Mais pour moi, Monastier, c'est d'abord la place de la Fromagerie sur laquelle donnait la boulangerie de mon père. Toujours encombrée de charrettes au repos, les brancards en l'air. Ma mère aurait voulu me garder pour vendre le pain à ses côtés et prendre sa suite. Mais j'obtenais des résultats si brillants chez les ursulines qui m'enseignaient qu'elles la persuadèrent de me laisser entrer à l'école normale du Puy. Pendant les vacances scolaires, je reprenais mes fonctions de vendeuse et j'accompagnais ma mère dans les villages voisins pour vendre nos couronnes et nos miches. La clientèle était assez rare car les paysannes faisaient cuire elles-mêmes leur pain. Mais le nôtre était blanc et doux comme la brioche. Elles sacrifiaient donc quelques sous pour en acheter des tranches que nous pesions sur une balance à plateaux. C'est moi qui calculais le prix et rendais la monnaie. En fin de tournée, il m'arrivait de fredonner une chanson à la mode :

La boulangère a des écus
Qui ne lui coûtent guère.
Elle en a, oui je les ai vus,
J'ai vu la boulangère...

Ce qui faisait rire ma mère quoique ce fût très injuste. Mon père se levait à deux heures du matin pour pétrir sa fournée. Et si les écus coûtaient peu à la boulangère, ils coûtaient beaucoup de peine au boulanger.

Lorsque je pris le grade d'institutrice, c'est lui qui me transporta dans sa charrette jusqu'aux Estables avec mes vêtements, ma vaisselle, mon mobilier, mes livres. Car nous ne trouvâmes dans le logement mis à ma disposition par la commune que ce que nous y transportions. Dans l'ancien fenil que partageait une cloison de planches, je disposais d'une pièce pour préparer mes soupes, d'une autre pour dormir et d'une troisième sans usage précis. Ne sachant à quoi m'en servir, j'y déposai mes caisses et mes sacs. L'eau se trouvait à une fontaine publique à deux cents mètres de là. Elle ne coulait que si l'on tournait une manivelle qui faisait monter une chaîne chargée de godets, selon le principe de la noria égyptienne. Mais, grâce à une tuyauterie qui descendait du toit, je recueillais l'eau de pluie pour mes lessives.

Dans le domaine de la propreté — on dit à présent l'hygiène —, mon logement était dépourvu de tout. Pas d'autres cabinets que l'ancien poulailler et sa fosse puante. Je devais me servir d'un *batchi*, d'un seau en zinc émaillé que j'allais y vider chaque matin avant l'arrivée des enfants. Pas d'évier. Lorsque j'avais lavé dans une bassine mon peu de vaisselle, je jetais l'eau usée par la fenêtre en prenant la précaution d'observer si personne ne passait dessous. Les habitants du Mézenc, eux-mêmes, ne se lavaient pas très souvent, à en juger par la couleur de leurs mains et par leur odeur : celle du fumier de vache. On raconte qu'un médecin avait un jour été appelé par un paysan qui souffrait d'un pied. Il dit à l'homme :

— Retroussez votre pantalon... Et maintenant, enlevez votre chaussette.

— Mais j'ai pas de chaussettes. J'en porte jamais.

Les femmes avaient des bas de laine brune qu'elles tricotaient aux veillées. Le plus souvent, les hommes allaient pieds nus dans des sabots fortement cambrés qui les sortaient de l'eau, de la boue, de la neige. Le bois formait sur le cou-de-pied des cals qui saignaient quelquefois, les *boussorles*. Pour s'en préserver, ils les choisissaient un peu grands et les rembourraient de foin. Les enfants allaient de même. En hiver, avant leur départ pour l'école, les mères avaient la précaution de chauffer le ventre des petits sabots avec une louchée de braises, promenées rapidement sur la sole. Les adultes ajoutaient des guêtres en drap de ménage, tissé comme les bas avec la laine des brebis sans teinture, « couleur de la bête ». On les adaptait aux sabots au moyen de deux gros liens de paille qui empêchaient la neige de se faufiler.

Pour moi, je portais des souliers à talons bas fabriqués par un des cordonniers de Monastier. Mon père n'aurait pas admis de me voir aller autrement. Une institutrice doit donner à ses élèves l'exemple des bons vêtements et chaussures. Le dallage de l'ancienne étable transformée en salle de classe n'aurait pas supporté des talons pointus. Il supportait fort bien en revanche les sabots cloutés de mes élèves qui sonnaient sur les dalles de schiste en produisant une musique de xylophone.

Le paysage autour de nous était tout en forêts, en montagnes et en sommets qu'on appelait des « sucs ». Le mont Mézenc dominait le tout de ses deux pointes qui, de loin, le faisaient ressembler à un bicorne de gendarme. Les fermes étaient basses sous leurs toits de chaume ou de genêt. L'entrée était commune aux bêtes et aux personnes, car plus le climat est rude, plus l'homme a besoin de voisiner avec son bétail qui le nourrit et le réchauffe. Tandis que dehors la tourmente accumule la neige, engloutit la maison protectrice des gens, des vaches, des brebis, ensemble au tiède sous la provision de foin. On pénétrait quelquefois sous un auvent qui couvrait la porte et la gardait un peu de l'amoncellement. L'étable et le logis des maîtres étaient séparés par une simple cloison. On pouvait donner le soin au bétail pendant des mois sans sortir. On se chauffait au bois, naturellement, mais aussi avec des morceaux de lande proches de la tourbe, découpés à la fin du printemps et séchés au soleil. Chaque ferme possédait une fontaine intérieure qui coulait dans une cuve de pierre. (La mienne seule, faute d'entretien, s'était tarie ou détournée.) On dit que la Loire naît ainsi dans une ferme ardéchoise au pied du Gerbier de Jonc, pointu comme un chapeau de clown. Un âne pourrait l'avaler en deux lampées. Le fermier de ladite maison, fâché contre le gouvernement du Roy, avait un jour essayé de détourner la Loire à son profit, la faisant couler dans des rigoles qui arrosaient ses terres, puis la dispersaient dans le voisinage. Il espérait faire mourir de soif les villes que ce fleuve arrose, Roanne, Orléans, etc. Afin de mettre dans un grand embarras le Roy et ses ministres. Il envoya ses fils vérifier si ces villes manquaient d'eau. Les garçons revinrent en rapportant qu'elles n'en avaient pas perdu une goutte. De désespoir et de honte, le père but la source tout entière et périt noyé...

Le cœur battant, Rose soumit son cahier à l'opinion de monsieur Pignol. Dès le premier coup d'œil, il émit un jugement provisoire :

— Vous avez une jolie calligraphie. J'y reconnais bien l'enseignement de votre ancienne institutrice. L'ensemble de ces lignes ressemble à de la dentelle. Lors de mon prochain passage, je vous dirai ce que je pense du texte.

Il revint en effet la semaine suivante. Sautant de sa bécane, il s'avança vers elle en applaudissant. Elle crut qu'il se moquait, à tant d'énergie. Il n'en était rien :

— Cela dépasse ce que j'espérais. Si la suite est de la même qualité, nous trouverons sûrement un éditeur qui publiera votre roman. Voyons à présent quelques corrections de détail.

Il lui fit remplacer « Munie de tous ces enseignements » par « Riche de toutes ces notions » afin d'éviter l'allitération *ment... ment...* qui se serait produite avec *spécialement*. Même correction plus bas où *préparer mes soupes* remplaça *préparer mes potages* à cause de *sans usage* à la ligne suivante.

— L'allitération, expliqua-t-il, peut être bonne en poésie *(Pour qui sont ces serpents qui sifflent sur nos têtes ?)*, mais en prose, nous devons l'éviter lorsqu'elle est une répétition de sons involontaire.

Il toléra l'emploi de quelques mots de patois local : *batchi*, *boussorle*, à condition que le lecteur pût en deviner le sens.

— Le patois est un assaisonnement régional. Point trop n'en faut.

Il admit la réflexion « Je me demande s'il existe une morale universelle », tout en lui opposant les *Fondements de la métaphysique des mœurs* : « Agis comme si la maxime de ton action devait être érigée par ta volonté en loi universelle de la nature. » Mais ensuite, il renonça à parler de raison pure, ce qui lui sembla dépasser l'entendement d'une pauvre garde-barrière.

6

Ainsi chaque matin, après l'omnibus de 4 h 12, son café bu pour bien se tenir réveillée, Rose Malartre prit l'habitude d'écrire quelques pages. *La Dame du Mézenc* rassemblait les souvenirs qu'Isménie lui avait racontés, complétés par des souvenirs imaginaires, ceux que Rose aurait vécus si elle était devenue institutrice. Y ajoutant encore ceux de Jeanne sa belle-mère et de Delphine sa mère. Elle trempait la plume Sergent-Major dans l'encrier, fermait les yeux un moment pour bien ordonner la phrase dans sa tête, et la plume se mettait à courir sur les pages des vieux cahiers qu'elle avait retrouvés dans sa malle. Vierges aux trois quarts. Les premières feuilles portaient trace des leçons de morale reçues à Villeneuve-d'Allier :

« Vendredi 4 janvier 1895. Nécessité de l'instruction. L'écolier qui n'apprend pas ses leçons mérite le bonnet d'âne. Si nous voulons être des personnes compétentes dans notre profession, nous devons étudier avec soin tout ce qui nous est proposé en classe. Un homme instruit en vaut deux.

Vendredi 11 janvier 1895. Aimons notre pays. La France est notre mère à tous. Elle mérite tout notre amour. En temps de paix, nous nous appliquerons dans notre travail afin d'honorer sa réputation. En temps de guerre, chacun lui doit les plus grands sacrifices, y compris celui de son sang.

Vendredi 18 janvier 1895. La sobriété, c'est le bonheur à bon marché. Nous devons nourrir notre corps, mais pas plus qu'il n'est nécessaire. Rien n'est laid comme un homme obèse. On dirait un pot à tabac. En outre, il a la plus grande peine à prendre ses chaussettes et à lacer ses souliers. Il doit recourir au service d'un ami... »

L'enseignement de monsieur et de madame Merley préparait les enfants à devenir des adultes débordants de vertus.

En tissant page après page cette histoire de mensonges et de vérités, Rose échappait à sa solitude, à sa tristesse de veuve, à la monotonie de son existence ferroviaire. Mais les idées formaient dans sa tête un enchevêtrement si confus que, se disait-elle, « une chatte n'y eût pas retrouvé ses petits ». L'exercice de la plume convenait quand même à Chattoune qui ronronnait sur les genoux de sa maîtresse pour exprimer le plaisir qu'elle y prenait. Il lui arrivait même de se promener à pas de velours sur l'amas des feuilles, consciente de participer à leur noircissement. Les écrivains aiment les chats, les chats aiment les écrivains.

Rose était si absorbée par sa tâche qu'elle en oubliait parfois de manger. Elle grignotait un croûton de la main gauche sans lâcher sa plume. Il arrivait de temps en temps que son repas fût composé d'une simple pomme. Ou d'une rave crue, habitude qu'elle avait prise dans son enfance en gardant les vaches : elle fendait la rave de son couteau, en raclait la pulpe avec la lame, produisant une sorte d'écume qu'elle tartinait sur son pain.

Lorsqu'elle écrivait avant le jour, entre quatre heures et six heures, sans doute parce que sa cervelle était encore embrumée, il lui arrivait parfois de manquer d'inspiration. Alors, elle sortait devant la porte, regardait les étoiles du ciel, écoutait le chant des oiseaux nocturnes. Notamment celui du rossignol qu'elle reconnaissait à ses trilles alternant avec des doubles notes. Elle songeait à tous les auteurs, connus ou inconnus, que cet oiseau avait inspirés :

Isolés dans l'aurore ainsi qu'en un bois noir,
Nos deux cœurs, exhalant leur tendresse paisible
Seront deux rossignols qui chantent dans le soir...[1]

De loin en loin, dans son cabriolet, oubliant ses soixante-quinze ans, Jeanne Malartre venait lui rendre visite. Quoique leveuse retraitée, elle continuait de s'intéresser à la dentelle et réprimanda un jour sa bru de l'avoir délaissée.

— Il serait grand dommage que tu en perdes l'habitude. Le carreau est comme un instrument de musique. Lorsqu'on le néglige, les mains finissent par ne plus savoir en jouer.

— Je n'ai pas le temps. J'ai une autre occupation.

1. Paul Verlaine.

— Une occupation qui te rapporte ?

— Qui ne me rapporte rien pour le moment. Mais qui peut-être, un jour, me rapportera plus que la dentelle. D'ailleurs, je ne fais pas cela pour le rapport.

— Puis-je savoir de quoi tu parles ?

— J'écris un roman. *La Dame du Mézenc.* L'idée m'en est venue en pensant à mon ancienne maîtresse d'école. Encouragée par un écrivain véritable, Hector Pignol.

— Connais pas.

— Il écrit dans l'*Almanach de Brioude.*

— Et qu'espères-tu de ce travail ?

— Il me fait oublier.

— Oublier quoi ?

Rose eut un geste vague des épaules, n'estimant pas nécessaire de préciser. Jeanne la regardait fixement de ses yeux noirs qui cherchaient à la percer jusqu'au cœur. Puis elle inspecta toute la maison, critiqua la disposition des meubles, de la vaisselle, de la photographie de son fils. Au jardin, elle donna des conseils sur les échalotes et les salades. Chattoune s'était blottie sous le poêle à trois trous et considérait les mouvements de cette étrangère avec des yeux horrifiés. Pendant ce temps, l'ânesse du cabriolet — Jeanne avait vendu le cheval, remplacé par une Modestine — broutait devant la porte les branches du lilas et les monnaies-du-pape.

Jeanne ne venait jamais les mains vides. Pour faire passer sans doute plus doucement ses conseils, comme on avale un peu de miel derrière une pilule, elle apportait, selon la saison, un sac de pommes de terre (qu'elle appelait des « poulets sans plumes »), un panier de poires, une bouteille d'huile de noix, un pot de saindoux, une douzaine d'œufs. Ce jour-là, ce fut une surprise :

— Je t'ai parlé des instruments de musique. Tu te souviens ?

— Oui, à propos du carreau à dentelle.

— Eh bien, je t'en apporte un. Une mandoline.

Elle tira d'un sac de toile un jambon sec. Il datait probablement de plusieurs années, à en juger par des traces verdâtres de moisissure ; mais dessous devait rester du bon. Rose remercia, très touchée :

— De celle-là, je saurai jouer. Vous êtes trop bonne.

— Pendant que tu la mangeras, le diable s'arrachera le cou.

Le diable s'arrache le cou chaque fois qu'une âme lui échappe. Il guettait celle de Jeanne ; mais elle ne semblait pas près de se rendre. Emmitouflée dans sa peau de bique, elle bravait les intempéries. En fin de journée, son ânesse la ramenait à Espeytavi sans demander le chemin à personne.

Au début d'avril, le cerisier du jardin se couvrit de fleurs blanches. Si nombreuses, si touffues qu'on aurait dit un bouquet de mariée. Il promettait une récolte exceptionnelle. Mais dans les jours qui suivirent, le ciel changea de face, il plut pendant une semaine. Quand le soleil revint, les beaux pétales blancs neigèrent sur le sol. Les fruits, hélas, ne tiennent pas toujours les promesses des fleurs. Une fois encore se trouva vérifié le proverbe : « Quand il pleut à la Saint-Georges, sur cent cerises restent quatorze. »

Rose tira du moins grand profit du jambon-mandoline. Comme elle n'aimait pas trop la viande sèche et salée, elle y découpa des tranches qu'elle fit cuire en potée, avec des choux et des poulets sans plumes. Elles triplaient de volume dans l'eau bouillante. « Comme Etienne se serait régalé ! » se disait-elle avec mélancolie car elle connaissait les goûts de son défunt. Une chose l'intriguait pourtant : de son vivant comme après son décès, elle n'avait jamais rêvé de lui. Cela devait signifier quelque chose. En revanche, elle rêvait des personnages de son roman, d'Isménie, du Mézenc, de Stevenson, de Modestine. Elle trouvait étrange que cette ânesse occupât plus de place dans ses rêves que son défunt mari.

Elle rêvait parfois de ses parents, toujours à Montgieux, qu'elle n'avait pas vus depuis plusieurs années. Retenue d'abord par ses obligations de mère de famille, maintenant par les barrières à ouvrir et à fermer.

L'hiver qui suivit se montra particulièrement rigoureux. Il eut sur Rose la conséquence d'un mal de poitrine accompagné de fièvre et d'une toux qui la déchirait. Elle n'eut pas l'idée, cependant, d'interrompre son service de garde, ni de se faire remplacer par un employé du PLM. Ce qui l'aurait obligée à héberger un inconnu. Chaque fois qu'elle devait sortir, elle s'enveloppait dans une couverture, allait manœuvrer la barrière, rentrait parfois transformée en bonne femme de neige. La circulation routière était pratiquement nulle ; néanmoins, elle s'obligeait à ouvrir et fermer selon le règlement.

La chose dura de la sorte cinq ou six jours. Jusqu'au matin où, grelottante de la tête aux pieds, elle tomba de son lit, incapable de se tenir debout. Elle eut quand même la force de se traîner jusqu'au fil téléphonique qui la reliait à la gare de Saint-Georges ; d'expliquer sa situation, l'impossibilité où elle était d'assurer son service.

— J'envoie quelqu'un, dit le chef.

Le remplaçant arriva vers cinq heures. Il trouva Rose alitée, plus rouge qu'un tison.

— Et vous n'avez pas appelé un médecin ?

— Pas besoin de médecin. Juste un coup de froid. Suffit que je me tienne bien au chaud. Que je boive des tisanes.

— Vous devez avoir une fièvre de cheval. Faut qu'on vous soigne. Je ne veux pas vous laisser mourir.

— Mettez du charbon dans le fourneau. Tout ira bien. Je ne peux pas me permettre de mourir. Que deviendrait Chattoune si je disparaissais ?

— Vous, vous êtes une rare.

— Une rave ?

— Non. Je dis que vous êtes une rare. Y en a guère des comme vous.

— D'accord, je suis une rare.

Cet employé était un homme de bonne volonté. Dès lors, il divisa ses soins en quatre parts. L'une consacrée à la malade ; la seconde, au fourneau et à la cuisine ; la troisième, à la chatte rousse ; la restante, aux barrières. Il couchait au grenier. Rose avait aménagé cet espace en chambre de secours. C'est là que dormait son fils Simon lorsqu'il restait chez elle plusieurs nuits. Pour Eugénie, pas de problème : elle partageait le lit de sa mère. L'homme à la casquette fit boire à la malade des infusions dont elle avait cueilli les herbes à la belle saison et qui pendaient en touffes sèches aux chevrons de la toiture : feuilles de sauge, reines-des-prés, potentille, millefeuille, racines de chiendent. Elle en prenait une demi-tasse toutes les heures. Au bout de huit jours, elle put reprendre son service. L'employé du PLM l'embrassa comme une sœur aînée.

Pourquoi Jeanne Malartre appelait-elle les pommes de terre des « poulets sans plumes » ? Le patois vellave nommait ce tubercule, suivant les régions, *trufo* ou *trifole* pour souligner sa ressemblance avec la truffe, un champignon souterrain dont se régalaient nos rois à cause de ses pouvoirs prétendument aphrodisiaques. Louis XIV en consommait deux livres par semaine. Baste. La *trifole* était infiniment plus précieuse que son homonyme car elle nourrissait à bon marché les hommes et les bêtes. C'est elle qui mit un terme aux famines épouvantables dont le souvenir jalonne l'Histoire. On dit : depuis Parmentier. En fait, elle arriva bien plus tôt en Auvergne puisque Olivier de Serres — l'auteur du *Théâtre d'agriculture et mesnage des champs* dont Henri IV, enthousiasmé, se fit faire la lecture tous les soirs quatre mois durant — la cultivait dans la propriété qu'il possédait près d'un autre Villeneuve, en Vivarais. Il l'appelait *truffe* blanche ou *cartoufle* et la tenait d'un moine franciscain qui l'avait rapportée d'Amérique.

Il conseillait de la planter « au commencement du printemps après les grands froids, quatre doigts profond ; elle désire de la bonne terre bien fumée, plus légère que pesante, bien au large de quatre en quatre pieds de distance », car la plante était alors plus forte en feuilles et en tiges que de nos jours. « On la conserve tout l'hiver parmi du sablon délié dans une cave tempérée, moyennant que ce soit hors du pouvoir des rats car ils sont si friands de cette nourriture que s'ils peuvent l'atteindre ils la mangent toute en peu de temps. Quant au goût, le cuisinier les appareille de telle sorte que la cartoufle vaut la truffe. » Madame Merley avait eu la bonne idée de faire connaître Olivier de Serres à ses élèves en leur lisant quelques pages du *Théâtre*. De sorte que cet auteur était fort apprécié de Rose. Elle l'avait elle-même présenté à Jeanne.

A Villeneuve-d'Allier, on distinguait les diverses sortes de trifoles simplement à leur couleur : la jaune, la blanche, la violette, la bleue. On savait que telle ou telle convenait mieux à la soupe, à la purée, à la potée, aux cochons. La dernière espèce convenait aussi aux hommes. Pendant les veillées d'hiver, ils se réunissaient devant la cheminée autour du chaudron où elles cuisaient doucement, en émettant de grandes vapeurs et une senteur terreuse. Chaque veilleur y prenait la sienne en se brûlant les doigts, la pelait du bout de l'ongle. On en jetait des morceaux aux chiens qui les happaient en gémissant de douleur et de plaisir.

Delphine, pauvre entre les pauvres, emportait quelques jaunes dans les poches de son devantier lorsqu'elle allait, en compagnie de sa fille, garder les chèvres. Pendant que les biquettes s'exerçaient les dents sur les ronces, les deux femmes construisaient un petit feu de branches mortes. Elles posaient dessus les trifoles crues qu'elles avaient simplement frottées entre leurs doigts pour les débarrasser de leur terre. Quand les cartoufles sortaient du brasier, leur peau s'était caramélisée.

Rose les préférait à la maison, réduites en *patia*. Rien n'est plus simple à préparer. Il faut faire cuire dans deux doigts d'eau des pommes de terre entières, mais pelées. On les écrase à la cuillère de bois. On les arrose d'un filet de vinaigre, on sale à peine, on brasse le tout. C'était un délice qu'elle n'aurait pas échangé contre le poulet véritable. Celui-ci était, vers 1928, la plus chère des nourritures et ne convenait qu'aux personnes fortunées. Voilà pourquoi Jeanne Malartre appelait les trifoles des « poulets sans plumes ».

7

Lorsque Rose, portant un bouquet de lilas, se présenta un certain dimanche chez ses voisins de Chassaniol, elle fut accueillie singulièrement. Rien ne semblait changé dans le château, sauf que la porte principale, ordinairement ouverte à tout venant en cette saison, était fermée. Pas un chien, pas un chat dans la cour. On aurait dit une demeure inhabitée. Ou pis peut-être : une maison en deuil, repliée sur elle-même en attendant le jour des obsèques. « Mon Dieu ! se dit Rose. Pourvu que... »

Après un moment d'hésitation, elle s'avança, tira le cordon de la sonnette. Il y eut à l'intérieur un bruit de voix. La porte s'entrouvrit. Parut la face moustachue du maître. Jean Bonnefoy sembla balancer, comme s'il ne reconnaissait pas la visiteuse. Il parla enfin :

— Nous ne pouvons recevoir personne. Denise est alitée.

— Malade ?

— Rien de grave. Mais il lui faut du repos. Le médecin a interdit les visites.

— Est-ce que... je pourrais prendre des nouvelles dans quelques jours ?

— Il lui faut plusieurs semaines de tranquillité. Pardonnez-nous.

Le battant se referma. Rose n'eut plus devant elle que la chaîne et son anneau. Elle regagna ses barrières, inquiète et triste. Quelle sorte de maladie sans gravité exigeait à quarante-cinq ans le repos, le silence, l'isolement ? Et pourquoi ce mystère ? Elle y pensa toute la nuit suivante sans trouver de réponse. On avait encore honte à cette époque de certaines affections ; ainsi, le mal de poitrine que les médecins appellent « tuberculose » ou « phtisie ». Aussi déconsidérée qu'autrefois la peste ou la lèpre. Mais il s'agissait d'un mal que le repos ne soulage guère. Des maisons spéciales avaient été construites pour le soigner ; l'une d'elles existait à Oussoulx, de bonne réputation.

Elle resta sur ses incertitudes. Son roman lui permit de penser à autre chose.

LA DAME DU MÉZENC

L'hiver aux Estables était une saison redoutable. Il commençait à la Toussaint pour finir aux environs de Pâques. Les froids s'annonçaient par des givres matinaux qui enrobaient de sucre en poudre chaque brin d'herbe. Leur blancheur résistait au pâle soleil. Les chats n'osaient plus sortir et se tenaient pelotonnés aux coins des cheminées ou sur les genoux de leurs maîtresses. Puis arrivait la neige véritable, la descente silencieuse des flocons que les gamins, ouvrant la bouche toute grande, recevaient sur la langue comme une gourmandise. La couche ouatée s'épaississait peu à peu, montait jusqu'à la queue des ânes. Chaque fermier calfeutrait les soupiraux avec du foin, plaçait des bottes de paille derrière les portes des étables. La chute terminée, il fallait ouvrir les *traces*, les passages des hommes. On attelait les bœufs à des chasse-neige rudimentaires : trois gros madriers joints en triangle isocèle dont la surface était chargée de grosses pierres. Les bêtes avançaient pas à pas, fumantes de sueur, encouragées par les cris de leurs maîtres, s'enfonçant jusqu'aux genoux dans la couche molle.

Les pères de famille m'apportaient leurs petits sur leurs épaules. Les plus grands venaient tout seuls, bravement, traversant des forêts sibériennes où régnait un silence absolu. Parfois, ployée sous la charge, une branche se délestait d'un paquet de neige qu'ils recevaient sur l'échine, à grands cris. Ils s'amusaient à reconnaître les pistes des bêtes sauvages : celles du lièvre dont les pattes postérieures soulignent les bonds ; celles du renard dont la queue laisse derrière elle une traînée ; celles du putois, celles du loup. Car il restait quelques-uns de ces fauves malgré les battues, qu'on entendait la nuit flairer les portes des maisons. On pensait à la bête du Gévaudan, les petits tremblaient dans leurs culottes. Mais ils désertaient l'école les jours de tourmente, quand soufflait la *burle*, un vent d'est furieux qui accumulait des congères, comblait les chemins et les routes, ensevelissait les maisons.

Le facteur, seul piéton d'alors, était obligé d'entrer dans certaines fermes par le *fenestrou* du fenil. Dehors, on attachait des cordes auxquelles on s'agrippait pour ne pas être emporté. Une année, la neige fut si haute qu'elle couvrit les fenêtres de mon école, je dus allumer une lampe à pétrole pour éclairer la classe en plein jour, où ne restaient que quatre élèves, des proches voisins. Les hommes avaient ouvert une tranchée à la pelle, pour dégager la porte. Heureusement, je disposais d'une bonne provision de bûches et notre poêle ronflait joliment.

Les enfants n'auraient pas dû manquer massivement, avec le secours des pères et des traîneaux. C'est que l'enseignement obligatoire n'était pas encore entré dans les mœurs. Certains parents n'en voyaient pas bien l'utilité. Lorsque j'avais l'occasion de coincer quelques-uns de ces négligents, au cours d'une veillée, je les sermonnais comme faisait le curé à l'église. Leur expliquant que l'homme n'est pas semblable à l'abeille qui ne songe qu'à remplir sa ruche ; qu'il doit aussi nourrir son esprit ; c'est là ce qui le distingue de l'animal. Car s'il ne ressent aucun besoin spirituel, alors il n'est plus qu'un homme-sac, qu'un homme-insecte. Eux me regardaient avec des yeux ronds, ne comprenant pas la moitié de ce que je voulais dire. Je me fis une réputation de belle parleuse.

Il faut donc que j'en vienne aux veillées. Elles se tenaient parfois dans les étables où régnait toujours une douce chaleur. A la lumière d'une lampe à pétrole. Les personnes s'asseyaient sur des bottes de paille. D'autres fois, c'était dans la grande salle de la ferme, sans autre clarté que celle des bûches qui flambaient. Ce n'étaient pas des périodes d'oisiveté : juste devant la cheminée, les femmes tricotaient ou filaient la quenouille ; plus en arrière, les hommes broyaient du chanvre ou fabriquaient des allumettes. Ces besognes n'empêchaient pas d'écouter la voix des conteurs. Les grand-mères répétaient leurs éternelles histoires de diables, de loups-garous, de « chasses volantes », ces batailles mystérieuses de cavaliers et bêtes fantastiques qui se poursuivaient dans le ciel en sonnant du cor, en aboyant, en hennissant. Un soir, un citoyen incrédule leur avait envoyé un coup de fusil chargé à chevrotines. Et qu'en était-il tombé ? Une jambe d'homme dans sa botte, toute saigneuse. Un frisson d'effroi passait dans l'échine des veilleurs.

C'est aussi dans ces circonstances que j'entendis parler du crime de la Vacheresse, qui s'était produit plusieurs années auparavant et n'avait pas encore trouvé sa solution. A une lieue des Estables, la Vacheresse était un hameau de quelques maisons que surplombait un suc, la Roche du Bachat. Les Cortial y tenaient une ferme de six vaches, que jouxtait une grande pièce où ils servaient à boire et à manger aux voyageurs de passage. Les gens du pays appelaient cette auberge « la baraque des Cortial ». Elle fonctionnait depuis des années. Ils la maintenaient pour l'agrément plus que pour le rapport ; à soixante-douze et soixante-quatorze ans, ils avaient des économies et auraient pu se contenter de leurs bêtes. Un matin de l'année 80 ou 81, un voisin des

Cortial nommé Paulet courut jusqu'aux Estables pour aviser le maire Laydier qu'en passant devant la baraque il avait voulu saluer les deux vieux, et qu'il les avait trouvés à l'étable, étendus morts, le nez dans la litière.

— Morts comment ?

— La tête fracassée, probablement surpris par-derrière tandis qu'ils étaient en train de traire leurs vaches. Les seaux renversés, le lait répandu.

— Oh ! *Bosseigne*[1] ! s'était écrié le maire. Et qui a fait ça ?

— Allez savoir ! C'est aux bigarrés de le découvrir.

— Surtout, ne touche pas aux corps.

Laydier avait envoyé son garde champêtre à cheval jusqu'au Monastier pour alerter la brigade. Les bigarrés — c'est-à-dire les gendarmes — étaient montés à six. Jamais la Vacheresse n'en avait tant reçu à la fois. Les victimes les attendaient dans l'étable, intouchées. Un chat léchait la paille sanglante. Les deux aubergistes avaient bien reçu un coup qui leur avait fendu le crâne. La femme avait eu en outre un bras cassé, celui dont elle avait voulu se parer avant de tomber à son tour. Ces pauvres vieux faisaient pitié à voir. Dans la cuisine, la table était mise : deux écuelles de terre rouge, deux cuillères de bois, une louche de fer étamé. Le chaudron de la soupe fumait toujours sur son trépied.

La présence des gendarmes à cheval avait attiré un peu de monde. Pas trop, car les gens ordinaires n'aiment pas beaucoup leur compagnie. Ils eurent à

1. Terme de pitié, comme le *peuchère* provençal.

peine besoin de crier « Personne n'entre ! » pour être obéis. Ils ne cherchèrent pas longtemps avant de découvrir l'arme du crime : une barre de fer jetée dans un coin de l'étable. Sa rondeur correspondait exactement à celle des blessures. Ils se la passèrent de l'un à l'autre pour en apprécier le poids. En ce temps-là, on ne se souciait pas des empreintes digitales comme on fait aujourd'hui.

Un voisin se dévoua pour achever la traite des vaches. On transporta les corps, non pas sur leur lit, car ils n'allaient pas dormir, mais sur la table de la grande salle, à laquelle s'asseyaient les clients de naguère. Le médecin des Estables vint constater qu'ils étaient décédés par « fracture du crâne et expulsion de cervelle au moyen d'un objet contondant ». Des voisines firent la toilette des morts, leur posant sur la tête des bonnets de nuit pour dissimuler les plaies, les revêtant des meilleurs habits qu'elles trouvèrent dans l'armoire, leur joignant les mains sur la poitrine.

— Faut prévenir la famille, dit le maire. Ils ont une fille et un fils, lui à Fay, elle au Béage. On enverra des dépêches.

Les bigarrés commencèrent leur enquête. Ayant fouillé tous les tiroirs, tous les placards, ils trouvèrent seulement des bouts de papier portant des noms, des lettres, des chiffres dont ils ne voyaient pas la signification ; et les économies des Cortial, enfermées dans une boîte, en pièces d'or et d'argent auxquelles l'assassin ne semblait pas avoir touché. Quel était donc le motif de son crime ? Vengeance ? Mésentente ? Crapulerie ?

Toujours allongés sur la table de chêne, côte à côte, ils reçurent la visite d'une quantité de personnes, anciens clients de l'auberge pour la plupart, qui leur jetaient à la figure quelques gouttes d'eau bénite au moyen d'un brin de buis trempant dans un verre. Et tous se posaient la même question : « Qui a pu faire ça ? »

En attendant l'enterrement, les gendarmes, sous les ordres du brigadier Signol, procédèrent aux interrogatoires. En commençant par Paulet, le voisin qui avait découvert les corps. Après lui, tous les habitants de la Vacheresse et des Estables comparurent. A chacun, ils posaient les mêmes questions :

— Quels étaient vos rapports avec les Cortial ? Vous êtes-vous disputés quelquefois ? Aviez-vous des affaires avec eux ? Leur connaissez-vous des ennemis ? Où étiez-vous hier soir à six heures ?

On examinait de près les vêtements en vue d'y découvrir une trace suspecte. Tout cela était noté soigneusement par écrit.

Le fils et la fille arrivèrent de Fay et du Béage et manifestèrent une grande douleur, exhortant vivement les gendarmes à découvrir le ou les coupables. Eux aussi furent interrogés : avaient-ils des soupçons ? Mais ils ne vivaient plus avec leurs parents depuis quinze années.

Deux cercueils furent commandés au menuisier-fustier. Il vint lui-même avec son fils installer dedans les corps sur un lit de copeaux. Les couvercles furent cloués, le bruit des marteaux provoqua les sanglots de la famille. Il fallut douze personnes pour transporter sur leurs épaules les caisses jusqu'à l'église.

Toute la commune les accompagna. Quand chacun y eut trouvé sa place, les six gendarmes entrèrent à leur tour et s'assirent au premier rang. Le curé prononça un beau sermon, parlant de la vie, de la mort, de l'éternité. Gaillard, le sonneur de cloches, chantre et sacristain, entonna de sa voix creuse le dies irae :

Jour de colère, jour terrible,
Où l'univers partira en étincelles,
Selon les prédictions de David et de la Sibylle...

Ce chant annonce la fin du monde ; mais le monde finit pour toute créature qui trépasse. La voix de Gaillard était si puissante qu'elle arracha des larmes même à ceux qui n'avaient aucun sentiment pour les Cortial. Beaucoup se disaient : « L'assassin est sans doute parmi nous. Peut-être, à présent, s'en prendra-t-il à d'autres ! » Et ils s'observaient les uns les autres du coin de l'œil.

Vint le moment où les assistants furent appelés à faire le tour des cercueils, à leur lancer une nouvelle bénédiction. Les gendarmes dévoraient chacun des yeux. Ce fut un long défilé. Le même geste répété cent fois. Dans les écoles de gendarmerie, on doit raconter l'histoire de la poule noire qui permit de découvrir un meurtrier. Le juge avait réuni cinq suspects pour leur tenir ce discours :

— Je dispose d'une poule magique. Chacun de vous va la prendre dans ses mains et lui caresser le dos. D'après les traces qu'elle vous laissera, je saurai si vous êtes innocent ou coupable.

L'un après l'autre, les cinq avaient fait le geste, puis exposé leurs paumes au juge. Or celui-ci avait saupoudré les plumes de la volaille d'une simple couche de suie. Quatre montrèrent des paumes fuligineuses. Le cinquième montra les siennes toutes blanches : il avait fait semblant de caresser les plumes, révélant ainsi qu'il était le criminel. Assurément, le brigadier Signol avait en tête la pensée de la poule dénonciatrice.

Après l'office funèbre, les gendarmes accompagnèrent les défunts au cimetière, toujours observant de droite et de gauche. Ils se réunirent ensuite dans une salle de la mairie. Signol distribua des feuilles, demandant à ses subordonnés d'y inscrire ce qu'ils avaient pu constater de spécial. Aux communications verbales, susceptibles de s'influencer les unes les autres, il préférait les écrites. Trois répondirent : « Rien de spécial. » Les deux autres et le brigadier lui-même notèrent : « En donnant l'eau bénite, j'ai vu trembler les mains de Paulet. »

Ils se remirent à fouiller dans les tiroirs. Ils déchiffrèrent sur un billet cette inscription : *Pole 300.* Tenant compte de la mauvaise orthographe du vieux Cortial, ils l'interprétèrent ainsi : *Paulet 300 francs.*

— Nous tenons le motif et l'assassin, fit le brigadier. Le nommé Paulet devait trois cents francs aux Cortial. Il les a massacrés pour éteindre sa dette. Ensuite, il est venu raconter au maire qu'il avait découvert le double crime.

Paulet fut convoqué pour un nouvel interrogatoire. C'était un homme large et haut, capable de remuer des enclumes. Son visage rude, sa moustache grise n'exprimaient aucune émotion.

— Assieds-toi, commanda Signol. Je ne voudrais pas que tu tombes à la renverse.

— Pourquoi je devrais tomber à la renverse ?

— A cause de ce que je vais dire. Dans les papiers de Cortial, nous avons découvert que tu lui devais trois cents francs. Le reconnais-tu ?

L'autre resta muet. Plus que muet : pétrifié.

— Le reconnais-tu ? répéta le brigadier.

— Ben... oui. Ben... oui. J'avais encore un mois pour rendre l'argent.

— Alors, plutôt que de le rendre, ou sachant que tu ne pourrais pas, tu as préféré supprimer les pauvres vieux. Avec une barre de fer.

— Moi ?... Moi ?

— Oui, toi, Paulet Jean-Baptiste, forgeron. Des barres de fer, ça ne doit pas manquer dans ta forge. De toutes les formes et dimensions.

— Si j'avais fait ça, il me semble que j'aurais pas laissé la barre sur place. Que je l'aurais rapportée chez moi, nettoyée des traces de sang.

— Tu sais donc qu'elle a des traces de sang ?

— Je le suppose.

— Tu supposes bien. Je t'accuse d'avoir assassiné ces deux personnes. Avec préméditation.

— Avec pré... Qu'est-ce que c'est ? Vous disiez avec une barre de fer.

— La préméditation, c'est quand on prépare son crime longtemps à l'avance. On y réfléchit. C'est beaucoup plus grave que, par exemple, quand tu frappes quelqu'un dans une bagarre entre ivrognes. La préméditation est passible de la peine de mort. Tu as intérêt à avouer tout de suite, à prendre un avocat qui te trouvera des circonstances atténuantes et t'évitera la guillotine. Alors donc, avoue.

— Je n'ai rien à avouer. Je n'ai pas tué ces deux personnes pour trois cents francs. Ça ne fait pas cher la tête. Le prix d'un mouton !

— Il y a des individus qui ont tué pour quatre sous.

— Je n'ai pas tué...

Dans leurs tête-à-tête, madame Merley avait longuement narré l'histoire de ce double crime à son élève préférée. Sans oublier aucune circonstance. Maintenant qu'elle pratiquait leur métier, Rose éprouvait moins d'admiration pour les écrivains professionnels. Eux aussi, comme le lui avait enseigné Hector Pignol, introduisaient dans leurs romans des événements, des personnages authentiques, même s'ils changeaient certaines données. A la vérité, le double crime en question n'avait pas été perpétré à la Vacheresse, mais dans un autre hameau du Mézenc. Pour décrire Paulet, elle avait pris pour modèle le forgeron de Villeneuve-d'Allier qui faisait si joliment sonner son marteau non loin de l'école, capable, lui aussi, de « remuer des enclumes ». Il laissait en toutes saisons sa forge ouverte, les enfants aimaient à s'arrêter devant, à regarder cet ouvrier du fer et du feu toujours environné d'étincelles. Inventer, en écriture, c'est sans doute cela : placer à droite ce qu'on a vu à gauche.

8

Elle retourna chez ses voisins de Chassaniol pour prendre des nouvelles de la châtelaine. C'était l'après-midi, entre ses trains de 15 h 12 et de 17 h 50. Elle disposait de deux heures et demie. Elle suivit la départementale, tourna à main gauche, admira les orges et les blés dont les épis étaient proches de dire leur prière, c'est-à-dire de courber la tête. Elle trouva Jean Bonnefoy, sous son grand chapeau, en train de tailler ses rosiers. Il parut embarrassé de sa venue, la regarda sans mot dire. Et elle, après un silence :

— Bien le bonjour, monsieur Bonnefoy.

— Bonjour, bonjour.

— J'ai eu peur. Je croyais que vous ne me reconnaissiez pas. Ai-je tellement changé ?

— Mais si bien, Rose, que je vous reconnais. Si bien.

Nouveau silence. Il semblait faire dans sa tête de longs calculs.

— Comment va madame votre épouse ?

— Faut qu'on vous dise. Tout le monde bientôt le saura. Chez nous, il y a du nouveau. Nous étions trois avec notre fille Marie. Nous voici quatre.

— Quatre ? Quatre comment ? Elle est mariée ?

— Mais non ! Un enfant nous est venu, à notre âge ! Un garçon. Il a trois semaines.

— Un garçon ?... Trois semaines ?... D'où vient-il ?

— Du ciel, comme tous les enfants.

— Pardonnez ma bêtise.

Le châtelain tira son mouchoir, s'essuya le front, comme si ces propos lui demandaient un grand effort. Puis il reprit, cherchant ses mots :

— Vous pourriez croire... Mais non... Voilà pourquoi Denise ne voulait voir personne... Il ne faut pas vous imaginer des choses qui ne sont point.

— Je ne m'imagine rien du tout. Ce n'est pas un malheur, mais le contraire. Quel âge a donc madame Bonnefoy ?

— Elle va sur les quarante-six. Et moi sur les cinquante-cinq.

— Ce n'est pas le premier cas. Ma grand-mère Lalie avait cet âge à la naissance de ma mère. Et tout s'est bien passé ?

— Oui, oui, tout s'est bien passé. Elle a accouché seule, sans sage-femme.

— Et comment s'appelle ce petit ?

— Gaston. Un prénom d'origine germanique qui signifie « l'inattendu ».

— Inattendu, je comprends. Mais quel merveilleux cadeau du ciel ! Votre fille Marie doit être bien contente d'avoir ce petit frère.

— Vous savez qu'elle se destine à la religion. C'est-à-dire à se séparer un jour de sa famille. Moins elle aura de parenté, plus facile sera le détachement.

— Si cela arrive, vous trouverez dans cet enfant une belle consolation.

Il approuva de la tête, l'air pas très convaincu. Elle devinait son inquiétude de recevoir, quinquagénaire, un fils à éduquer. Elle voulut le rassurer : il avait largement le temps d'en faire un homme avant de se retirer du monde.

— Sauf accident, maladie ou autre, objecta-t-il.

— Les accidents peuvent arriver à tout âge. Je suis payée pour le savoir.

Ils restèrent face à face, les bras ballants, devant la porte close. Rose attendait une invite à faire la connaissance de Gaston. Les parents sont ordinairement très fiers d'une nouvelle progéniture. Elle osa enfin demander :

— Est-ce que je pourrais... ?

— Attendez un peu. Je vais voir.

Il la laissa seule. Elle comprenait mal cette réserve, comme s'il y avait là-dessous quelque chose de dissimulé. Au bout d'un long moment, il revint :

— Ma femme n'est pas encore bien remise de ses couches. Revenez dans quinze jours.

Deux fois éconduite, elle remonta vers ses barrières. Se demandant à quoi pouvait ressembler ce nouveau-né dont on lui refusait la vue. Elle avait entendu parler de créatures monstrueuses que la famille n'osait montrer. Près de Montgieux, une femme, déjà pourvue de six enfants normaux, avait étouffé son septième, né sans bras ni jambes, et l'avait enterré dans son jardin. Les gendarmes n'en avaient jamais rien su. Et Rose se demandait aussi pourquoi Dieu, qui est notre père à tous et qu'on dit souverainement bon, souverainement aimable, permet la naissance d'enfants sans bras ni jambes. Est-ce que leur âme tordue pourra plus tard embellir Son Paradis ? Puis elle arrêta le vagabondage de ses pensées, sachant bien que personne ne peut comprendre les intentions du Tout-Puissant.

La plus proche église était celle de Saint-Georges-d'Aurac, à vingt-cinq minutes de marche. Elle ne pouvait aller entendre aucune des trois messes qui y étaient célébrées le dimanche parce que leurs horaires ne s'accordaient pas avec ceux du PLM. De loin en loin, elle faisait quand même le voyage, la semaine, entre deux convois, longeant la ligne à voie unique, passant sous le pont ferroviaire avant d'atteindre le bourg. L'église, de style roman moderne, ne date que de 1862 comme le précise une inscription gravée dans le bois au-dessus de la porte : *Cette église a été construite en MDCCCLXII sous l'administration de monsieur le baron de Flaghac*. Elle n'avait donc en 1928 que soixante-six ans d'âge. Pourtant, les pierres de ses murailles semblaient en maints endroits rongées par les souris, car elles étaient faites de ce tuf rougeâtre et tendre dont est bâtie par endroits la basilique Saint-Julien de Brioude, beaucoup plus ancienne cependant.

Rose entrait dans l'église, vide à cette heure-là. Elle en aimait la pénombre et le silence. Les vitraux représentaient des saints inconnus qui déversaient une lumière colorée. Agenouillée, elle récitait les trois prières. Puis elle songeait à son défunt mari à qui elle devait sa place de gardienne et son pain quotidien. Elle se reprochait de ne pas lui avoir manifesté beaucoup de tendresse de son vivant ; mais il ne rentrait guère à la maison de Chanteuges que pour manger et dormir, le temps des tendresses leur avait manqué. A présent, elle était contente de le savoir à l'abri des accidents, bien au chaud en hiver dans la terre de Saint-Arcons, bien au sec quand il pleuvait, sans souffrir comme elle de bronchites et de rhumatismes. Elle demandait à Dieu de le recevoir en Son Paradis après son séjour au Purgatoire où, immanquablement, il purgeait les péchés capitaux qu'il avait pratiqués de son vivant. De cela elle était certaine.

Un jour, en sortant son mouchoir, il avait laissé tomber une médaille d'argent, grosse comme une pièce de quarante sous, à l'image de saint Etienne qui a sa fête le lendemain de la Nativité, le 26 décembre. Elle avait eu le temps de la ramasser avant lui, d'examiner ce qu'elle représentait : Etienne lapidé. Jamais elle n'avait rien offert de pareil à son mari.

— D'où tiens-tu ça ?

— Je l'ai trouvée sur la route. Sur les routes, on trouve toutes sortes de choses.

— Une image de saint Etienne, et tu t'appelles Etienne. Elle ne pouvait pas mieux tomber.

Il l'avait reprise, s'était sauvé sans autre explication. Elle était sûre qu'il s'agissait d'un cadeau de bonne amie. D'autres fois, il sentait la violette : sa bonne amie le parfumait. Il ne lui laissait d'ailleurs pas beaucoup d'illusions, lui servant des déclarations d'amour de cette sorte :

— Je t'aime beaucoup. Mais j'aime encore mieux ton boudin aux pommes... Ou ta tarte aux airelles...

Il n'empêche qu'ils avaient eu ensemble deux enfants bien constitués ; elle les avait élevés dans le respect de leur père, de leur mère, du Bon Dieu, de la Sainte Vierge et de Vignal le chef cantonnier. Le jeudi, quelquefois, ils partaient avec Etienne pour lui tenir compagnie, ce qui les amenait à rencontrer le chef et à lui dire ensemble :

— Bonjour, monsieur Vignal.

L'homme souriait et répondait :

— Quelles bonnes aides tu as, mon cher Etienne !

Dans l'église de Saint-Georges, Rose jugeait bon de brûler un cierge pour abréger le séjour en Purgatoire de son défunt. Il y en avait de trois espèces : à vingt sous, à trente sous, à quarante. Elle se demandait si leur efficacité était proportionnée au prix. Puis elle se répondait que saint Pierre, qui garde la porte du Paradis où ne se fait aucun commerce, ne pouvait être sensible à cette différence. Elle allumait le cierge le moins cher en prononçant :

— Saint Pierre, faites que mon pauvre Etienne, bosseigne, ne reste pas trop longtemps au Purgatoire. Pour moi, je lui pardonne tous ses péchés.

Elle n'osait quand même pas proposer une durée de ce séjour de purgation. En face de l'éternité, un siècle est comme une minute chez les vivants.

Il lui arrivait de rencontrer le curé de Saint-Georges, l'abbé Bournerie. Un vieux bonhomme qui boitait des deux jambes en se dandinant comme un canard. Il s'approchait de cette paroissienne agenouillée sur les dalles et lui posait des questions :

— Qui êtes-vous ?... D'où venez-vous ?... Comment se fait-il que je ne vous voie jamais à la messe ?

Ils firent ainsi connaissance. Un jour, elle lui demanda de la confesser et de lui donner la communion.

— Pour confesse, c'est facile. Pour la communion, il faut venir à jeun. On ne mélange pas le corps du Christ avec le corps du cochon.

— Je viendrai à jeun la prochaine fois.

— Il y aurait une autre solution. Puisque vous ne pouvez venir à Dieu, Dieu ira chez vous si votre souhait est de l'accueillir. Et je vous confesserai par la même occasion.

— Comment cela ?

— Un jour de la semaine, j'irai dire ma messe dans votre maison.

— Dans ma maison ? Elle est bien trop pauvre !

— Vous moquez-vous ?... La pauvreté est montée sur la Croix avec Jésus. La pauvreté fut la vraie richesse de saint François, de Bernard, de Gilles, de Sylvestre, de mille autres saints et saintes glorieux. Heureux les pauvres car ils seront comblés.

Quand cet homme-là se mettait en sermon, les paroles sortaient de sa bouche comme un fleuve qu'on ne peut arrêter. Rose accepta donc sa venue. Elle mit en ordre sa cuisine, astiqua les fonds de ses casseroles, lessiva le plancher, fit la chasse aux araignées et aux mouches, recouvrit la table d'une nappe blanche. Elle-même avait fait toilette, endossé sa meilleure robe et son corsage à fleurs, chaussé ses bottines de mariage.

L'abbé vint de bonne heure, avant le jour, juste après le train de 7 h 17. Dans sa soutane noire, au milieu de la nuit, il aurait pu jouer l'Homme invisible. S'approchant en boitant il tendit la main à Rose. Elle se préparait à la baiser, mais il protesta :

— Me prenez-vous pour un évêque ?... On se donne la main, comme deux bons amis.

Il sortit d'une valise un crucifix, un ciboire, un calice, disposa ses ustensiles sur la table. Et encore une chasuble, une étole, une aube dont il se revêtit.

— On y va ? demanda-t-il soudain.

— Où ça ?

— A confesse.

— Je suis prête. J'ai l'estomac bien vide.

Elle appuya un genou sur une chaise penchée tandis qu'il restait debout devant elle. Ses cheveux blancs et vaporeux lui conféraient une sorte d'auréole. Elle récita le confiteor.

— Je me mets en colère quelquefois.

— Contre qui ?

— Contre mes casseroles, contre mon fourneau. Contre ma chatte. Contre ma belle-mère.

— Une belle-mère qui n'inspire jamais la colère n'est pas une belle-mère. Passons.

— Souvent, je suis gourmande. Je me prépare des *impastis*.

— Quels genres ?

— Des tartes aux pommes, ou aux mûres, ou aux cerises, suivant la saison. Et j'aime ça.

— Passons. Avez-vous regardé un homme depuis le départ de votre mari ?

— Regardé ?

— Avec l'envie de coucher avec lui.

— Oh non ! Jamais. Je n'aimais pas cette corvée du temps de mon pauvre Etienne. Alors...

— Passons. Vous arrive-t-il de jurer le nom de Dieu ? De dire de vilains mots ?

— Quelquefois. Quand ça va mal. Contre mon fourneau ou mes casseroles.

— Vos casseroles, décidément, sont dangereuses à fréquenter. Quels vilains mots ?

— Je dis Bordeaux !

— Bordeaux ?... La ville de Bordeaux ?

— Oui. Et même : Bordeaux de Bordeaux !

— Ce n'est pas un juron. Vous pouvez continuer. Tant pis pour Bordeaux.

Au terme de la confession, l'abbé Bournerie se trouva embarrassé pour donner une pénitence. Elle s'en tira avec trois *Je vous salue*. Il ne pouvait pas aller au-dessous.

Vint ensuite la messe. Basse, à peine bourdonnée. Rose reçut la communion désirée après avoir prononcé « Mon Dieu, je ne suis pas digne de vous recevoir, mais dites seulement une parole et je serai guérie ». Lesdites casseroles, habituées à d'autres termes, n'en revenaient pas d'entendre ces paroles sacrées.

— A présent, dit enfin le vieux prêtre, payez-moi de ma peine. Mon voyage vaut bien un bon petit casse-croûte.

— Aimez-vous la soupe de rave ?

— Pardi ! C'est comme si vous demandiez à un rat s'il aime le fromage !

Sur la même nappe blanche, elle installa deux écuelles, deux cuillères, une soupière, une louche, une chopine de vin. Bournerie se fit bonne mesure. Un peu de bouillon restait au fond de son écuelle ; il y laissa tomber deux doigts de vin, ce qui s'appelle en Auvergne « faire chabrol » ou « chabrot » suivant les localités. Ce liquide lui aurait rougi la moustache s'il en avait porté une ; mais les prêtres n'en ont généralement pas à cause du vin de messe dont quelques gouttes pourraient s'égarer dans les poils. Il le consomma avec un plaisir visible qui amena Rose à faire cette réflexion :

— Monsieur le curé, est-ce qu'il vous arrive de commettre le péché de gourmandise ?

— Pardi ! Celui-là et plusieurs autres. Nous ne sommes pas des saints. Encore faut-il considérer que la plupart des saints reconnus ont commis les leurs avant de se racheter par une fin glorieuse.

— Et alors, à qui les confessez-vous ?

— A un de mes collègues. Pas à mon vicaire, trop jeune, qui pourrait ensuite me manquer de respect. Une fois par mois, je prends un cheval de location et je vais me confesser au curé de Langeac. La fois suivante, c'est son tour de venir me rencontrer. Et j'ai constaté que ma monture marche au retour d'un pas plus léger qu'à la descente. C'est qu'elle ne porte plus la charge de mes fautes.

Bournerie secoua les pans de sa soutane étoilés de miettes de pain. Après avoir béni sa paroissienne, il remit son chapeau sur sa tête blanche et reprit le chemin de Saint-Georges en se balançant comme un canard.

9

LA DAME DU MEZENC

J'ai vécu quatre années aux Estables dans cette étrange école qui sentait encore le fumier de vache et le foin de montagne. Dès la mi-juin, mes filles passaient leurs jeudis, leurs dimanches et les fins d'après-midi à récolter les plantes médicinales que la campagne produisait avec une merveilleuse générosité. Le sèneçon aux feuilles pâles, aux capitules jaune vif, peu trouvable sur les autres sommets et dit pour ce motif « herbe du Mézenc », recherché par les pharmaciens pour ses vertus emménagogues : elles favorisent la régulation des menstrues. L'épilobe aux grappes mauves et purgatives qui tapissent les revers des fossés. L'arnica, que certains nomment « tabac des Vosges » parce qu'il fait éternuer, ce qui est considéré dans nos régions comme un présage heureux le soir et funeste le matin ; il suffit donc de le priser aux heures crépusculaires, et l'atchoum attire immédiatement cette réplique des personnes présentes :

— Dieu vous bénisse !

La grande violette aux quatre pouvoirs : sudorifique, émolliente, diurétique, antitussive. Le pied-de-chat, ou antennaire, dont l'action conforte la précédente. La digitale aux superbes doigts de gant, bonne pour apaiser les agitations cardiaques. La saxifrage, recommandée à ceux qui souffrent de calculs urinaires, et c'est le sens de son nom : elle brise les pierres. Le trollius, qui chasse la folie au même titre que l'ellébore. Ajoutez à cela, arrachées par les hommes au moyen d'une bêche qui ressemblait à l'arc d'Ulysse, les racines de la gentiane, apéritives. Bref, les flancs du Mézenc sont un véritable réservoir pharmaceutique.

Toutes ces plantes étaient mises à sécher au soleil devant les portes, sur de grandes toiles. Puis elles étaient transportées à pleins sacs, à dos de fille, à la foire des Violettes qui se tient à Sainte-Eulalie, en Ardèche, le dimanche qui suit le 12 juillet. Les porteuses ne craignaient pas de marcher quinze kilomètres par les chemins de crête pour atteindre ce bourg. Il y venait toutes sortes de monde et de partout : pharmaciens, herboristes, liquoristes, parfumeurs, distillateurs. Ils enfonçaient la tête dans les sacs, humaient l'odeur des plantes sèches, en prenaient dans la main, les payaient à des prix convenables s'ils les trouvaient à leur goût. A côté de ces acheteurs, s'installaient aussi des camelots qui proposaient aux femmes de quoi employer tout de suite leur argent, débitants de colifichets, de coiffes, d'étoffes, de colliers, de bracelets. Et aussi de nourritures peu coûteuses : bouquets de cerises, brioches, croissants. Je me rappelle une vieille femme secouant un bâton au bout duquel était accroché un chapelet de saucisses salées. Et elle de crier :

— Achetez mes saucisses ! Deux pour un sou !

Tout le monde la connaissait et savait qu'elle vendait des saucisses en viande de chèvre.

En fin de journée, les violettes partaient vers de lointains alambics. Les filles rentraient chez elles au milieu de la nuit en se donnant la main pour s'assurer contre les loups et les brigands. Chantant parfois pour se faire croire qu'elles n'avaient pas peur :

J'ai z'un grand voyage à faire,
Je ne sais qui le fera.
Si je l'dis à l'alouette
Tout le monde il le saura.
La violette double, double,
La violette doublera.

Les parfums de la foire à Sainte-Eulalie s'évaporaient. Mais pas le souvenir du crime de la Vacheresse. Tous les habitants autour de ce hameau étaient persuadés que Jean-Baptiste Paulet avait assassiné les deux pauvres vieux pour trois cents francs. Les gendarmes aussi. Ils lui mirent les cabriolets aux poignets et l'emmenèrent au Puy où il fut incarcéré malgré ses protestations d'innocence. Il y resta huit mois, jusqu'au jour où il passa en cour d'assises. Pendant qu'il attendait son jugement, sa famille réunit la somme de trois cents francs et la remit aux héritiers des aubergistes. Ce qui ne diminuait pas d'un grain sa culpabilité éventuelle.

Au mois d'octobre 1883, une foule considérable se pressait autour du palais de justice afin de distinguer les traits du forgeron. Il fit à pied, encadré par les gendarmes, le trajet qui séparait la prison du tribunal, le chapeau sur la tête, le visage aussi tranquille que s'il se rendait à la messe. Très bien vêtu, une cravate au cou, des souliers à tige. Aucune huée ne se leva sur son passage, les Ponots ne sont pas gens à s'enflammer pour une cause incertaine.

La première audience s'ouvrit le 15, présidée par le conseiller Reynal de Thierre dont la Légion d'honneur fleurissait la poitrine comme une pivoine épanouie. Les débats durèrent trois jours. Après l'interrogatoire d'identité et l'acte d'accusation, Paulet dut s'expliquer sur les relations qu'il avait eues, bonnes ou mauvaises, avec les Cortial.

— Très bonnes, monsieur le Président. Nous étions de vieux amis.

— Est-il exact que vous leur deviez de l'argent ?

— Oui, je leur devais trois cents francs. Ils ont été remboursés par ma famille.

— Qu'aviez-vous fait de ces trois cents francs ?

— J'avais de petites dettes, à droite et à gauche. Dans le commerce, tout le monde en a.

— Quand avez-vous vu vivantes pour la dernière fois ces deux personnes ?

— On m'a déjà posé cette question. Douze jours avant le crime.

— C'est vous qui avez découvert les corps et qui avez couru en informer le maire, monsieur Laydier. Quelle heure était-il au moment de cette découverte ?

— A peu près six heures du soir.

— Pourquoi êtes-vous entré dans la baraque ?

— J'avais livré des fers de vache à quelqu'un de la Vacheresse, un nommé Jabon. Je me suis arrêté en passant chez les Cortial pour leur donner le bonsoir.

— Jabon a confirmé.

— Personne dans la baraque. Alors, je suis passé dans l'étable.

— Comment avez-vous su qu'ils étaient morts ?

— En voyant leurs têtes toutes démolies.

Les témoins comparurent. Des habitants de la Vacheresse qui ne dirent ni grand mal ni grand bien du forgeron. Un peu trop sûr de sa force et de son droit, ne supportant jamais la discussion. Sa fille et son fils soutinrent son innocence et rappelèrent qu'ils avaient remboursé les trois cents francs afin de prouver qu'ils n'avaient pas besoin de cette somme.

Vint enfin le brigadier Signol. Il affirma très fort qu'il croyait Paulet coupable.

— Sur quoi s'appuie votre conviction ?

— Suffit de le voir, monsieur le Président. Je m'y connais : il a une tête d'assassin.

— Il ne faut pas juger les gens sur la mine. Avez-vous d'autres motifs ?

— Mes collègues et moi l'avons observé le jour des funérailles. Nous avons remarqué qu'il était le seul dont les mains tremblaient en donnant l'eau bénite. Après quinze ans d'expérience, j'ai constaté que, lorsque les criminels revoient leurs victimes, ils sont atteints de tremblements.

Le troisième jour, le procureur général se leva pour prononcer son réquisitoire. D'entrée, soulevant ses manches comme des ailes rouges en direction des douze jurés, il souligna que, si la justice préférait recevoir les aveux fermes d'un accusé, corroborés par des preuves matérielles, elle pouvait cependant appliquer la peine la plus lourde en leur absence. Il cita plusieurs exemples de cette situation. Des présomptions multiples et concordantes suffisaient pour que les juges populaires se prononçassent en leur âme et conscience. Dans le cas de la baraque, il énuméra un certain nombre de ces présomptions : la dette de trois cents francs, son remboursement tardif, la découverte des corps par l'inculpé, le tremblement de ses mains, sa mauvaise réputation. Pour conclure, il réclama la peine de mort.

L'avocat, au contraire, fit ressortir la fragilité de ces semblants de preuves. Il exhorta le jury à ne pas commettre une erreur judiciaire sans remède, à ne pas céder à l'instinct de vengeance, à ne consulter que la voix de la raison. Il y eut une longue délibération. Au terme de laquelle Jean-Baptiste Paulet fut acquitté.

Il regagna la Vacheresse. Il n'y trouva qu'hostilité et méfiance. Plus personne n'acceptait de lui serrer la main. Il mit en vente sa forge et son mobilier et quitta la région pour n'y plus revenir. On ne sait ce qu'il est devenu, s'il vit toujours ou non. Le double crime de la baraque n'a jamais été éclairci. Selon la tradition de l'époque, il a inspiré à un poète anonyme une complainte que j'ai souvent entendue dans les veillées ; mais ma mémoire n'en a retenu que le premier et le dernier couplet :

Ecoutez l'histoire sinistre
De deux habitants du Velay.
Agriculteurs et aubergistes,
Ils vendaient leur vin et leur lait.
Le criminel vint par-derrière,
Assomma ces deux innocents
Et répandit sur la litière
Leur vie, leur cervelle et leur sang...

La tragédie est incroyable
En ce pays de religion,
Car les habitants des Estables
N'ont jamais eu réputation
D'assassiner dans leurs étables
Pour des sous ou des aliments.
Ils savent que c'est déplorable
Et contraire aux Commandements.

Les veillées ! Je dois y revenir. Et j'en parlerais cent ans si je devais répéter tout ce que j'y ai vu et entendu. Les hommes racontaient leurs campagnes militaires. Comment ils avaient conquis l'Algérie et capturé Abd el-Kader. Comment ils s'étaient battus contre les Prussiens en 1870 sous les ordres du Lozérien Aurelle de Paladines, emparés de deux mille prisonniers à Orléans, mais ensuite il avait fallu les rendre. Toutefois, l'histoire qui revenait le plus souvent était celle de la Bête qui mangeait le monde en Vivarais, en Gévaudan, en Auvergne. Ce récit était la spécialité d'un nommé Marion, grand chasseur à la chevrotine, mais aussi grand menteur comme tous les chasseurs et pêcheurs. On faisait semblant de croire à ce qui tombait de sa bouche édentée comme à des paroles d'évangile. Il avait débité son affaire tant de fois qu'il la sortait quasiment sans respirer, fournissant des dates et des précisions mirifiques. Voici donc à peu près comment je reconstitue sa prestation.

L'histoire — ou la légende — est pleine d'étrangetés. Elle commence en 1764 au village des Ubas en Vivarais, où une fille de quatorze ans a été mangée par une bête sauvage. Dès ses débuts, celle-ci fait preuve d'un extraordinaire appétit. Ensuite, ses attaques se multiplient et se répandent, si bien que trois mois plus tard elle est accusée de treize égorgements. Les témoins la décrivent comme un animal si léger à la course qu'il se montre dans la même journée à des distances considérables, et reparaît dans l'endroit d'où il était parti. Il a une tête très grosse, allongée comme celle d'un veau, mais terminée en museau de lévrier ; le poil rougeâtre, rayé de noir sur le dos ; les jambes de devant un peu basses ; la queue large, longue et touffue. Il court en bondissant, les oreilles dressées. Quand il chasse, il rampe. Lorsqu'il est à proximité de sa proie, il s'élance sur elle et entreprend de la dévorer. Il est friand du sang de la gorge et des tétons. On remarque qu'il s'attaque de préférence aux femmes, aux jeunes filles, aux enfants ; qu'il les étrangle, leur dévore le cou et la poitrine, qu'il enfouit même quelquefois le reste du corps dans la terre, comme s'il voulait se ménager des réserves pour la saison froide.

Un jour, des hommes s'arment de fourches, de piques, de couteaux. Ils font une grande battue aux environs de Langogne et annoncent à leur retour qu'ils ont tué la Bête, dont ils rapportent le corps. Le curé, consulté, affirme qu'il s'agit d'une hyène, animal africain, réputé pour sa férocité, venu dans le Royaume on ne sait comment. On allume des feux de joie. Or voici que quelques jours plus tard, elle reparaît dans un autre coin du Gévaudan et attaque d'autres personnes. Explication : elle est simplement ressuscitée ! Il faut que ce soit une créature du diable.

Elle a aussi d'étranges habitudes. Elle comprend le langage des humains. Alors qu'un paysan, la voyant au loin, a crié à sa fille en patois : « Marie-Anne, apporte-moi la hache ! », la Bête a fui sans insister. Une autre fois, elle a déshabillé une fille de dix-sept ans, lui a détaché la tête, a recouvert le corps de ses vêtements, remis la tête en place, coiffée de son bonnet ; le tout si bien arrangé qu'en la découvrant on a pensé qu'elle dormait. On suppose qu'au lieu de bête, il s'agit d'un homme déguisé, un sadique avide de chair fraîche. A moins que ce ne soit un être à double nature, de l'espèce loup-garou.

L'évêque de Mende ordonna à tous les prêtres de son diocèse de faire des prières publiques. Il souligna que les malheurs des hommes ne peuvent qu'être une conséquence de leurs péchés. Il accusait spécialement la jeunesse gévaudanaise de dérèglements, s'en prenant surtout aux filles et aux femmes dévergondées : « Ce sexe, dont le principal ornement fut toujours la pudeur et la modestie, semble n'en plus connaître aujourd'hui. Il cherche à se donner en spectacle en étalant toute sa mondanité ; il se fait gloire de ce qui devrait le faire rougir. On le voit s'occuper à tendre des pièges à l'innocence, à usurper un encens sacrilège et à s'attirer, jusque dans nos Temples, des adorations qui ne sont dues qu'à la divinité… » Tout s'expliquait : si la Bête s'en prenait particulièrement aux dames et aux demoiselles, c'est qu'elles avaient trop laissé deviner sous leurs vêtements la forme et le volume de leur poitrine !

Les colporteurs vendaient des images, imprimées à Epinal, qui représentaient la Bête sous les traits les plus horrifiques. Ardemment combattue dans le Gévaudan, elle passa en Auvergne, où elle fit aussi de nombreuses victimes. Ses méfaits touchèrent le cœur du jeune marquis de La Fayette ; âgé de huit ans, il manifesta le désir de se joindre aux chasseurs. Il voulait être le saint Georges de l'Auvergne.

Tout fut tenté pour venir à bout du monstre. Y compris des potions magiques. On essaya de l'appâter au moyen d'une femme artificielle remplie de poison. On employa un mouton habillé en bergère tandis que des chasseurs se dissimulaient. En désespoir de cause, on fit appel au Roy qui avait des pouvoirs spéciaux reçus de Dieu. Louis XV envoya tout un corps de louvetiers ; ils pratiquèrent des battues sans résultat. C'est alors que leur route croisa celle des Chastel.

Une étrange famille. Le père, Jean, surnommé le Masque (le Sorcier), et ses deux fils avaient la réputation d'être des « meneurs de loups ». Ils avaient le pouvoir, la patience, l'adresse de se faire obéir de ces fauves. Quel lien pouvait exister entre eux et la Bête ? Nul n'est en mesure de répondre. J'en reparlerai.

Les louvetiers royaux furent assez heureux pour abattre un énorme loup dans les bois appartenant aux religieuses des Chazes, dans la vallée de l'Allier, en amont de Brioude. Sa dépouille fut transportée à dos d'âne d'abord jusqu'à Clermont. Sa puanteur était si forte que, tout le long du chemin, les chiens des fermes hurlaient à la mort. Elle fut un moment exposée place d'Espagne où les Clermontois purent avec horreur la contempler. Trois chirurgiens l'embaumèrent et l'empaillèrent. Elle prit ensuite la route de Versailles. Le Roy lui-même admira une si belle pièce et se frotta les mains, disant :

— Enfin, la bête du Gévaudan et de l'Auvergne est morte ! Dormons sur nos deux oreilles et n'en parlons plus.

Il décora le grand louvetier, lui décerna une pension de mille livres et le droit de placer la Bête dans ses armoiries.

Or il fallut en reparler car quelques semaines plus tard, une fois encore, la Bête ressuscita. Louis XV ne voulut plus rien savoir d'elle :

— J'ai décrété qu'elle est morte. Donc, elle ne vit plus.

Pendant deux années, les Gévaudanais et les Auvergnats durent poursuivre leurs battues et la tuer encore cinq ou six fois. Jusqu'au jour où Jean Chastel fit bénir trois balles de plomb qu'il avait fondues lui-même. Près du village d'Auvers, en 1767, la Bête avait été signalée dans les bois de la Ténazeyre. Un matin, le Masque s'y trouvait aussi, comme par hasard. Son fusil près de lui, à genoux, il lisait dans un missel les litanies de la Sainte Vierge. Or, levant les yeux, il vit la Bête à cinquante pas de lui, assise sur son derrière, le considérant comme un chien considère son maître. Il prit le temps de finir sa prière, referma le livre, replia ses lunettes, les mit dans leur étui et dans sa poche. Tout cela sans la moindre hâte. Puis il empoigna son fusil, épaula, visa, tira. Elle tomba sur le flanc. Et lui de s'écrier :

— *Bestia ! N'en mandjaraz pa puz !* Bête ! Tu ne mangeras plus personne !

Espérant recevoir du Roy les mêmes récompenses que le grand louvetier, Chastel mit le corps dans une caisse et partit pour Versailles. Après un mois de voyage en plein été, ce n'était plus qu'une horrible charogne qui fit reculer Louis XV :

— Il y a deux ans que la Bête du Gévaudan n'existe plus. Qu'on enlève cette ordure et qu'on l'enterre.

Chastel rebuté retourna dans son pays. Il y termina ses jours dans la paix grâce à la générosité de l'évêque de Mende qui lui accorda une pension de quarante sous par jour, le prix de deux livres de pain. Et plus jamais la Bête ne se donna la peine de ressusciter...

Rose Malartre avait noté sur un cahier le détail des récits que lui faisait son institutrice, d'une mémoire infaillible. Elle n'eut aucune peine à reconstituer l'histoire de la Bête. Monsieur Pignol y contribuait, vérifiant l'exactitude historique des événements, remplaçant tel mot par un synonyme plus exact, tel subjonctif présent par l'imparfait coiffé de son accent circonflexe. Rose ne se contentait pas d'en éprouver de la reconnaissance :

— Lorsque je soumettrai mon roman à un éditeur, je devrai signaler que vous y avez mis la patte. Et si je touche des droits, je vous en reverserai une part. J'y tiens beaucoup.

— N'en ayez point souci, chère Rose. Mon apport est infime. Pour me payer, vous me donnerez lorsqu'il sera tout en fleur un bouquet de votre lilas.

10

Elle n'écrivait pas tout le temps. Il lui arrivait de reprendre son carreau à dentelle. Elle se proposait d'y faire un dessus-de-table destiné à sa fille Eugénie au jour de son mariage. Mais celle-ci, toujours en service à Langeac, ne se décidait point à convoler bien qu'elle ne fût pas très loin de coiffer sainte Catherine. Une statue de la sainte ornait l'église Saint-Gal, couronnée d'une coiffe de velours. Le 25 novembre, jour de sa fête, le curé ne manquait pas de rappeler que cette vierge, née d'Alexandrie en Egypte, avait reçu de l'Enfant Jésus un anneau d'argent indiquant qu'il la choisissait pour fiancée. Fiancée purement mystique. Plus tard, elle devint très savante, eut des entretiens avec les philosophes égyptiens sans jamais se départir de son anneau. Elle convertit même l'impératrice Faustine au christianisme. Néanmoins, elle fut persécutée, jetée en prison, puis décapitée. Son corps, transporté par les anges, atterrit sur le mont Sinaï où il se trouve encore dans le couvent qui porte son nom. A Langeac, les jeunes dentellières qui venaient d'accomplir leur vingt-cinquième année ôtaient une épingle de couleur verte à leur carreau et allaient la ficher dans la coiffe de la sainte. En cas de mariage, elles la retiraient. Si au contraire elles étaient toujours célibataires à trente ans, elles enfonçaient une épingle de couleur rouge. A trente-cinq, c'était une épingle jaune.

Pour sa part, Eugénie Malartre tenait en réserve dans le tiroir de son carreau l'épingle qu'elle planterait un jour. Le célibat pourtant ne lui pesait point, car elle se savait plutôt laide et peu capable d'intéresser un garçon. Les maîtres, enchantés de son service, la traitaient presque comme leur fille, excepté aux jours de grande réception, lorsqu'elle coiffait un bonnet de dentelle, passait un tablier blanc et parlait à la troisième personne. Le notaire et la notairesse l'encourageaient dans sa solitude pour ne pas la perdre. Lorsqu'elle se regardait dans une glace, elle avait coutume de se dire :

— Je suis pareille aux étoiles. Plus on me voit de loin, plus je suis belle.

Elle ne craignait pas de monter à pied de Langeac, vigoureuse et dégagée comme un garçon. Il arrivait qu'une voiture suivît le même chemin, qu'on l'invitât à prendre place sur le siège. On la connaissait, elle s'était fait une réputation de vaillante. En outre, vertueuse à ne pas croire, pour une Langeadoise, car les habitantes de ce canton avaient un renom de légèreté, acquis au temps de la batellerie. Le port jouissait alors d'une intense activité, due aux vignobles en terrasses qui couvraient, comme à Villeneuve, les pentes environnantes. Des péniches appelées sapinières emportaient le vin vers Paris et autres lieux. A leur retour, après deux mois d'absence et de chasteté, les bateliers avaient besoin de consolations. En 1928, la navigation fluviale n'existait plus ; mais les Langeadoises gardaient leur renommée.

Quoi qu'il en fût, Eugénie ne la méritait aucunement, comme elle en fit la preuve. Un voiturier l'avait installée près de lui. Pendant le kilomètre qui suivit, la main droite de cet homme eut la mauvaise idée de vouloir s'intéresser à son genou gauche. Que fit la demoiselle ? Sans prendre le temps de dire au bonhomme d'arrêter sa voiture, elle sauta sur la route, au risque de se rompre le cou. De loin, il lui cria des mots à ne pas répéter.

Lorsqu'elle arrivait à la maison de la garde-barrière, commençait pour les deux femmes une journée de bonheur. Elles riaient et se débitaient des joyeusetés comme des écolières. Chattoune participait à la fête et se nichait dans les bras réunis de la visiteuse, toute ronronnante ; parfois, elle enfonçait son museau sous l'aisselle d'Eugénie, et y bavait de plaisir, si bien qu'en se retirant elle laissait l'aisselle toute mouillée. Rose préparait un *impasti*, un gâteau fourré d'airelles, ou de mûres, ou de prunes suivant la saison. On eût dit un festin de noces. Elle partageait le lit de sa mère, alors que Simon dormait au galetas en compagnie d'épaves abandonnées par les précédents locataires : un casque prussien percé d'une balle, des bouteilles vides, un rouet à filer la laine.

Rose lui avait révélé qu'elle était en train d'écrire un roman, *La Dame du Mézenc*, où elle rassemblait tout ce que lui avait conté son ancienne institutrice, y ajoutant du sien, avec l'aide d'un écrivain professionnel. Mais elle refusa de lui en montrer une seule page.

— Ce n'est pas prêt. Il faut que je revoie, que je corrige chaque mot. Tu liras le tout quand ce sera imprimé.

— Tu comptes donc le faire imprimer ? Cela doit coûter les yeux de la tête !

— Monsieur Pignol se fait fort de me trouver un éditeur qui non seulement ne me demandera rien, mais me versera des droits d'auteur. Si le livre se vend bien, je deviendrai peut-être riche !

— Et que feras-tu de ta richesse ?

— Je vous en ferai profiter, à toi et à ton frère.

— Je n'en ai pas besoin. Je n'aimerais pas être riche.

— Tu es la seule pauvresse à penser comme ça.

— Pauvresse, je ne le suis pas. Mais je sais — le curé de Saint-Gal nous le répète tous les dimanches — qu'il est plus difficile à un riche d'entrer au Paradis qu'à un chameau de passer par le trou d'une aiguille.

— Il doit bien y avoir quelques bons riches. Qui donnent un peu de leur fortune autour d'eux. Est-ce que tes maîtres n'en sont pas ?

Elle se mit à rire. Rose lui en demanda la raison. Eugénie raconta qu'un jour la notairesse lui avait commandé d'aller acheter une bobine de fil à coudre chez Lantriac, à la sortie du bourg, en direction de Pinols. Elle s'y rend, pousse la porte du magasin, se trouve au milieu d'une assemblée de machines à coudre Singer. Le maître des lieux s'avance, la salue aimablement en levant sa calotte. Elle dit :

— Je suis Eugénie Malartre, employée chez maître Armandon...

— Je vois ce qui vous amène, la coupe-t-il aussitôt, avec un large sourire qui lui soulève la moustache jusqu'aux oreilles. Vous venez choisir une machine à coudre ? J'ai des neuves et des occasions. Maître Armandon est le meilleur de mes clients. Vous serez la neuvième.

— La neuvième machine à coudre ?

Eugénie reste stupéfaite. L'homme se rend compte qu'il a trop parlé, il cherche une sorte d'excuse :

— Je vois que vous n'êtes pas au courant. La seule Langeadoise sans doute à ignorer la générosité de votre maître. Demandez à Séraphine la cuisinière. Mais si vous venez pour autre chose, dites-moi la raison de votre visite.

— Une bobine de fil noir DMC.

Il la lui remet, elle paye, elle s'en va pleine de confusion. Ce même jour, elle interroge en secret la cuisinière : qu'est-ce que c'est que cette histoire de machine à coudre ? Et Séraphine de sourire aussi :

— Plusieurs d'entre nous y sommes passées. Pas toi ? Maître Armandon ne t'a jamais rien proposé ?

— Rien de spécial.

— Il ne se contente pas, d'ailleurs, de ses servantes. Des Langeadoises ont bien voulu.

— ...

— Tu ne comprends pas ?... Maître Armandon est un amateur de bonnes amies. Il en prend une. Puis il s'en fatigue. En paiement, il lui offre une machine à coudre qu'elle va choisir chez Lantriac. Pour solde de tout compte. A la suivante !

A sa mère, Eugénie expliqua que si le notaire n'avait jamais essayé de lui faire gagner une machine à coudre, c'est qu'il ne la trouvait pas à son goût. Elle termina son récit en mêlant quelques larmes à son rire. Avec cette réflexion :

— Si un jour je monte au Paradis, je n'y trouverai sans doute que des filles laides.

— Mais tu ne l'es pas ! protesta Rose. Dans ma vie, j'en ai connu qui faisaient peur à voir et qui ont déniché un mari quand même.

— Oh ! Un mari ! fit la demoiselle avec un geste de triste insouciance. Sainte Catherine est trop occupée.

— Tu n'as pas envie d'avoir des enfants ?

— Non. Je ferai comme toi : j'élèverai des chats.

— Je n'en ai qu'un, ma Chattoune. Mais mes deux enfants me remplissent le cœur. Je pense à eux souvent. C'est comme si je les avais près de moi. Et j'aimerais bien, un jour, avoir des petits-enfants que je ferais sauter sur mes genoux.

Rose pensait aussi à ses père, mère et grand-mère abandonnés à Montgieux. Elle eût aimé aller leur rendre visite ; mais le service du PLM l'en empêchait. Ou bien les recevoir chez elle ; mais c'est eux qui ne pouvaient venir à cause de leur âge et de la distance. Elle leur écrivait de temps en temps quelques lignes pour leur dire que tout allait bien, qu'elle s'était fait un certain nombre d'amis chez qui elle trouvait toujours porte ouverte. Jusqu'au curé de Saint-Georges-d'Aurac qui venait dire la messe dans sa cuisine. En réponse, Delphine lui envoyait un mot de loin en loin dans lequel il était plus question des foins, des chèvres, du cochon que de la famille. Elle n'oubliait pas la recommandation de Lalie : « Ma mère te fait dire de venir la voir sitôt que tu pourras et de ne pas trop tarder. » Ses lettres se terminaient par la même formule : « N'ayant plus rien à te dire, je m'arrête et je t'embrasse de tout mon cœur ». Comme elle n'avait pas de papier disponible, elle écrivait au verso sur des feuilles récupérées, factures de la compagnie d'assurance, prospectus de la Samaritaine, ordonnances du médecin.

Un hiver, elle avait souffert d'une infection intestinale, avait failli en mourir, il avait fallu appeler le docteur de Lavoûte-Chillac, ça leur avait coûté le prix d'une chèvre. Les pauvres gens ne peuvent se permettre de tomber souvent malades, ils préfèrent se soigner avec des herbes. Et si ça ne réussit pas, ils vont sous terre, ce qui n'est pas grave quand leurs enfants sont élevés.

Rose aurait aimé introduire dans son roman la vie de sa mère et celle de son père ; mais elle ne savait où ni comment l'insérer. Alors elle se la racontait à elle-même avec cette pensée : ce serait pour le livre suivant. Car elle savait bien que les écrivains sérieux ne s'arrêtent pas après un seul ouvrage ; que le premier tire le second ; que le second tire le troisième et ainsi de suite, comme les grains d'un chapelet. Partant de très bas, elle espérait s'améliorer de livre en livre, se faire connaître dans la France entière jusqu'à Paris. Et quand elle serait riche, elle abandonnerait les barrières, deviendrait libre, achèterait une bicyclette pour aller voir sa grand-mère et ses parents à Montgieux.

Mais qu'aurait-elle eu à raconter sur Delphine ? La pauvre femme n'était jamais sortie de son village natal, sinon pour aller parfois sur les terres circonvoisines vendanger, moissonner, faner, seule ou en compagnie de son homme. Louant tous deux leurs bras pour gagner le pain quotidien. Née en 1860, elle avait traversé un empire, une république, deux guerres, une révolution presque sans s'en apercevoir. Le seul souvenir qui lui restait de ce que les nantis appellent « la Belle Epoque » était quelques figures de danse empruntées au quadrille. Dans ses moments de belle humeur, devant les veilleurs, elle en esquissait les pas, s'écriant faute de meneur de jeu :

— Avant-deux !... Pastourelle !... Boulangère !...

Elle soulevait très légèrement le fond de sa jupe. Le public riait et applaudissait.

Elle avait appris la langue française, la lecture et l'écriture en fréquentant les leçons d'une *béate* établie à Mercœur. Tout le monde appelait « la sœur » cette brave personne quoiqu'elle ne fût qu'à demi religieuse, vouée au célibat et au service des autres. On disait aussi la *roubiaque*, ce qui ne signifiait rien de précis. Peut-être ce mot dérivait-il d'un nom personnel, Roubiac ou Roubias, généralisé à toutes. Elles enseignaient aux enfants ce qu'elles savaient, c'est-à-dire l'alphabet, les prières et la dentelle. L'été, elles réunissaient aussi les femmes du hameau sous un tilleul tout bourdonnant d'abeilles, formant cette assemblée qui se dit le *couvige*, mot provenant sans doute du latin *conventum*. Delphine était sortie de cet enseignement en mesure de lire et d'écrire une lettre. Ce qui n'était le cas ni de sa mère Lalie, ni de son homme Borel, tout juste, eux, capables de signer leurs noms.

Lui, pourtant, avait eu l'occasion de sortir de ses sabots ; il avait participé à la guerre contre les Prussiens. Peu de temps. A partir du 4 septembre 1870, des tambours de ville et autres crieurs publics avaient fait savoir aux populations que l'Empire n'existait plus, que la république était proclamée, que la France passait sous l'autorité d'un gouvernement provisoire, que la guerre continuait. Borel, qui avait envie de changer d'air, s'engagea, fut incorporé au 32e régiment mobile, envoyé sur la Loire. Son bataillon combattit vaillamment à Coulmiers, à Daubrou-Poupry et dans Orléans. Mais il dut battre en retraite en pleine nuit devant les barbus du prince Frédéric-Charles, véritables ogres assoiffés de sang. Jamais les Mobiles n'avaient si bien justifié leur nom, fuyant à travers la Sologne glacée, mourant de faim, de froid, de fatigue. Un nouveau général avait rassemblé leurs débris. Ils furent sauvés par l'armistice du 28 janvier 1871. Borel à pied regagna la Haute-Loire où il reprit son travail de journalier. Neuf ans plus tard, il épousa Delphine.

Quant à mémé Lalie, il n'y avait rien à tirer d'elle, sinon qu'elle avait passé son existence entre la table et la cheminée, entre les chèvres et les poules, donnant naissance à sept enfants qui, à l'exception de Delphine, l'avaient oubliée, trop occupés qu'ils étaient par leur besogne ou leur propre famille. Elle ne savait plus le nombre exact de ses petits-enfants. Elle n'avait d'ailleurs en mémoire que Rose, sa préférée, et recommandait souvent à Delphine :

— Si tu écris à ta petiote, dis-lui de venir me voir. Et qu'elle ne tarde pas trop.

Souvent assise au coin de l'âtre, les pieds tendus vers les braises, elle pratiquait toute seule le petit jeu qu'elle avait naguère tant de fois exercé avec Rose, prenant de la main droite son pouce de la gauche, puis les autres doigts, et marmonnant :

La rose et le lilas

Ici sur cette petite plaine
Est passée une levrette...

Rose eût aimé introduire aussi dans sa *Dame du Mézenc* une belle histoire d'amour. Monsieur Pignol le lui conseillait :

— Un roman sans amour, c'est comme un repas sans fromage. Si votre institutrice ne vous en a pas conté, inventez-la. C'est-à-dire prenez-la ailleurs.

Elle voulut d'abord songer à la sienne propre, à son mariage avec Malartre. Arrangé par la leveuse avec l'accord de ses parents. Au cours de cette fameuse Belle Epoque, neuf mariages sur dix à la campagne étaient arrangés par les familles. L'amour était un sentiment des villes. Si les époux se convenaient, le sentiment pouvait naître après quelques années d'usage. C'était souvent le cas, elle n'avait qu'à regarder autour d'elle pour le constater. Lors de leurs premières rencontres, Etienne s'était montré extrêmement poli, et même galant. A dix-huit ans, Rose était une très jolie fille, de belle mine, de solide charpente, avec un sourire si gracieux qu'il aurait fait tomber les mouches du plafond. Jeanne Malartre l'avait bien jugée :

— Elle te donnera de beaux enfants, tiendra parfaitement ton ménage, t'obéira comme il faut.

Dans les commencements, tout s'était passé comme prévu, même si leur premier enfant, Eugénie, s'était fait attendre quatre années. Mais très vite, les manières d'Etienne envers sa jeune femme avaient changé. Il trouvait qu'elle ne répondait pas avec assez de chaleur à ses étreintes. Peu à peu, il avait renoncé à toute galanterie, à toute délicatesse. Jamais, par exemple, il ne l'appelait par son prénom de fleur, mais disait toujours *toi* :

— Toi, apporte-moi ma soupe... Toi, il te faudra mettre un fond à mes braies... Toi, donne-moi des chaussettes propres...

Après la naissance de Simon, il avait même renoncé à lui manifester aucun intérêt nocturne. Elle ne s'en était pas sentie fâchée, mais avait cru comprendre qu'il dirigeait ses ardeurs vers d'autres femmes. Ce qui était facile, puisque son métier lui permettait de s'absenter tout le jour.

Cependant, lorsqu'elle leur rendait visite à Chanteuges, Jeanne se répandait toujours en compliments sur le caractère de son fils : un homme gentil, travailleur, honnête, toujours de bonne humeur, agréable à fréquenter. Lui écoutait cette litanie avec un sourire moqueur et répondait très grossièrement :

— Il est dommage que je chie. Sinon, tu pourrais me faire encadrer.

La leveuse riait comme une folle de ce bon mot :

— Est-il drôle !... Est-il drôle !

Tandis que Rose se mettait ostensiblement un mouchoir sous le nez

Contrairement aux habitudes, l'amour n'était point venu. Maintenant qu'Etienne était parti accidentellement, elle n'avait constaté aucun vide dans son cœur, sinon dans son armoire. La compagnie PLM l'avait préservée de la misère. Elle se dit qu'elle devait préserver ses enfants du mariage sans amour. Eugénie s'en préservait toute seule avec les encouragements du notaire et de la notairesse. Simon, bien qu'âgé de vingt ans, ne s'intéressait à aucune drôlette. Le dimanche, avec ses jeunes collègues, il se rendait pourtant dans les fêtes locales. Mais c'était surtout pour y jouer aux quilles, pour grimper aux mâts de cocagne. A Paulhaguet, à la Chomette, à Lavaudieu, à Chavaniac, il avait gagné des bouteilles et des jambons. Rose lui conseilla d'entrer dans les granges où l'on dansait.

— Je ne sais pas.

— Tu apprendras en regardant les autres.

La première fois qu'il eut une fille entre les bras, il lui marcha un peu sur les pieds, il demanda pardon, elle dit ce n'est rien. Peu à peu, il devint quand même un assez bon danseur de java, de valse, de fox-trot, de charleston. Incident de parcours : il lui arriva de faire danser une drôlette remarquable par sa beauté et sa robe blanche. Beaucoup de garçons l'invitaient. Ce qui l'amenait à accepter les uns, à refuser les autres sous prétexte de fatigue. Deux fois il la serra contre lui dans les tourbillons de la valse. Si mince que son bras à lui, son long bras de tuilier, avait fait le tour de son buste à elle et que le bout de ses doigts avaient eu la délicieuse faveur de pouvoir pétrir doucement la bordure d'un sein. Une substance moelleuse, intermédiaire entre le caoutchouc mousse et la crème Chantilly. Et le parfum de ses cheveux ! Il l'avait ensuite délivrée en disant :

— A la prochaine.

Elle s'était éloignée sans dire oui ni non. Tandis que les musiciens reprenaient, il était lui aussi sorti de la grange pour respirer un peu d'air frais. C'est alors qu'au milieu de la nuit trois gaillards s'étaient jetés sur lui, l'avaient empoigné par le gilet, secoué comme un prunier, le traitant d'ordure, lui criant dans le nez :

— On va t'apprendre à caresser la rosière de Brioude ! Cette fille est pour nous, pas pour une saleté de *tiouraïre* de *Paoulhagui* !

Là-dessus, tandis que deux mecs lui retenaient les bras par-derrière, Simon avait reçu dans la figure trois ou quatre marrons bien tassés. Les Brivadois l'avaient ensuite jeté par terre et s'étaient perdus dans les ténèbres, de sorte qu'il ne sut jamais qui remercier. Il avait mis quinze jours à s'en remettre. L'amour est une fleur dangereuse à cueillir.

Pourtant, Simon Malartre n'était pas seulement un « tuilier de Paulhaguet ». Il vivait avec son temps, s'intéressait à la politique, aux sports, aux chansons à la mode. Capable de chanter « Mimosette, jolie brunette ». Sa mère le consolait, disant :

— Oublie cette Brivadoise. Ce n'est pas une fille sérieuse. Un jour, quand tu auras fini ton service, tu trouveras une brave demoiselle qui fera ton bonheur. Mais ne te presse pas. Juge-la bien. Vois si elle te mérite. N'essaye pas de faire un mariage sans véritable amour.

11

Une fois encore, Rose descendit jusqu'à Chassaniol pour rendre visite aux Bonnefoy et faire enfin la connaissance de Gaston l'Inattendu. Les blés formaient un lac verdâtre dans lequel le vent creusait une houle légère. Les colzas depuis longtemps avaient perdu leurs fleurs et s'appliquaient à remplir leurs siliques ; leurs graines écrasées produiraient une huile insipide lorsqu'elle est vierge, mais qui, après grillage, devient savoureuse et dorée comme l'huile d'olive. Les fins cuisiniers n'en veulent pas d'autre.

Jean Bonnefoy avait confié sa ferme à Jacques Sauvanet qui menait des bœufs magnifiques. Rose lui en avait fait compliment, un jour que la barrière les avait arrêtés. Son attelage rappelait exactement les termes de la chanson *J'ai deux grands bœufs dans mon étable, deux grands bœufs blancs marqués de roux...*

— Quelle race ? lui avait-elle demandé.

— Ferrandaise. Autrefois, on disait seulement « vaches d'Auvergne ». C'est l'espèce qu'on trouve le plus souvent dans la Limagne. Y a pas meilleure. Aussi bien pour le travail que pour le lait, pour la viande, pour la docilité. Quant aux bœufs, ce sont de vrais monuments. Vous avez remarqué les cornes ?

— Qu'est-ce qu'elles ont de particulier ?

— Blanches avec la pointe noire. Pour que les petits oiseaux se posent dessus.

Parti sur le sujet de ses bœufs, Sauvanet était intarissable. Chaque paysan est fier de ses bêtes. Nul ne sait qui des deux arriva le premier sur la terre, de l'homme ou de la vache. Qui des deux apprivoisa l'autre. Dès l'aube de l'histoire, on les a vus vivre ensemble en Auvergne, sur ces rares à-pics, ces montagnes aux pentes raisonnables qui conviennent bien à des ruminants de trois quintaux. « Montagnes à vaches », dit-on. On devrait sans doute dire « montagnes vacheuses » comme on dit « rivières poissonneuses ». Mille expressions vacheuses entrent aussi dans le parler des hommes et ponctuent leur journée. Pour faire entendre que l'ouvrier le plus remuant n'est pas nécessairement le plus efficace : « Ce n'est pas la vache qui branle le plus la queue qui donne le plus de lait ! » Que dans une querelle les responsabilités sont souvent partagées : « Une vache ne se bat pas seule à l'étable ! » Que rien ne doit se faire dans la précipitation, qu'un moment de pause est nécessaire : « Il faut laisser aux vaches le temps de pisser ! » Que les maladies, les vices héréditaires reparaissent dans les familles même en sautant une ou plusieurs générations : « Tous les cent ans, la vache noire revient au troupeau ! » En Auvergne, une exploitation ne se mesurait pas en hectares ; on disait : « Un domaine de dix, de vingt, de cent vaches. »

Rose gardait un souvenir ému des quatre vachettes de ses parents. Plutôt de la race Mézenc, blondes, avec une queue en crosse et des cornes en spirale. Si obéissantes, si attentionnées qu'elles devinaient les volontés de la vachère sans qu'elle eût besoin de parler ni d'aiguillonner. S'arrêtant comme elle, repartant comme elle. Ils avaient eu la douleur d'en perdre une frappée par la foudre.

Sauvanet amorça son départ :

— Si vous revenez au château, entrez un moment à la ferme. Je serai heureux de vous revoir. Nous ferons mieux connaissance.

Elle posa une dernière question :

— Je sais qu'un petit Gaston est né chez vos maîtres. Est-ce que vous le connaissez ?

— Qui donc ?

— Ce drôlet. Est-ce que vous l'avez vu ?

— Naturellement. Plus d'une fois. Il commence à marcher.

— Est-il... ? Comment dire ? Un enfant normal ?

— Tout à fait normal.

— Mais alors pourquoi ses parents n'ont-ils pas voulu me le montrer ?

— Ses parents ?

— Monsieur et madame Bonnefoy.

— Je ne sais pas. Je ne peux pas vous répondre. Mais si vous voulez m'en croire ne vous intéressez pas à ce gamin. Ce n'est bon ni pour vous, ni pour lui.

Il souleva son chapeau et s'en alla, la laissant tout interdite.

Son ménage lui fournit une consolation : ce jour-là était dimanche, deux trains d'après-midi ne passaient pas, elle pouvait s'adonner au nettoyage général. Elle lava à grande eau le sol, les murs, les vitres ; épousseta les meubles et les plafonds ; astiqua les boutons des portes. Pour s'encourager dans ces tâches fastidieuses, elle fredonnait un air appris à l'école ou au catéchisme : *Quand j'étais chez mon père*, ou bien : *Venite et adoremus Dominum*. Ces musiques la gonflaient d'une bouffée d'enfance.

Elle usait ainsi de divers procédés pour alléger ses peines. La plus assidue était l'insomnie dont elle souffrait la nuit en toutes saisons. Sa fille, son fils, ses parents la remplissaient de soucis. Pour s'en défaire, elle partait en voyage. Des courses qu'elle n'avait jamais faites, qu'elle ne ferait jamais. Elle s'imaginait prendre un de ces trains qui lui passaient sous le nez. Filant vers le Puy-Sainte-Marie, une ville qui s'est mise sous la protection de la mère de Dieu. De là, vers Nîmes, célèbre pour sa Maison carrée et ses arènes rondes. Ou bien, dans l'autre sens, vers Clermont où son mari Etienne avait fait son service militaire. Plus loin, vers Paris, « reine du monde » comme la chantait Mistinguett.

Mais ce qu'elle aurait par-dessus tout voulu voir et admirer : la mer. N'importe quelle mer, puisque quatre baignent les côtes françaises. Avec une préférence cependant pour l'océan mangeur de marins et de capitaines, l'aveugle océan, ses flots profonds redoutés des mères à genoux. Mais aussi la plaine bleue où se plaît le poisson aux nageoires d'argent. La mer où les personnes fortunées vont se baigner. Elle se consolait en se disant que les Bretons, les Normands, les Vendéens qui voient l'océan tous les jours et vivent de lui ne connaissent pas non plus, pour la plupart, l'Auvergne aux belles montagnes. Chaque terre de France a ses beautés. Elle se contentait des monts du Velay qui ornaient son horizon.

Or elle eut soudain avec la mer une relation inattendue. Son fils avait été chargé d'accompagner une livraison de tuiles commandées par un entrepreneur d'Etretat.

Il s'agissait de tuiles émaillées que ledit Normand avait remarquées chez nous, fabriquées à Paulhaguet, et dont il voulait couvrir une église.

— Tu as de la chance, dit Rose. Tu verras la mer.

La longueur du voyage l'effrayait quand même un peu :

— J'espère que ton ange gardien te protégera. Que vous ne verserez pas en cours de route.

L'absence de Simon dura trois jours. Il revint émerveillé de ce qu'il avait vu, entendu, bu, mangé, avec des cartes postales représentant la Manche, les falaises, les arches appelées « portes » : Porte d'Aval, Manneporte.

— Est-ce que tu es monté sur l'eau en bateau ?

— Non. Mais je me suis promené déchaux sur la plage et j'ai trempé mes pieds dedans.

— Qu'est-ce que ça fait ?

— Ça chatouille.

— Mon Dieu ! Et tu n'avais pas peur de te noyer ?

— Non. Elle n'était pas en colère.

Le plus beau était qu'il avait ramassé sur le sable des coquillages. Il lui fit cadeau du plus grand, aussi large qu'une main, creusé de sillons disposés comme les branches d'un éventail. Il lui recommanda de l'appliquer contre son oreille. Ce qu'elle fit, en relevant une mèche de cheveux.

— Eh bien ? demanda-t-il.

— Eh bien quoi ?

— Est-ce que tu n'entends rien ?

— Que faut-il que j'entende ?

— Le bruit de la mer. Vou... vou... vou. Il est enregistré dans la coquille.

— Je n'entends rien.

— Change d'oreille.

— Oui... en effet... A présent je l'entends bien. J'ai l'oreille gauche un peu sourde. Vou... vou... vou...

— C'est la voix de la mer quand elle n'est pas en colère.

— Quelle merveille ! Je t'en remercie mille fois.

Dès lors, quand l'ennui l'empêchait de dormir, elle entreprenait de faire un beau voyage. Elle tirait la coquille de son placard, l'appliquait à son oreille droite et entendait le bourdonnement de la mer d'Etretat.

Son ange gardien ? Malgré l'éducation religieuse que Rose lui avait donnée, Simon ne croyait guère en lui, ni en Dieu, ni en Jésus-Christ.

— Est-ce que tu dis une prière chaque soir comme quand tu étais petit ? vérifiait-elle quelquefois.

— Non. Pas le temps. Sitôt couché, sitôt endormi.

— Eh bien ! Dis-la avant de te mettre au lit.

— C'est le moment où je fume ma pipe.

— Tu es un vrai païen. Tu iras en enfer.

— J'y trouverai mon père, répondait-il en éclatant de rire.

Or il se produisit un événement qui changea ses dispositions. Un dimanche après-midi, plusieurs tuiliers s'en allaient à la fête patronale de la Chomette. Ils marchaient en bordure de la nationale 102 lorsque Simon aperçut de l'autre côté de la route une fleur d'iris. Cette espèce n'a pas coutume de pousser au bord des chemins. Il voulut comprendre les motifs de celle-là, éventuellement la cueillir pour la ficher sous une patte de sa casquette à oreilles. Ainsi faisaient habituellement les gars qui partaient « voir les filles », une fleur au chapeau. Il avait déjà traversé la moitié de la route, large en cet endroit, quand une voix cria derrière lui :

— Fais gaffe !... Arrête !

Deux voitures lancées à folle allure dévalaient à ce moment la nationale, cherchant à se dépasser l'une l'autre. Au lieu de s'arrêter, poussé par une force mystérieuse, il bondit en avant, entendit un couinement de pneus sur le bitume, sentit le vent de la bagnole, atteignit la berme opposée. Ainsi, pour l'amour d'une fleur d'iris, faillit-il perdre la vie.

Il raconta la chose à sa mère toute tremblante.

— Mon Dieu ! s'écria-t-elle en joignant les mains. Ton ange gardien t'a sauvé !

— Oui... oui... c'est vrai. Il m'a bien poussé au cul.

— Tu pourras le remercier.

C'est ainsi qu'une fleur d'iris le ramena à la religion. Il en informa sa mère qui en fut bien heureuse.

Quelques jours après cette bonne nouvelle, Rose en reçut une fort mauvaise. Sous la forme d'un télégramme que lui apporta de Saint-Georges-d'Aurac

Louise Tessot, la préposée aux dépêches. GRAND-MÈRE TRÈS MALADE VENIR DE SUITE DELPHINE. Elle eut quelque peine à déchiffrer ces majuscules car ses mains tremblaient, Jeanne dut les lui traduire. Ayant fait le compte des ans de mémé Lalie, elle en trouva quatre-vingt-huit. Sauf erreur. Elle ne se dit pas, comme font certains descendants indifférents, que c'est un bon âge pour mourir. Toute la tendresse pour la vieille femme qu'elle gardait endormie dans son cœur se réveilla, lui remplit la poitrine, déborda sur ses joues. Mon Dieu ! Comment faire pour se rendre d'urgence à Montgieux ? Louise Tessot lui conseilla de prendre une voiture de location :

— Le garagiste de Saint-Georges fait le taxi. Voulez-vous que je vous l'envoie ?

— Et ma barrière ? Qui va faire le service de ma barrière ? Faut que je demande la permission à mon chef.

Son téléphone comportait une boîte cubique. Avec sa petite manivelle, il ressemblait à un moulin à café.

— Une absence ? se fit répéter le chef de gare. Pour combien de temps ?

— Au moins deux jours.

— Je vous en accorde trois. Vous avez de la chance : je dispose en ce moment d'un remplaçant. Je vous l'envoie. Il a sa bécane. Il sera chez vous dans une heure.

Elle raccrocha.

— Oui, oui, je suis une chanceuse ! se confirma-t-elle en pleurant.

La porteuse de dépêches la consola un peu. Les choses furent arrangées ainsi : le garagiste serait chez elle à quinze heures, après le train B612 ; il la transporterait à Montgieux ; il monterait la reprendre trois jours plus tard. Vint le remplaçant. Elle le connaissait : celui-là même qui l'avait accueillie dix-huit mois plus tôt, il était au courant du service. Elle lui recommanda ses poules et ses lapins :

— Soyez tranquille. Je m'en occuperai comme de mes propres enfants.

— Il y a du café dans la cafetière et du pain dans le tiroir. Faites comme chez vous.

La Citroën du garagiste arriva juste à l'heure convenue. Rose prit place près du chauffeur. Il voulait lui faire la conversation, mais tout le long du trajet elle tint un mouchoir sous son nez car elle craignait l'odeur de l'essence. Ils coupèrent par Cerzat, en terrain fort accidenté, dévalèrent vers Lavoûte-Chilhac, traversèrent l'Allier, remontèrent vers Ally et ses moulins à vent. Ils atteignirent Montgieux. Elle descendit avec son petit bagage.

— N'oubliez pas de revenir dans trois jours, juste à la même heure.

— C'est inscrit là-dedans, répondit-il en se frappant la casquette.

Leur maison était la plus pauvre du village. Le toit était couvert de tuiles rongées par la mousse, le sol, de terre battue. En entrant chez les Borel, on entrait en plein Moyen Age. Sauf que depuis Parmentier s'était répandue la *trifole* et qu'on ne mourait plus de faim en Auvergne. Delphine l'attendait sur le pas de la porte. Elles s'embrassèrent. Chacune pensait de l'autre : « Mon Dieu ! Comme elle a vieilli ! » Le père était au travail chez les Pastourel. Rose regardait autour d'elle, n'en croyant pas ses yeux : la maison aussi avait vieilli.

Les poutres rondes, faites de troncs écorcés, étaient jaunes sur fond noir : noires de suie, jaunes de vermoulures. Le buffet vaisselier révélait toutes ses veines. Les pieds de la table, pourris au contact de la terre, avaient été raccourcis. Pas d'électricité. L'éclairage était fourni par un petit chaleil à essence qu'on transportait d'un endroit à l'autre en protégeant la flamme dans le creux de la main.

Elle passa dans la pièce voisine qui portait le nom grandiose de « salon ». On y avait installé le lit de la grand-mère. Sa tête blanche, presque chauve, reposait sur un oreiller.

— Voici Rose qui vient vous voir, annonça Delphine.

L'aïeule se souleva un peu, tendit les bras, elles s'étreignirent à corps perdu, s'inondant de leurs larmes.

— Ma Rose ! Ma Rosette ! Mon petit bouton ! Je vous ai attendue. Je ne voulais pas mourir avant de vous revoir !

— Il n'est pas question de mourir, pauvre *meyreno*.

Meyreno était le nom patois de la grand-mère.

— Oh si bien ! Oh si bien qu'il en est question !... Mais pas tout de suite... Pas tout de suite... J'ai prié si fort la Sainte Vierge qu'elle m'a exaucée.

Elle s'arrêta, suffoquant d'avoir tant parlé. Derrière elles, dans l'ombre, Delphine pleurait aussi.

— Je veux encore, *meyreno*, que vous me disiez des devinettes... comme autrefois.

— Je n'en sais plus. Ma tête est vide. Je ne sais plus rien.

— On en reparlera... Nous jouerons de nouveau...

— Combien de temps... combien de temps me restez-vous ?

— Mon chef m'a accordé trois jours. Je suis garde-barrière. J'aimerais bien rester ici davantage.

— Trois jours ? C'est très bien... Trois jours ensemble.

— A présent, reposez-vous. Allongez-vous.

— Vous avez raison... Faut que je me repose... Vous avez raison.

Elles accomplirent leur programme. Pendant ces trois jours, Rose passa presque tout son temps au chevet de Lalie. Lui tenant les mains, lui donnant à boire, essuyant la sueur de son front, redressant son oreiller, tirant ses couvertures. Elles répétèrent le petit jeu : « Ici sur cette plaine — Est passée une levrette... » Et plus d'une fois elle eut le bonheur de voir un sourire étirer ses lèvres. La nuit, elle prit la peine de rester encore près d'elle, cherchant son faible pouls au creux du poignet. A défaut, sous le menton. Un pouls exténué, qui semblait prendre du repos tous les dix battements. Très souvent, Lalie demandait :

— Quand repartez-vous ?

Et Rose, avec patience, de répéter :

— Après-demain... Demain... L'après-midi... A quatre heures...

Vint le dîner du dernier jour. Delphine avait préparé pour la malade une bonne soupette, longtemps mitonnée au coin du feu. Rose redressa la grand-mère et entreprit, à la petite cuillère, de lui donner patiemment la becquée. Souvent interrompue :

— Pas si vite... Laissez-moi respirer... Je ne finirai pas tout.

— Vous mangerez ce que vous voudrez.

Elles se disaient « vous » selon l'usage du pays, où l'on vouvoie même les vaches et les chiens. Seuls les chevaux — là où il y en a — méritent le « tu » de compagnonnage.

Dans le bol, la soupe se réduisait cuillerée par cuillerée. Lalie leva la main pour faire comprendre qu'elle était repue.

— A présent, faites une petite méridienne.

C'est-à-dire une sieste. Elle accommoda les couvertures, prit dans la sienne la main de Lalie afin qu'elle ne se crût point abandonnée. Elle-même se sentait aussi un peu somnolente, à force d'insomnies. Dans son assoupissement, elle percevait le tic-tac régulier que balançait la pendule. Un vieux meuble à poids de fonte qu'il fallait remonter tous les deux jours et dont la descente entraînait le mouvement des aiguilles. Fabriqué par Blin à Saint-Pourçain (Allier) en 1887. Enfant, elle était fascinée par l'aller et venue du soleil de cuivre. Une année, la chatte avait accouché dans la gaine et la pendule s'était arrêtée pour ne pas perturber les chatons.

Tout à coup, elle ressentit une quasi-douleur. La main de Lalie serrait tellement la sienne que les ongles s'enfonçaient dans la chair. La grand-mère s'était redressée, presque assise. Elle saisit Rose par le cou, la pressa contre elle, puis relâcha soudain son étreinte, retomba sur sa couche. Il était trois heures et quart de l'après-dîner. Elle n'avait pas pu tenir jusqu'à la venue du taxi, mais il s'en fallait seulement de quarante-cinq minutes.

La suite, Rose la savait d'avance. Sa mère prit le grand deuil : coiffe noire, ruban noir, robe noire.

Même son chapeau de paille fut teint de noir. Et aussi ses sabots jaunes du dimanche. Toute la maison participa. L'horloge de Blin fut arrêtée pendant une semaine. Les deux ruches qui bourdonnaient au fond du jardin furent informées du malheur des Borel. Sur chacune, Delphine épingla une croix faite d'étoffe noire. Si la famille n'avait pas pris ce soin, les abeilles en auraient été affectées et leur miel de la saison suivante aurait eu un goût amer.

12

LA DAME DU MÉZENC

Les habitants des Estables ne voulaient pas me laisser mourir de faim. Sous prétexte de s'entretenir avec moi de leur progéniture, ils me faisaient souvent des cadeaux alimentaires. Particulièrement à la saison où ils sacrifiaient leurs porcs. Si la tuée ne s'opérait pas un jeudi, jour sans école, le garçon ou la fille s'en trouvait exempté l'après-midi. Je ne pouvais m'y opposer, sûre que j'étais, en compensation, de recevoir la grillade. C'est-à-dire sur une assiette un beau morceau de viande maigre, un empan de boudin, un peu de saindoux, une saucisse, le tout recouvert par un voile de panne à demi transparent. Parfois, la saucisse était d'une sorte particulière : elle contenait, ajoutée à la viande hachée, de la feuille de chou. Cela permettait d'en produire davantage, car il fallait faire face à une grande distribution. On appelait cet article de la « saucisse de cousin », même si on la donnait à des voisins ou amis sans parenté. Ainsi, à tour de rôle, les familles se nourrissaient les unes les autres. En compensation, je donnais aux enfants quelque fourniture scolaire, livre, cahier, plumier, crayon, dont j'étais tenue de faire commerce sans en tirer profit.

Parfois même, j'étais invitée au sacrifice. Ce que je n'appréciais qu'à moitié parce que je n'aime pas voir couler le sang. On me demandait de retrousser mes manches et de prêter la main à la boucherie. Le pivot de l'action, naturellement, était le père Chonier, le meilleur *tuaïre* de la région. Il fallait d'abord amener le cochon sur le terrain de sa mort, en le poussant, en le tirant par les oreilles. Il résistait de toutes ses forces, avec des cris d'assassiné, devinant ce qui l'attendait. Je recommandais au saigneur de lui faire le moins de mal possible. Et lui de répondre :

— Il ne souffre pas. Depuis le temps que je les saigne, à présent ils ont l'habitude.

— Alors pourquoi ces cris ?

— Parce qu'ils n'aiment pas qu'on les bouscule.

Du pouce, il cherchait le bon endroit, sur la carotide. Il enfonçait sa lame d'un geste franc, la retirait. Le sang jaillissait comme l'eau d'une fontaine. La fermière le recueillait dans une bassine, le brassait avec une cuillère de bois pour l'empêcher de se coaguler. Les derniers couinements s'arrêtaient enfin. Chonier lui arrachait des poignées de crin, qui serviraient ensuite à faire des brosses. Le moment était venu de le flamber sous une couverture de paille. L'odeur du poil grillé envahissait le paysage. Cela s'appelait le *busquier*. Un terme d'origine germanique, me semble-t-il, cousin de « bûche » sans doute et de « bûcher ». Mais le porc ne subissait pas le supplice de Jeanne d'Arc, la paille ne brûlait pas assez longtemps. Bien épilé maintenant, on le lavait à l'eau chaude, on le brossait, on le raclait. Puis on l'ouvrait par le ventre. Il livrait ses boyaux aux femmes qui en tiraient du boudin, des saucisses, des andouilles. De mon mieux, je participais à ces tripailles. Les paysannes souriaient de me voir si vaillante, pensant : « Notre institutrice n'est pas fière. Elle ne craint pas de se salir. »

L'échine était fendue en deux au hachoir. Et le père Chonier, un fin amateur de viande porcine, prélevait une tranche de lard tout mou, encore chaud, et se l'envoyait dans la bouche comme un bâton de nougat, disant :

— Celui-là, il sera de première catégorie. Dites que c'est un imbécile qui vous l'affirme.

La seconde phrase avait un sens déprécatif. Elle voulait exonérer le *tuaïre* d'une erreur possible : « Si le lard n'est pas bon, pardonnez mes paroles, puisque je suis un imbécile. »

La viande fraîche était déposée au charnier, entre deux couches de sel. Certaines pièces, accrochées au plafond, séchaient dans les courants d'air : les saucisses, la vessie gonflée comme un ballon de football, la *perne*, l'échine sans ses côtes. L'ombilic allait finir dans une grange ; il servait à graisser les lames des scies ; sa corde était enfilée dans un goulot de bouteille brisée pour empêcher les souris de l'atteindre.

Tout le temps de mon séjour aux Estables, j'ai régulièrement été invitée à ces frairies et plusieurs fois chaque hiver. Comme la viande porcine n'est vraiment savoureuse qu'accompagnée de légumes, on ne me laissait pas non plus manquer de *trifoles*, de choux, de raves, de poireaux. Je ne garde de ces fournitures qu'un seul mauvais souvenir. Une année, les Vergnol avaient achevé une vache qui s'était brisé une patte en tombant dans un ravin. Une saignée peu courante. Ils avaient vendu ou distribué une bonne partie de cette vieille carcasse. Pour m'en faire profiter, ils m'avaient offert ni plus ni moins qu'un poumon entier de la bête. Ce que dans les villes on appelle du mou et qu'on réserve aux chats.

— Faites-en un civet, m'avait conseillé la mère Vergnol. Vous verrez comme c'est bon.

Mou de porc ou mou de vache, j'en connaissais la fadeur spongieuse. Ça ne nourrit guère, mais ça remplit un peu l'estomac. J'examinai donc de près le mou des Vergnol. A ma grande surprise — et à mon grand dégoût — je m'aperçus que certaines alvéoles du poumon étaient habitées par des bestioles grosses comme l'ongle du petit doigt, plates, grisâtres, en forme de feuilles. Je consultai un vétérinaire établi aux Estables et qui gagnait assez bien sa vie : les Establais l'appelaient plus souvent que son collègue médecin. Heureux de renseigner la jeune institutrice, il examina ces insectes à la loupe.

— Ce sont des douves. Une belle cochonnerie. Elles se fixent ordinairement dans le foie des animaux, bœuf, cheval ou mouton, mais peuvent aussi émigrer vers d'autres organes. Il faudra en parler aux Vergnol. En attendant, j'emporte ce mou, je le ferai brûler dans ma cheminée. Heureux de vous en avoir protégée.

— Combien vous dois-je, docteur ?

— Offrez-moi une goutte de cassis, si vous en avez.

— Je n'en ai pas.

— Alors, n'importe quoi.

Je lui ai préparé une infusion de citronnelle. Voilà comment j'ai fait la connaissance de Gerbier. Aujourd'hui, quand on parle d'un vétérinaire, on dit par abréviation un « véto ». Les Establais disaient le « vétérinel ». Ou plus rudement le « médecin des vaches ». Je le rencontrais souvent à l'auberge Laurent, reconnaissable à la branche de genévrier clouée au-dessus de la porte en guise d'enseigne. Me sachant bien approvisionnée en viandes de toutes sortes, madame Laurent, une pieuse femme, m'invitait le vendredi soir afin de faire en sa compagnie un souper maigre.

— Venez partager notre *matafon*.

Ce vocable, que je n'ai jamais entendu que dans sa bouche, signifiait sans doute coupe-faim. Le plat était composé de plusieurs sortes de légumes, suivant la saison ; complété par une part de *douce*, une sorte de tarte cuite au four, riche de pommes aigrelettes et de poires coupées en petits cubes. Si je ne faisais pas un souper gras, j'en faisais un assez sucré, qui me poussait à commettre quand même le péché de gourmandise.

Après le repas, nous passions dans la salle pour tenir compagnie aux clients, joueurs de cartes ou de dominos. J'aidais au service, comme à la tuée du porc. Et tous les vendredis, régulièrement, j'y rencontrais le médecin des vaches. Visiblement, il s'intéressait à ma personne, me faisait les yeux doux, m'offrait une fleur d'amarante rouge queue-de-renard, cueillie dans son jardin où il cultivait toutes sortes de plantes exotiques. Son langage ?

— En grec, elle veut dire : « Je ne me flétris pas. » D'où le sens qu'elle a pris et qu'on lui donne d'ordinaire : « Je durerai éternellement, rien ne me lassera. »

Il ne me restait plus qu'à comprendre. En alternance, il m'apportait une fleur de rhododendron, qui dit : « Vous êtes belle. » Ainsi me présentait-il des déclarations d'amour botaniques. Je le remerciais de ses présents, par politesse, mais n'éprouvais aucune émotion pour sa calvitie rayonnante, sa moustache épaisse, l'enflure de sa bedaine. A vingt-huit ans, je désirais profiter encore de quelques années de liberté et n'entendais point me mettre un fil à la patte.

Les enfants suffisaient à mes sentiments, je les aimais de tout mon cœur. Comme elle est loin de ma vie présente, cette première école des années 1883 à 1893, car je l'eus dix ans sous ma férule. En moyenne, deux douzaines de grimauds, garçons et filles, de cinq à quatorze ans. L'effectif aurait pu atteindre trente ou trente-cinq ; mais la béate m'en enlevait. Elle connaissait mieux que moi le travail de la dentelle. Ils m'arrivaient le lait du sein maternel encore sur les lèvres et je les gardais jusqu'au Certificat d'études. J'aurais sans doute oublié leurs visages si un photographe n'était venu, un matin, proposer de nous mettre tous dans sa boîte. Muni de toutes les autorisations possibles, académiques, municipales, préfectorales, épiscopales. Nous avons sorti les bancs dans la cour. L'homme a installé devant, non point les petits ni les demoiselles, mais les mieux habillés ; ceux par exemple qui portaient des souliers ; les sabots et les fripes derrière. Moi debout à côté d'eux, en robe longue, avec ma fourrure de loutre autour du cou, plutôt belle à regarder comme on l'est à cet âge. Ceux qui ont eu les moyens d'y dépenser vingt sous ont reçu le cliché. « Souriez ! » avait commandé le photographe. Plusieurs s'y étaient efforcés : d'autres n'avaient produit qu'une grimace. Mon sourire à moi était aussi imperceptible que celui de la Joconde. Grâce à ce portrait collectif cependant, je ne peux plus oublier les frimousses ni les noms. Par prudence, d'ailleurs, j'ai écrit dessous celui de chacun. Il m'arrive souvent, maintenant que j'ai dételé, de les examiner à la loupe. De me rappeler ce qu'ils sont devenus. Quatre de mes garçons en 14-18 sont morts pour la France. Trois autres en sont revenus mutilés, qui d'un œil, qui d'une main, qui seulement de deux doigts. L'un d'eux — ce n'était pas mon meilleur élève, mais, fils de commerçants, il put faire de longues études — est chirurgien à Saint-Etienne. Les autres, même s'ils possédaient des dons supérieurs, sont restés comme leurs pères éleveurs de vaches, bûcherons, ouvriers agricoles.

Celui du milieu, au second rang, Baptiste Eynac, avec une mèche sur le front, m'a laissé un souvenir particulier. Un matin — il devait avoir sept ou huit ans —, désirant lui faire réciter *La grenouille qui veut se faire aussi grosse que le bœuf*, je l'invite à s'avancer, à monter sur l'estrade. Ce qu'il exécute avec d'étranges tortillements. Le voici surélevé, serrant les genoux.

— Je t'écoute.

Il reste bouche close, les lèvres coincées. Je lui souffle :

— « Une grenouille vit un bœuf… »

Il répète, mais ne va pas plus loin. A ce moment, un garçon du premier rang, lève un doigt indigné :

— M'zelle ! M'zelle ! Il pisse ! Il est en train de pisser !

J'abaisse les yeux. Je distingue en effet une flaque sous les sabots d'Eynac. Et lui de demander, avec un air d'étonnement bien imité :

— Qui c'est qu'a pissé là-devant ?

— Ben toi !

— Pas vrai ! C'est pas moi !

— Alors qui ?

— Un autre.

Je lui fis la morale appropriée : quand on sent une envie de faire pipi, on doit sans attendre demander la permission de sortir ; sinon, l'on risque ce genre d'accident qui ne convient ni aux grands garçons, ni aux grandes filles ; il faut laisser cela aux bébés. Je jetai un peu de cendre sur la flaque et je balayai.

Or que devint plus tard mon Baptiste Eynac ? Un avocat, ni plus ni moins. J'aurais dû prévoir dès son passage chez moi qu'il pratiquerait un jour l'art de faire passer un coupable pour innocent.

Au premier rang, côté gauche, voici Julien Machabert. Un de mes préférés parce qu'il avait une figure d'ange. Mais je dissimulais cette préférence pour ne pas rendre les autres envieux. Il m'arriva un jour qu'il avait bavardé avec son voisin de le mettre en pénitence dans un coin de la classe. Ce qui nous valut huit jours de brouille. Au terme desquels nous redevînmes amis comme devant. Je sus par sa mère, qui lavait mon linge, qu'il s'était plaint de ce « piquet », disant : « La maîtresse est méchante. » Tout le temps de notre brouille, il garda un museau chagriné. Quand il retrouva son sourire, madame Machabert comprit que la réconciliation avait eu lieu. Elle le questionna :

— Et maintenant, ça va mieux avec ta maîtresse ?

— Oui, mais elle a encore des progrès à faire.

Et les filles ? Elles ont grandi aussi, sont devenues ce qu'on attendait d'elles : de bonnes mères de famille. Ce sont elles — les plus grandes — qui m'ont appris dès la première année à faire de la dentelle au carreau, art que je ne pratiquais pas au Monastier-sur-Gazeille, chez mes parents boulangers. Ensuite, formée par mes élèves, j'ai pu concurrencer la béate. En matière de jardinage, j'étais un peu plus savante car nous disposions au Monastier d'un lopin de terre que nous appelions l'*hort* et j'y avais appris le maniement de la bêche, de la pioche, du râteau. Mes élèves garçons en savaient d'ailleurs autant que moi et je ne vois plus bien qui était l'enseignante et qui les enseignés.

Car si je leur ai appris beaucoup de choses, eux-mêmes m'en ont rendu de belles dont je leur suis infiniment reconnaissante. Par-dessus tout, la patience. A vingt-cinq ans, on en manque un peu. Sans elle, il n'y a pas de pédagogie qui vaille. Patience et indulgence pour les petites fautes. Sévérité mais justice pour les grosses. A tel point que, lorsque j'infligeais une punition méritée à tel ou tel, disant : « Je te la préciserai à onze heures, à la fin de la classe », s'il m'arrivait ensuite de l'oublier, le ou la coupable ne manquait pas de venir la réclamer :

— M'zelle ! Vous m'avez promis une punition !

J'ai su, me semble-t-il, me faire aimer de tous, même des plus rétifs ; et ceux-ci m'ont appris à aimer les cabochards. A la fin de chaque année scolaire, dans les derniers jours de juillet, nous organisions une fête à laquelle les parents étaient conviés. Chants, danses, saynètes, poésies, *Le Cuvier, La Farce de maître Patelin, Le Merlot et la Merlette.* Tous mes élèves y participaient. Les familles n'en revenaient pas de découvrir tant de talents chez leurs gamins. Et quand nous nous séparions, beaucoup de larmes étaient versées.

Je retrouve tout cela dans la photo collective. Et j'ai le cœur déchiré en reconnaissant ceux qui sont morts pour la Patrie. Plusieurs de mes filles aussi ont quitté la vie terrestre pour raison de maladie, d'accidents, de mauvaises couches. Mais un jour, nous nous retrouverons quelque part, dans un bel espace entouré de fleurs. Nous nous donnerons la main et nous danserons une ronde :

Au jardin de mon père,
Oh gué ! Vive la rose !
Au jardin de mon père,
Oh gué ! Vive la rose !
Un oranger il y a,
Vive ci, vive là !

Un oranger il y a,
Vive la rose et le lilas…

La chanson a quinze couplets, elle nous occupera longtemps. Après quoi, nous pourrons la recommencer.

13

Le petit Gaston Bonnefoy obsédait l'esprit de Rose. Elle ne comprenait pas pourquoi ses parents le cachaient, comme certains cachent parfois un enfant disgracié. Les réponses du fermier Sauvanet n'avaient fait qu'épaissir le mystère. Elle se sentait harcelée par on ne sait quel diable. Les théologiens moyenâgeux affirment que, parmi la cohorte des démons qui environnent Satan, il en existe un nommé Azaïs ; il a cette spécialité : faire commettre le péché de curiosité, lequel, quoiqu'il ne figure point parmi les péchés capitaux, est un des plus funestes. C'est lui, déguisé en serpent, qui poussa Eve, et après elle Adam, à vouloir manger du fruit de la connaissance. A cause de lui, les astrologues cherchent à arracher aux étoiles le secret de leurs mouvements et de leurs influences. Les hommes de science sont principalement des hommes de curiosité, quelles que soient les conséquences souvent déplorables de leurs découvertes. Les écrivains veulent pareillement étudier les mœurs de leurs semblables ou de leurs différents ; ils s'introduisent dans le cœur des hommes et racontent à tout venant ce qu'ils croient y avoir vu. Azaïs avait sans doute revêtu l'apparence, les lunettes, la barbiche de monsieur Pignol, puisque celui-ci avait déposé dans l'esprit d'une garde-barrière la curiosité des romanciers. Rose cherchait à savoir ce qui se passait à Chassaniol. Entre deux trains, elle allait parfois, munie d'une vieille lame, se promener aux alentours du château sous prétexte de ramasser des pissenlits pour ses lapins. Ainsi, se dissimulant derrière les arbres et les haies, poussée par Azaïs, pouvait-elle espionner tout son soûl. Voilà comment elle perça le secret des Bonnefoy.

Ce jour-là, elle put remarquer une jeune personne qui poussait dans la cour la voiturette d'un nourrisson. Du petit Gaston, sans nul doute. A ses cheveux blonds, à son âge, à ses vêtements sérieux, Rose devina qu'il s'agissait de Marie, la fille des châtelains, qu'elle avait précédemment rencontrée deux ou trois fois. Celle qui se préparait à devenir religieuse. En ce moment, elle véhiculait donc son petit frère dans la poussette. Elle alla s'établir sous un arbre — il s'agissait d'un tilleul — où les attendait un banc à dossier dans le parfum des fleurs. Marie prit l'enfant dans ses bras et s'assit sur le banc. Rose sentit le pouls battre sous son menton, devinant qu'il allait se passer quelque chose de surprenant. La demoiselle, en effet, promenait autour d'elle un regard précautionneux. N'apercevant aucun témoin, elle dégrafa son corsage, en sortit un sein rebondi sur lequel le mioche se jeta goulûment. Le démon Azaïs étalait sous les yeux de Rose la relation évidente mère-fils entre Marie et Gaston. Les parents Bonnefoy, déshonorés par cette naissance inavouable, par le péché d'une fille qui envisageait de devenir religieuse, avaient déclaré l'enfant comme étant le leur. Qui était le père véritable ? Azaïs laissait à la garde-barrière-romancière le soin de le découvrir ou de l'imaginer.

D'imaginer aussi les conséquences de cette supercherie. Denise Bonnefoy, la prétendue mère, l'avait-elle avouée en confession au curé de Saint-Georges ? Celui-ci, feignant d'ignorer ce qu'avait entendu son oreille droite, avait-il inscrit sur son registre « Gaston, fils de Denise Bonnefoy et de Jean son mari » ? Ou bien, ayant refusé, avait-il renoncé à lui conférer le baptême ? Avait-il consulté son évêque ? En avait-il référé au Vatican ? Marie devrait-elle renoncer à entrer au couvent ? Abandonnée par son séducteur, devrait-elle aussi renoncer au mariage ? Les Auvergnats n'aiment guère prendre une fille suitée ; ils ont coutume de se moquer de celui qui s'y résout :

— Il fait une bonne affaire, puisqu'il aura en même temps la vache et le veau.

Elle fit un effort d'imagination supplémentaire pour se représenter ce que deviendrait l'enfant de Marie à l'âge adulte. Son identité véritable lui serait-elle rendue ? Dans ce cas, Marie tomberait dans l'espèce féminine la plus infâme de l'époque : celle des filles-mères. Tout naturellement, le garçon chercherait à savoir qui était son père véritable. Elle refuserait de le révéler. Ce qui prêterait le flanc aux suppositions les plus extravagantes : pourquoi pas le palefrenier, ou le cuisinier, ou le jardinier comme dans les contes de Boccace ? Peut-être s'agissait-il d'un viol ? Quels sentiments le fils pourrait-il nourrir pour un tel géniteur ? Que se passerait-il si un jour ils se rencontraient ?

Rose se sentait devenir de plus en plus romancière. Elle ressentait chaque jour l'assiduité de cette profession, la seule sans doute qui se pratique vingt-quatre heures sur vingt-quatre. Le romancier fait butin de tout ce qu'il voit, de tout ce qu'il entend, de tout ce qu'il touche. Si la nuit une idée lui traverse la cervelle, il se lève en pans de chemise, la note soigneusement sur un carnet de peur qu'elle ne s'envole. Il observe les autres et s'observe lui-même. Il prête attention aux fugitifs vagabondages de sa pensée, aussi bien qu'aux gargouillis de son ventre. Il reste en arrêt sur un mot, comme le lévrier à l'entrée d'un gîte. « Tiens, se demande-t-il, d'où vient le mot "gargouillis" ? A-t-il un rapport avec la gargouille ? Ou bien est-ce une pure onomatopée ? » Il le rapproche du terme grec « borborygme », trop savant. Où le grec va-t-il se fourrer ? Il lui est difficile de vivre une heure tranquille sans jouer avec les mots, de même que le bon musulman ne peut se passer d'égrener son chapelet. Il s'incarne dans ses propres personnages. A untel, il prête sa peur du tonnerre, à tel autre son goût pour les fraises, à un troisième son premier émoi d'amour. Rose cependant ne vit pas la façon d'utiliser l'histoire du petit Gaston Bonnefoy, fils de deux mères et d'un père inconnu, dans sa *Dame du Mézenc*. « Ce sera pour le roman suivant », se promit-elle. Tout vrai romancier, en effet, pendant qu'il élabore un récit, possède dans un repli du cerveau un autre sujet en train de mûrir.

Monsieur Pignol montait régulièrement de Lavaudieu en fin de journée. Il laissait sa bicyclette devant la porte, appuyée au lilas, frappait trois coups de l'index à la vitre de la fenêtre. Un signe convenu entre Rose et lui, elle n'aimait pas les visites par surprise. De mauvais garçons rôdaillaient dans la contrée, s'en prenant aux vieilles personnes, aux femmes seules. Elle n'ouvrait donc pas sans demander auparavant :

— Qui est-ce ?

Elle aurait pu dire « Qui c'est ? » comme la plupart des gens. Monsieur Pignol lui avait rappelé que l'interrogation doit s'exprimer par une inversion du sujet. Il lui lisait les dernières feuilles qu'il avait noircies pour l'*Almanach de Brioude*. Pas romancier pour un sou, il traitait seulement de sujets historiques. Son dernier était le passage du brigand Louis Mandrin en août 1754 à Saint-Georges-d'Aurac, où sa bande, venant de Savoie, avait couché la nuit du 25 chez l'aubergiste Comte.

« Le lendemain, elle entre dans Brioude, composée de trente montures chargées de faux tabac tout à fait identique au vrai, mais non distribué par la ferme royale. Rue de la Vieille-Cartellerie, ils cognent aux portes de l'entrepôt officiel, y trouvent la veuve de l'entreposeur, madame Angélique du Hamel, âgée, malade et alitée. En proférant d'effroyables jurons, ils lui imposent de prendre pour quinze mille livres de leur marchandise, mais se contentent des six mille six cents qu'elle réussit à rassembler, non sans mal, avec le secours de ses amis. Au milieu de l'après-dînée, ils remontent en selle et se partagent en deux corps à la sortie de la ville. L'un se dirige vers Massiac, l'autre vers le Velay sous les ordres de Mandrin lui-même. A travers bois, celui-ci marche sur Yssingeaux, puis sur Craponne qu'il atteint le 28. Comme à l'accoutumée, il y rançonne la recette buraliste. L'entreposeuse, madame Boule, doit emprunter deux mille livres au maire, monsieur Calemard de Montjoly. Ce dernier exprime devant Mandrin des observations sévères sur le métier qu'il exerce, ce qui lui vaut une amende de cinquante livres pour "*les propos malsonnants où il s'est oublié*". »

Rose complimenta l'auteur de ces lignes qui, cependant, ne s'en montrait pas totalement satisfait. Elle lui en demanda la raison.

— J'aimerais connaître et reproduire les « effroyables jurons » de ces brigands à Brioude.

— Est-ce si important ?

— Cela fait partie de l'histoire. On ne jurait pas en 1754 comme on jure de nos jours.

— Eh bien ! Si vous ne les trouvez pas dans les archives, inventez-les !

— Je n'en ai pas le droit. Je suis historien, pas romancier. Un auteur de fiction — comme vous, chère Rose — ne s'embarrasse pas de ces détails. Ce qu'il ne sait pas, il l'invente en effet. Et, une fois sur deux, il dit vrai quand même. Un historien n'invente rien. Même dans les petites choses, il a besoin de références. Il aime mieux laisser des trous que de raconter sans preuves. Voilà pourquoi il y a tant de trous dans les livres d'histoire. Et pourquoi le public aime mieux lire Alexandre Dumas qu'Ernest Lavisse. D'ailleurs, pour être romancier, je ne possède pas les qualités nécessaires : la fantaisie, l'imagination, la poésie, voire, de temps en temps, une pointe d'humour. Et surtout le goût du rêve. Je ne sais pas rêver, je ne rêve jamais. Sauf malgré moi, quand je dors. Et vous, chère Rose ?

— Moi, je rêve tout le temps. Comment pourrais-je vivre, attachée à mes barrières, si je ne rêvais pas ?

— Puis-je connaître vos derniers rêves ?

— Je rêve principalement que je suis l'institutrice que j'aurais voulu être. Cela m'aide beaucoup pour écrire *La Dame du Mézenc.*

— Je croyais que votre roman était composé pour l'essentiel de souvenirs, de confidences dont vous a abreuvée madame Merley ?

— Oh ! Vous savez ! Souvenirs vrais ou inventés, mémoire et imagination, tout cela s'embrouille dans mon esprit.

De loin en loin, Jeanne Malartre descendait d'Espeytavi pour voir comment allait sa belle-fille, comment se comportait le lilas qu'elle lui avait donné.

— Vous allez bien tous les deux, constatait-elle. J'en suis contente. Je remarque que le départ de mon pauvre Etienne ne t'empêche pas de vivre.

— Et qu'est-ce que je peux faire ? Dois-je cesser de manger, de boire, de respirer, me laisser mourir ?

— Pardonne-moi ces réflexions indélicates. C'est mon chagrin qui parle. Moi aussi, je suis restée vivante. Je n'aurais pas dû. Est-ce ma faute ?

— Je vous comprends.

Elles s'embrassaient. Elles versaient quelques larmes. Un jour, l'ancienne leveuse apporta une raison supplémentaire de pleurer :

— Mon second fils, Raymond, a décidé de me quitter. Il ne veut plus travailler la terre. L'agriculture à la campagne, ça ne vaut plus rien. Il lui faut l'agriculture en ville. Il a trouvé une place à Paris, chez un nourrisseur. Tu sais ce que c'est qu'un nourrisseur ? Un homme qui élève des vaches avec du foin acheté, ne les sort jamais de l'étable et vend leur lait aux Parisiens. Un ami lui a procuré ce travail. Il m'abandonne pour aller au bout du monde. Il laisse sa vieille mère toute seule avec ses rhumatismes et ses maux d'estomac. Je peux bien crever la bouche ouverte, il ne sera pas là pour m'approcher un verre d'eau. Voilà ce que c'est que les mauvais enfants. Au lieu d'eux, on ferait mieux d'élever des cochons, on pourrait les manger.

— Il a quel âge, votre Raymond ? Je ne m'en souviens plus.

— Je ne m'en souviens pas non plus. Il est né en... Attends : en 1890.

— Il a donc trente-neuf ans. Oui, il en avait douze l'année de notre mariage. Et lui ne s'est jamais marié !

— Pas trouvé la bonne occasion.

— C'est sans doute pour ça qu'il est parti. Il en avait assez de dormir seul. Là-bas, les occasions ne doivent pas manquer.

— Tu n'aurais pas quelque chose pour me remonter ?

— Que voulez-vous dire ?

— Une goutte un peu forte.

— Je ne bois que du lait et du café.

— J'aime bien le Dubonnet. A la rigueur le quinquina Cousin frères.

— Je n'en ai pas. J'en achèterai.

— En attendant, sers-moi donc un café.

La cafetière à bec était au chaud sur le coin du fourneau. Rose remplit deux tasses. Elles les vidèrent en se regardant, chacune étudiant sur l'autre l'empreinte des années. Les mains de Jeanne tremblaient et se mettaient à deux pour tenir la tasse. Rose eut pitié d'elles, les prit dans les siennes, baisant leurs veines bleues. Emue, la vieille femme lui caressa la tête.

— Est-ce que tu fais encore de la dentelle quelquefois ?

— Pas beaucoup avec le carreau. J'ai perdu la main. Mais j'en fais autrement.

— Autrement ? De quelle façon ?

La gardienne ouvrit un tiroir, en sortit un cahier d'écolier aux pages couvertes d'écriture sur une seule face.

— Voici ma nouvelle dentelle. J'ai entrepris d'écrire un roman.

— Un roman ? Tu me le feras lire ?

— Quand il sera publié.

— Tu ne devrais pas, quand même, abandonner la vraie dentelle. C'est par elle que nous nous sommes connues.

Rose aurait voulu la retenir à souper et à coucher. Mais Jeanne refusa, disant premièrement que son ânesse avait besoin de l'avoine habituelle ; secondement, qu'elle n'aimait pas changer de lit.

Quelques jours plus tard, Chambon vint à passer. Epicier à Langeac, chaque semaine il faisait une tournée dans les environs avec sa remorque attelée à une moto. Grâce à ce système, il grimpait les côtes et proposait aux fermes isolées son café, son chocolat, son sucre, ses farines, ses boissons. Rose était de ses pratiques. Elle sortit de sa maison en entendant le moteur. Chambon souleva le couvercle. Il avait justement la goutte préférée de Jeanne, dont la publicité ornait les murailles des granges, *Dubo Dubon Dubonnet.*

— Donnez-m'en une bouteille.

— Du blanc ou du rouge ?

— Je ne sais pas.

— Le rouge est plus fort, le blanc plus doux.

— Donnez-m'en une bouteille de chaque sorte.

Il la servit, elle paya. En partant, il cligna de l'œil :

— Vous avez raison de vous y mettre, chère Rose. Deux bouteilles de Dubonnet, y a rien de tel pour noyer la tristesse.

Et il remonta sur son triporteur.

Chambon était un farceur. Elle se demanda quand même si la tristesse peignait sa figure. Elle se regarda dans un miroir et dut bien constater qu'aucun de ses traits n'exprimait l'allégresse. Sa grand-mère Lalie lui disait autrefois :

— Souris un peu, ma Rosette. Tu seras plus belle encore.

Pourtant, la vie ne l'avait pas trop malmenée. Elle en avait reçu deux beaux enfants qui l'aimaient de tout leur cœur, même si c'était d'un peu loin, retenus qu'ils étaient par leur travail. Un jour, ils lui donneraient des petits-enfants. Grand-mère à son tour, elle pratiquerait avec eux le jeu de la petite plaine. Veuve à quarante-deux ans, elle ne regrettait pas terriblement ce mari cantonnier pour qui elle comptait moins que sa brouette. Sa fin accidentelle lui avait valu un emploi, une maison, un salaire qu'elle toucherait jusqu'à la fin de ses jours, un peu comme les veuves de guerre qui reçoivent une pension. Grâce à ses barrières, elle s'était fait des connaissances et des amis ; et grâce à l'un de ceux-ci, monsieur Pignol, elle suivait une carrière parallèle qui peut-être lui apporterait gloire et argent. Dans tout cela, elle ne voyait aucune raison de tristesse profonde. Sauf que sans doute elle n'était pas douée pour le bonheur, comme certaines personnes ne sont pas douées pour la musique.

Il lui en vint tout de même une raison. Mais toute petite. Dans le jardin attenant à sa maisonnette prospérait un cerisier, planté par la précédente gardienne. Il donnait des fruits énormes et délicieux. Rien de commun avec les cerises sauvages de Montgieux, minuscules, mais bonnes en leur pleine maturité, qu'un petit nombre seulement atteignait car les merles les avaient mangées auparavant.

— Prends garde, lui recommandait mémé Lalie, de ne pas avaler les noyaux. Sinon, ils te boucheront le pétard.

Cet arbre avait produit au printemps de 1929 une splendide floraison. Déjà, elle comptait dans sa tête, si saint Georges le lui permettait, les personnes à qui elle distribuerait les trois quarts de la récolte. Avec le reste, elle ferait des confitures ; et chaque semaine cette sorte de tarte que les Limousins appellent « clafoutis » et les Auvergnats *milhar*.

Dès le début de juin, elle put goûter aux premières cerises, quoique encore un peu pâlichonnes. Afin de connaître leur nom, elle consulta monsieur Pignol, qui savait tout :

— A mon avis, il s'agit de belles de Chatenay. Ou peut-être de belles de Choisy. Mais qu'importe le nom puisqu'elles sont belles !

Chaque matin, elle leur rendait visite en fredonnant, pour les encourager à rougir, la chanson de Jean-Baptiste Clément :

Cerises d'amour aux robes pareilles,
Pendants de corail qu'on cueille en rêvant...

N'ayant pas de robe rouge pour aller avec, elle se contentait de son sarrau noir. Avec un pincement au cœur, elle devait constater aussi que les paroles ne lui convenaient pas : jamais elle n'avait cueilli les cerises en compagnie amoureuse. Monsieur Pignol ne lui inspirait qu'une profonde amitié.

Le 12 juin, alors que la Saint-Georges était passée depuis longtemps, se produisit un déluge de pluie et de grêle dû à saint Guy. La moitié des cerises finirent dans l'herbe. Les autres, martyrisées, restèrent accrochées à l'arbre ; mais il n'était plus question de les offrir, qui aurait accepté ces horreurs sans figure ? Rose en cueillit tout de même pour son propre usage, tout juste bonnes à fourrer des milhars. Comment comprendre ces humeurs du ciel ? Le ciel avait-il des caprices qui échappaient aux volontés des Célestes ?

Tout son mois de juin en fut attristé. Elle eut du moins la consolation de se dire : « Ne te plains pas, Rosette. Tu es *milhardaire* en cerises. »

14

LA DAME DU MÉZENC

L'inspecteur primaire — abrégé d'inspecteur de l'enseignement primaire — est le chef immédiat des instituteurs. Et la corporation l'appelle effectivement le « chef » avec une belle unanimité. Il doit toutefois, selon les instructions officielles, « être accueilli naturellement comme le conseiller dont les avis sont appuyés sur le savoir et l'expérience ; il n'y a que les mauvais maîtres pour ne voir en lui qu'un juge ». N'empêche que son inspection se conclut par une note chiffrée ; et que de celle-ci dépend l'avancement ou la stagnation des maîtres inspectés.

Celui qui vint me voir en l'année 1886 devait avoir un ou deux ans de moins que moi. Son expérience ne devait donc pas l'emporter de beaucoup sur la mienne ; il n'en était pas de même de son savoir puisqu'il possédait une licence ès lettres ou ès sciences et le certificat d'aptitude à l'inspection primaire, alors que je n'avais obtenu que le brevet supérieur. J'avais donc toutes les raisons de le respecter et d'accepter avec gratitude ses précieux conseils.

Ayant son port d'attache au Puy, ce fonctionnaire se déplaçait à cheval. Il avait coutume d'attacher sa bête à quelque distance de l'école. Après quoi, il remplaçait son bonnet de cavalier, apte à braver le vent de la course, par un chapeau haut de forme enfermé dans un carton retenu à la selle. Sans doute estimait-il que cette haute coiffure convenait mieux à l'importance de ses fonctions. Pour le même motif et pour se vieillir un peu, il s'était laissé pousser des favoris touffus qui lui encadraient le visage, rappelant ceux de Jules Ferry.

Le voici donc un jour, vers les neuf heures et demie, qui frappe à la porte de notre classe, ouvre et entre sans mon intervention, tenant à la main le fameux chapeau, et se présente :

— Je suis Jean Pialat, inspecteur de l'enseignement primaire.

Et tous mes grimauds de se lever (car je les avais préparés à cette visite éventuelle) et de s'écrier :

— Tous nos respects, monsieur l'inspecteur !

Moi-même je m'avance et le gratifie d'une petite courbette. Il s'installe au fond de la classe, recommande :

— Continuez sans vous occuper de moi.

Nous l'aurons sur le dos au moins deux heures. Nous admirons sa redingote, son col à manger de la tarte qui lui soulève le menton, sa chevelure abondante et crépue. Ce jour-là, j'avais prévu une leçon de choses accessible à tous mes élèves : la bougie et son bougeoir. Expliquant qu'elle était faite de stéarine, matière chimique provenant de la purification de diverses graisses animales, je fis remarquer que sa flamme était sans odeur, contrairement à l'ancienne chandelle, faite de suif ou de cire, qui figurait à son côté. Nous l'avons donc tâtée, allumée, éteinte, ouverte pour mettre à nu sa mèche de coton tressé.

— Comme vous voyez, les chandelles de nos ancêtres ne donnaient pas beaucoup de lumière et il fallait les moucher souvent avec des ciseaux, c'est-à-dire enlever l'extrémité noircie qui gênait la flamme. A présent, nous avons la chance de disposer de lampes à pétrole beaucoup plus lumineuses.

Nous avons copié sur le cahier un certain nombre de vocables nouveaux : « stéarine », « cylindre », « suif », « moule », « bobèche »... Dessiné la bougie et le bougeoir. Au fond de la classe, l'inspecteur prenait des notes.

Second exercice : leçon de chant. J'avais choisi l'aubade provençale que Frédéric Mistral a introduite dans sa *Mireille*, traduite en français car je n'avais pas le droit d'enseigner d'autre langue :

O Magali, ma tant aimable,
A ta fenêtre parais donc.
Prête l'oreille à cette aubade
De tambourins et de violons...

Troisième leçon : dictée pour les grands, tandis que les petits dessinaient sur leur ardoise. Il s'agissait véritablement de rectangles d'ardoise venus de Trélazé, encadrés de bois ; on écrivait dessus avec des crayons blancs en forme de sucres d'orge.

Au terme de toutes ces épreuves, l'inspecteur se leva, arpenta la classe de long en large comme s'il inspectait aussi les murs, les dessins que j'y avais épinglés, tenant par le bord et balançant derrière son dos le chapeau gibus. Il s'arrêta un moment devant mon bureau — une simple table de bois blanc — au coin duquel trônait un bouquet de perce-neige que j'avais cueilli le matin même au revers de notre bâtiment. Fleurettes en retard sur la saison puisque nous étions déjà en avril. Il pointa l'index sur elles et posa cette question à toute la classe :

— Comment s'appellent ces fleurs ?

Plusieurs doigts se levèrent :

— Des perce-neige.

— Très bien. A présent, j'aimerais savoir, selon vous, s'il faut dire *un* ou *une* perce-neige ?

Surprise générale. Mes grimauds se regardèrent entre eux, puis ils me regardèrent, avec l'espoir que j'allais leur souffler la réponse. Et moi, non moins étonnée, mais me rappelant qu'on dit *un* perce-oreille, *un* casse-noisette, *un* compte-goutte, de murmurer :

— *Un*... perce-neige.

L'inspecteur nous rectifia :

— Je suis un spécialiste de botanique. Soyez donc certains de ma réponse : il faut dire *une* perce-neige[1]. Je sais bien qu'on dit *un* perce-oreille, *un* vide-poche... Pourtant, le féminin prévaut ici. Vous voyez comme notre langue est capricieuse. C'est là votre excuse, mademoiselle.

1. L'Académie française admet aujourd'hui le féminin et le masculin.

Je me sentis rougir de mon ignorance, tandis que monsieur Pialat reprenait son va-et-vient. Alors, sans doute pour me venger, Joselou commit un attentat. De son nom complet Joseph Malige, ce garçon était un farceur de première classe. En paroles et en actions. Un jour que je percevais dans mon oreille droite une sorte de bourdonnement léger et que je m'efforçais de le déloger en y enfonçant un auriculaire, j'eus la naïveté d'expliquer ce geste à mes élèves :

— J'entends quelque chose. Est-ce un bruit qui vient de dehors, ou est-ce un simple bourdonnement d'oreille ?

Et lui de lever l'index :

— C'est un bruit de votre oreille, m'zelle. Je l'entends d'ici.

Sa spécialité était aussi de jouer des tours à ses camarades. De leur accrocher dans l'échine des écriteaux : ÂNE À VENDRE. Ou bien : POMPE À INCENDIE. Ou encore : GARDE CHAMPÊTRE. Ce jour-là, monsieur Jean Pialat eut l'imprudence de passer deux fois à sa portée, toujours balançant le chapeau gibus. Que fit mon Joselou ? Il écrasa un morceau de pain rassis qu'il avait dans sa poche et laissa tomber délicatement les miettes dans le chapeau. L'inspecteur ne s'aperçut de rien. Pas même que les voisins du polisson se mettaient une main sur la bouche pour cacher leur rire.

— Mes enfants, vous pouvez sortir, ordonna monsieur Pialat.

Et tous de se lever, selon ma consigne, pour s'écrier :

— Au revoir, monsieur l'inspecteur.

Ce dernier prit congé de moi avec galanterie, posa son gibus sur sa chevelure touffue et partit rejoindre son cheval. L'après-midi de ce même jour, Joselou est venu se confesser pendant la récréation :

— M'zelle, j'ai fait une bêtise.

— Vraiment, Joselou ? Tu m'étonnes.

Et il m'a raconté l'histoire des miettes.

— Pourquoi as-tu fait ça, mon garçon ?

— A cause du chapeau qui ouvrait la bouche. Je lui ai donné à manger.

— Tu seras toujours le même farceur. Va, je te pardonne.

Dans ma tête, j'imaginais l'inspecteur se coiffant de son gibus. Puis s'en découvrant. Ses cheveux poudrés de miettes. Les bergeronnettes venant peut-être les picorer. Cela me payait bien de l'affront causé par la perce-neige.

Quelques jours plus tard, je reçus le bulletin d'inspection où je constatai que monsieur Pialat m'avait attribué la note de 14 sur 20. Avec ce commentaire : « Jeune institutrice pleine de promesses. Autorité douce, mais ferme sur ses élèves. J'ai apprécié ses trois leçons. Avec une réserve sur la leçon de choses. Celle-ci portait sur l'étude de la bougie de stéarine. Il eût été bon qu'afin de permettre des comparaisons ladite bougie fût accompagnée d'une chandelle de suif. » « Quel culot ! m'écriai-je à voix haute, seule avec moi-même. La chandelle y était. Et monsieur Pialat ne l'a pas vue ! »

J'aurais dû lui écrire afin de corriger sa bévue. L'humilier à mon tour comme il m'avait humiliée. Je préférai m'abstenir par prudence. Mon inspecteur était en haut dans l'échelle sociale, moi j'étais en bas. Je me rappelai un proverbe auvergnat : « *Can l'on bòu petà pu nàu ke son tiou, l'on se faï oun partyù yin l'itchino.* Quand on veut péter plus haut qu'on n'a le derrière, on se fait un trou dans l'échine. » Je ne voulus pas prendre ce risque...

Certains jours, entre le premier et le deuxième train, Rose se sentait à court de mémoire. Ou d'inspiration. En panne sèche. Elle demanda conseil à monsieur Pignol qui lui dit :

— Consacrez-vous quelque temps à la lecture. C'est une bonne manière de faire travailler le cerveau, de remuer les dépôts qui dorment dans ses profondeurs, comme ceux d'un étang.

Il lui prêta le livre d'un romancier de langue anglaise, Sinclair Lewis, qui venait d'obtenir le prix Nobel. C'était la première fois qu'elle lisait un auteur américain, elle en resta éberluée. L'ouvrage, intitulé *Babbit*, sans doute captivant pour les habitants des USA, la laissa de glace. Il s'agissait de la biographie d'un marchand de biens qui n'avait d'autre souci que de gagner de l'argent, d'autre peur que celle du socialisme. Peu au courant des problèmes politiques, elle savait seulement que les socialistes sont les ennemis des riches, même si certains sont plutôt riches eux-mêmes. Elle retint d'autre part que l'auteur de *Babbit* avait l'habitude de décrire longuement les visages, les vêtements, les nourritures :

« Madame George F. Babbit avait atteint une maturité définitive. Sa chair était plissée, depuis les coins de sa bouche jusqu'à la pointe de son menton et à son cou épais. Mais ce qui marquait le mieux qu'elle redescendait la pente, c'est qu'elle n'avait rien de caché pour son mari et ne souffrait plus de cet état de choses. Elle était en jupon et en corset, un corset trop rempli, et ne s'inquiétait pas de se faire voir ainsi...[1] » Rose se dit : « Ma vieille, il te faudra ajouter dans ta *Dame* les détails des physionomies si tu veux obtenir le prix Nobel. »

Après cet énorme bouquin, Hector Pignol lui prêta celui d'un auteur allemand honoré lui aussi par le même prix suédois, Gerhart Hauptmann, c'est-à-dire Gérard Capitaine. Son ouvrage, *Le Mécréant de Soana*, présentait un berger qui s'était fait écrivain. Cette histoire avait des points communs avec celle de Rose. Il vivait dans le Tessin, partie de la Suisse où l'on parle la langue italienne.

— J'ai rencontré un jour, dit monsieur Pignol, un berger tout pareil à celui-là.

Il se promenait sur cette modeste hauteur qui porte le glorieux nom de puy du Roy et surplombe la vallée de l'Allier. Allongé sur l'herbe, il écoutait le chant des oiseaux, humait le parfum des genêts en fleur, suçait une racine de réglisse. Soudain, il entendit un concert de bê-bê-bê et de drelin-drelin. Levant la tête, il vit un troupeau de moutons blancs, tondus de frais, qui se considéraient les uns les autres, effarés de leur nudité, oubliant de paître. Près d'eux, un berger à jambières de toile, vêtu légèrement comme il convenait à la saison, coiffé d'un large chapeau de paille, se tenait debout, oubliant de lire le livre qu'il tenait sous le bras gauche. Heureux de cette

1. Traduction de Maurice Rémon.

rencontre, le professeur se leva, marcha vers les brebis à pas tranquilles pour ne pas les effrayer.

Tous les hommes de plume aiment la compagnie des bergers dont ils espèrent voir tomber, pour peu qu'on les secoue, des paroles virgiliennes. C'est donc ce que fit monsieur Pignol. L'homme le salua en levant son chapeau, le professeur leva sa casquette. Deux gestes déjà exceptionnels dans cette partie de l'Auvergne qui touche au Velay car, lorsque deux promeneurs s'y croisent, ils se contentent de trois ou quatre syllabes de politesse :

— Alors vous descendez ?

— Oui, je descends un peu. Et vous-même, vous montez ?

— Je monte bien, tenez.

En terrain plat, cela donne :

— Vous allez par là-bas ?

— Oui bien. Et vous-même, vous en venez ?

— J'en viens un peu, tenez.

Les deux hommes du puy du Roy se saluèrent donc du chapeau. Après quoi, désignant le livre, le professeur s'enquit :

— Que lisez-vous de beau ?

— Regardez vous-même.

Il lui tendit le livre fermé. Platon, *La République*.

— Comment ! Vous lisez Platon ?

— J'essaie. Ce n'est pas toujours simple. Mais ce genre de lecture me convient parce qu'il a besoin de lenteur. De réflexion. De jugement.

— Et vous aimez ?

— J'apprécie ce que je crois comprendre.

— Vous approuvez les idées de l'auteur ?

— Souvent. Pas toujours.

— Par exemple, quoi de bon ?

— L'opposition qu'il fait entre la raison et la colère. Il invoque même Homère, un autre grand Grec : « Ulysse, se frappant la poitrine, gourmanda son cœur. » On comprend bien que la raison réfléchit sur le meilleur et le pire, mais que la colère est aveugle…

Le professeur et le pâtre employèrent de la sorte une heure à commenter Platon. Ils en vinrent à accepter ensemble ce jugement fondamental : tant que les philosophes ne seront pas rois dans les cités ou que ceux que nous appelons souverains ne seront pas vraiment des philosophes, il n'y aura point de cesse aux malheurs du monde.

Hector Pignol rapporta cette rencontre et ces propos à Rose Malartre. L'ouvrage de Gerhart Hauptmann confirmait la pensée de Platon. Après une longue conversation, ils convinrent qu'une bonne garde-barrière autant qu'un berger ou qu'un homme politique avait besoin de philosophie.

15

LA DAME DU MÉZENC

A ceux qui désireraient savoir à quoi je ressemblais dans les années 1886-87-88 afin de mieux me suivre dans mes péripéties, je dirai que j'étais une assez jolie demoiselle, peu pressée de prendre époux. Le visage allongé, le menton pointu, les lèvres minces comme elles se portaient à cette époque (mais on pouvait les élargir au bâton de rouge), le nez légèrement relevé, le teint crémeux, les yeux et les sourcils sombres, les cheveux abondants retenus en un chignon sur la tête. Bien habillée par les soins de mes père et mère commerçants. Les femmes du peuple comme moi ne s'affublaient plus du volumineux derrière, dit crinoline, qui avait fait fureur au temps de l'impératrice Eugénie, mais qu'on ne voyait plus que sur les catalogues de mode. Les robes et les jupes, qui descendaient jusqu'aux chevilles, étaient larges et permettaient de marcher à grands pas. Sur mon corsage, se balançait un cordon blanc qui retenait dans une pochette, non pas une montre comme il aurait dû, mais un sifflet de bois qui me servait à commander mes élèves. Certaines dames portaient des chapeaux larges comme des parapluies, encombrés de rubans, de fleurs, de fruits artificiels. Pour moi, naturellement, je me promenais dans les Estables en cheveux. Sauf pour aller à l'église, car le curé nous recommandait de dissimuler notre chevelure, organe de séduction, sous un fichu ou un canotier retenu au chignon par une longue épingle qui le traversait. Mes doigts, longs et effilés, auraient bien dansé sur les touches d'un piano si l'on m'avait fait donner des leçons. Je chaussais des bottines à boutons, sauf par temps de neige, quand les sabots s'imposaient. Voilà, je crois avoir tout dit sur ma personne. Excepté sur ma voix qui me permettait de parler fort en cas de nécessité, et de chanter juste.

Ainsi pourvue d'attraits visibles ou invisibles, je fis, comme j'ai dit une conquête dont je me serais bien passée : celle de monsieur Gerbier, le vétérinaire. Non content de me harceler à l'auberge Laurent, de me couvrir de fleurs parlantes, il vint frapper un soir à ma porte. Logée à l'étage, je passai la tête par la fenêtre, je reconnus son chapeau et sa voix :

— C'est moi, Gerbier. Je vous apporte quelque chose.

Je descendis lui ouvrir. Il prétendit me baiser la main, je la retirai, il se contenta de me la secouer légèrement. Nous gravîmes l'escalier jusqu'à la pièce qui me servait de cuisine et de chambre. Un rideau dissimulait mon lit-placard. Je priai Gerbier de s'asseoir. Je n'avais rien d'autre à lui offrir qu'une infusion de citronnelle.

— Justement, fit-il, je vous apporte quelque chose qui vous tirera d'embarras.

D'une musette, il sortit et déposa sur la table une bouteille remplie d'un liquide doré, expliquant qu'il s'agissait d'une boisson inventée par les Gaulois : de l'hydromel.

— Je l'ai préparé moi-même en pensant à vous.

— Puis-je connaître la recette ?

— Vous mélangez un kilo de miel à deux litres d'eau. Vous faites bouillir en écumant. Vous ajoutez une pincée d'acide tartrique, vous colorez avec un peu de caramel, vous laissez fermenter six mois, vous soutirez, vous buvez frais.

— Cette liqueur a donc plus de six mois d'âge. Quand vous l'avez faite, vous ne me connaissiez pas. Vous m'avez l'air d'un beau menteur.

— Je vous pressentais. Je devinais que vous alliez entrer dans ma vie.

— Moi et sans doute bien d'autres femmes.

— Vous seule comptez. A présent, si vous voulez bien, goûtons mon hydromel.

Il arracha le bouchon, versa du liquide dans deux petits verres. Prudemment, j'y trempai les lèvres, redoutant qu'il ne fût corsé de je ne sais quel philtre vétérinaire. Voyant ma réserve, il m'encourageait :

— Jamais le miel et l'eau n'ont fait à personne le moindre mal. Au contraire. Ils nous communiquent un peu de la sagesse des abeilles.

Quand j'eus achevé mon verre, il voulut le remplir de nouveau, mais je posai deux doigts dessus. A ce point, pour me montrer sa science, il partit sur un long développement concernant ces merveilleux insectes qui figurent dans les armoiries de Brioude et que dans nos campagnes on appelle encore « mouches à miel ». Non seulement il exaltait le produit qu'elles sécrètent ; mais il s'extasiait sur leur organisation politique et sociale :

— Elles vivent sous l'autorité d'une reine, qui est aussi la mère de chacune, puisqu'elle a pour fonction essentielle de pondre des œufs. Elles sont de la sorte le modèle d'une parfaite monarchie dans laquelle le monarque insuffle la vie à ses sujets. Le rôle de chacun est en liaison avec ses capacités naturelles. Aucun conflit n'oppose jamais une catégorie à une autre. Aucune grève n'arrête jamais la production. Dois-je vous cacher, chère Isménie, que je nourris des idées royalistes ? En êtes-vous choquée ?

— Pas le moins du monde. Chacun est libre de penser ou de rêver comme il lui plaît.

— Puis-je connaître votre tendance politique ?

Et moi, après une hésitation, comme si je ne m'étais jamais interrogée sur ce point :

— Je suis républicaine.

— La république est un régime fort quand il devrait se montrer faible et faible quand il devrait être fort. Par conséquent dangereux pour la sécurité de la nation. Mais arrêtons là ce discours. Je ne veux pas vous convertir à mes idées.

Il but encore un peu d'hydromel, suça les poils emmiellés de sa moustache, resta un moment silencieux. Après quoi, il tira de sa poche un mouchoir blanc, s'essuya méticuleusement la bouche. Je pressentis qu'il se préparait à dire quelque chose de grande importance.

— Chère Isménie... Vous permettez que je vous appelle par votre prénom ?

— Pourquoi pas ?

— C'est d'ailleurs un prénom rare et joli. D'où le tenez-vous ?

— D'une planète découverte par les astronomes peu de temps avant ma naissance. Mon parrain curé me le donna parce qu'il se plaisait à regarder les étoiles.

— Vous avez donc eu un parrain curé ?

— Curé de Présailles, près du Monastier. Il possédait une lunette astronomique.

— Je comprends, je comprends.

Il se pinça le nez, lâcha enfin la nouvelle importante :

— Chère Isménie, nous nous connaissons depuis deux mois à peine, depuis que je vous ai préservée de la douve. Mais cette brève connaissance a suffi pour m'inspirer un sentiment... un sentiment fort honorable, dont vous vous êtes sans doute aperçue. Est-ce que je me trompe ?

— Je ne me suis aperçue de rien.

— Tous ces hommages que je vous ai rendus... ces fleurs parlantes... ce flacon d'hydromel... N'avez-vous pas compris ?

— Que dois-je comprendre ?

— Que je vous aime, chère Isménie. De tout mon cœur. Et que je vous demande en mariage.

Comme je ne répondais pas, il se mit à énumérer les avantages que je trouverais à devenir madame

Gerbier : une belle et vaste maison, un mobilier tout de chêne massif, un cheval et sa calèche, un mari affectionné, attentif à mes désirs, plus tout à fait jeune mais encore bien conservé pour l'essentiel, possesseur d'une fortune en rentes d'Etat dont il me donnerait le détail. Au terme de cet inventaire, il me demanda seulement de réfléchir :

— Je vous laisse une quinzaine. Je reviendrai dans deux semaines prendre votre réponse que j'espère favorable.

Il se leva, saisit ma main presque de force, déposa dessus un baiser sirupeux et me laissa à mes pensées. J'en eus rapidement fait le tour. A l'égard de ce médecin des vaches, je n'éprouvais aucun autre sentiment qu'un peu de reconnaissance pour la douve du foie. Contrairement à beaucoup de filles de cette époque, principalement d'origine pauvre, qui ne songeaient qu'à se précipiter dans le mariage afin d'enlever à leur famille une bouche à nourrir, je ne me sentais nul besoin de me mettre au service diurne et nocturne d'un homme. Moins encore si celui-ci aurait pu par l'âge être mon père. Comme j'ai dit, j'avais assez de mioches sous ma dépendance pour satisfaire mes faibles élans de maternité. Dans certaines campagnes, lorsqu'un garçon avait fait sa demande, on disposait d'un procédé pour lui répondre courtoisement : si, après trois jours, il revenait et trouvait un balai devant la porte, cela voulait dire non ; un panier vide signifiait oui. Mais je pensai plus digne d'une institutrice de m'exprimer en paroles claires et nettes.

Je vis donc reparaître mon soupirant, porteur cette fois d'un bocal de miel avec quoi, probablement, il pensait m'attraper comme une mouche. Il le déposa au milieu de la table, leva une main pour arrêter mes remerciements :

— Non, non, ce n'est rien. Je possède une douzaine de ruches. Ça ne vaut pas un merci.

Nous avons d'abord parlé de la pluie et du beau temps, de l'herbe qui poussait bien, des vaches Mézenc, bonnes travailleuses et médiocres laitières. Il en est venu enfin au vrai sujet de sa visite :

— Avez-vous réfléchi, chère Isménie, à la demande que j'ai eu l'audace de vous présenter ?

— Elle m'honore beaucoup. Et il me faut encore plus d'audace pour vous répondre que je ne me sens pas prête pour le mariage. Il est bien possible que, les années passant, j'évolue, que mes pensées changent, qu'un jour j'éprouve le besoin de fonder une famille. Mais j'ignore si ce changement exigera cinq ou dix ans. Considérez donc, cher monsieur Gerbier, que ma réponse est définitivement négative.

Je m'attendais à le voir exprimer de vifs regrets, à verser peut-être une larme qu'il eût essuyée de l'index au bord de sa paupière. Il est resté seulement muet, les yeux baissés, considérant l'extrémité de ses bottes. Mais des mouvements convulsifs agitaient sa tête ; comme secouée de tics, elle semblait dire tantôt oui, tantôt non. Un peu apitoyée, j'ai pris patience. Il s'est enfin décidé à répondre :

— Chère Isménie, m'est-il nécessaire de vous dire que vous me causez un très grand chagrin ?

— Je vous demande mille fois pardon.

Il tira son mouchoir rouge et bleu, s'essuya le nez, les yeux, la moustache. Rangea soigneusement ce linge dans sa poche après l'avoir roulé en boule. Enfin, il me regarda bien en face et je crus apercevoir sur ses lèvres une ombre de sourire :

— Il y a peut-être une façon de remédier… De préserver entièrement votre liberté tout en… comment dire ?… m'accordant des consolations.

— Des consolations ?

— Vous ne voyez pas ce que cela signifie ?

— Pas du tout.

— Est-ce que je vous fais horreur ?

— Horreur ?… Certainement pas.

— Vous ne voulez pas devenir ma femme ?… Fort bien. Devenez ma maîtresse. Vous ne changerez ni de domicile, ni de profession. Mes visites seront nocturnes, personne ne s'en apercevra. En compensation de votre obligeance, je vous attribuerai chaque mois une somme importante, dont le montant est à débattre entre nous. Que diriez-vous de cinquante… peut-être de soixante francs mensuels ? Voilà qui compléterait bien le traitement que vous verse l'Etat. Sans parler des petits cadeaux que je me ferai une joie de vous offrir à diverses occasions. Et si, par hasard, vous renonciez à l'enseignement pour vous consacrer entièrement à mon service, j'assurerais votre avenir. Je suis même capable, le moment venu, de vous coucher sur mon testament. Ainsi, chère Isménie, vous et moi aurions tous les avantages du mariage sans en avoir les inconvénients. En revanche, si un jour nous sommes lassés l'un de l'autre, on se quitte sans formalité, sans divorce, sans avocat, sans drame, amis comme devant. Que pensez-vous de ma proposition ?

Ainsi, ce médecin des vaches, le plus simplement du monde, m'offrait l'emploi de fille entretenue. D'être une autre Marguerite Gautier, changeant mon titre de Dame du Mézenc pour celui de Dame aux camélias ! Je ne sais quels étaient les tarifs professionnels de Marguerite ; mais ceux qu'il me proposait n'avaient rien de mirifique. Il est vrai qu'à force de cadeaux et une part d'héritage, je pouvais envisager un avenir douillet.

Or je n'aime pas le douillet. Je dors sur un matelas de crin. Je préfère le chanvre à la soie, le salé au sucré, la croûte du pain à la mie. Désireuse néanmoins de ne pas offenser ce vétérinaire qui croyait qu'on peut acheter une femme comme on achète une vache, ce qui n'est pas toujours faux, mais qui me faisait l'honneur d'éprouver pour moi ce qu'il croyait être du sentiment, je repoussai vers lui son flacon d'hydromel entamé et son bocal de miel intact. Sans un mot. Avec mon sourire presque imperceptible. Il vit le mouvement des récipients, il distingua les plis de mes lèvres et se fit confirmer :

— C'est là votre réponse ?

— Effectivement.

Il les remit dans sa musette, se leva, reprit son chapeau, me salua d'une courbette assez respectueuse en prononçant une phrase distinguée :

— Je vous souhaite un bonheur conforme à vos rêves.

Ai-je jamais rêvé de bonheur ? C'est-à-dire d'une jouissance à venir, que par conséquent je ne possédais pas ? J'en doute. Par nature, j'ai toujours su goûter les petits plaisirs présents. Le parfum du bon pain dans le fournil de mon père. La pluie d'été qui éteint la canicule et abreuve les plantes assoiffées. La caresse de ma mère sur mon front brûlant. Les bains de pied dans la Gazeille et le chatouillement des truites affolées.

Mais sans doute ce monsieur voulait-il me souhaiter le bonheur amoureux ? A force de voir des vaches et des taureaux, des boucs et des chèvres, il supposait peut-être que je rêvais d'étreintes érotiques ? Entre les filles que j'avais fréquentées autrefois et moi-même, jamais un tel sujet n'avait été abordé dans nos conversations. C'était une époque où nous arrivions au mariage vierges sans effort. Quand les mères faisaient allusion à notre future nuit de noces et à celles qui suivraient, elles parlaient toujours de sacrifices voulus par Dieu et nécessaires à la naissance des enfants. Je n'imaginais même pas que cet acte divin pût être accompagné de plaisir. Le bonheur espéré ne pouvait provenir que d'un accord de caractères entre mari et femme, alimenté par la patience, l'obéissance et les compétences ménagères de la seconde.

Il n'y avait pas là de quoi rêver…

16

Deux années s'écoulèrent sans faire beaucoup de bruit dans la Haute-Loire. Il n'en était pas de même dans le reste du monde. De loin en loin, monsieur Pignol venait en informer son amie garde-barrière. En Italie, un régime despotique avait pris un pouvoir qui ne demandait qu'à se rendre, dirigé par un certain Mussolini ; il se faisait appeler le Duce, c'est-à-dire le Chef ; il emprisonnait ceux qui s'opposaient à lui ou les déportait dans des îles volcaniques. En Allemagne, un de ses imitateurs, Adolf Hitler, employait des méthodes plus inhumaines encore en recourant à des bagnes, les camps de concentration. En France, le gouvernement changeait en moyenne tous les six mois ; un Auvergnat natif d'Aurillac, Paul Doumer, venait d'être élu président de la République. Cette année 1931 sembla ramener le pays à l'époque de Vercingétorix, alors que la Gaule et l'Auvergne se superposaient. A côté de l'Auvergnat élyséen, on trouvait en effet un Auvergnat, Pierre Laval, à la présidence du Conseil ; un autre, Castellane, à la tête du conseil municipal parisien ; un quatrième, monseigneur Verdier, à l'archevêché de Paris. Sans parler de trois cent mille Auvergnats, Bougnats, Auverpins qui noyautaient tous les milieux de la capitale. Rose aurait aimé se rendre dans cette grande ville, y rencontrer peut-être son beau-frère qui lui eût servi de guide. Mais ses barrières la retenaient. Pour la consoler, Raymond lui expédiait de temps en temps une carte postale représentant la tour Eiffel ou l'Arc de Triomphe.

En fait, malgré les efforts de monsieur Pignol, elle ne s'intéressait guère à la politique. Ces hommes lointains et puissants lui apparaissaient comme les bourdons d'une ruche dans laquelle elle ne jouait qu'un minuscule emploi d'ouvrière. Mille de son espèce peuvent mourir sans que le fonctionnement de la ruche en soit compromis. Elle se rappelait un dicton que son père répétait souvent : « Celui qui parle du temps ou bien du gouvernement perd sa salive et son moment. »

C'est alors que se produisirent des événements qui allaient changer son existence. Ils l'atteignirent par l'intermédiaire du facteur Astruc de Saint-Georges :

— Vous devriez, lui dit l'homme au képi, vous rendre à Espeytavi chez votre belle-mère. Il y a des choses qui ne vont pas bien.

— Quel genre de choses ?

— Hier je lui ai présenté une lettre recommandée, lui demandant une signature. Elle m'a répondu qu'elle ne se souvenait plus comment elle signait. « Ça ne fait rien. Faites un griffonnage, ça me suffira. » En effet, son griffonnage ne ressemblait à rien du tout. Après ça, elle me dit : « Votre lettre, qu'est-ce que j'en fais ?

— Vous l'ouvrez, vous la lisez. — Je crois bien que j'y aurai de la peine. Je vois mal. — Voulez-vous que je vous la lise ? — D'accord. » Je la lui ai lue. C'était un pli de son fils Raymond, le Parisien. Il se plaignait de n'avoir pas reçu de réponse à ses lettres précédentes, il envoyait une recommandée pour être sûr de son acheminement. « Je peux pas répondre, m'a expliqué votre belle-mère. Je distingue plus ce que j'écris. » Voilà comment ça s'est passé. C'est sans doute bien une question de vue. Il doit lui falloir des lunettes.

Un article difficile à trouver. A Brioude, existait un opticien. Il vendait également des jumelles, des thermomètres, des parapluies. Les jours de foire, des camelots ambulants proposaient des lunettes, le client éventuel en essayait quinze ou vingt paires avant de trouver la bonne. On fouillait dans le tas. On ne peut toutefois les acheter hors la présence de l'utilisateur comme on achète des sabots pourvu qu'on en ait la juste pointure. Pour Jeanne, il faudrait donc envisager un déplacement.

Rose monta un dimanche à Espeytavi, entre deux trains. Une heure de marche à l'aller, une autre au retour ; elle disposerait de trente minutes pour parler. Elle emportait une douzaine d'œufs afin de ne pas arriver les mains vides, ce qui en Auvergne n'est pas un bon usage. La pluie la prit en route.

Sitôt qu'elle fut devant la maison de sa belle-mère, elle comprit que quelque chose d'autre n'allait pas. Jeanne avait mis en effet à la fenêtre de sa chambre les draps de son lit pour les faire aérer, et l'eau du ciel tombait dessus. Rose cogna du poing contre la porte. Un grognement intérieur lui permit d'entrer. Elle trouva l'ancienne leveuse devant son écuelle, en train de manger sa soupe.

— Bonjour, Jeanne.

— Bonjour. Qui êtes-vous ?

— Rose, votre belle-fille.

— Rose ?... Ah oui ! Rose en effet. Je t'avais pas reconnue.

— Savez-vous qu'il pleut et que vos draps se mouillent ?

— Quels draps ?

— Ceux que vous avez mis à la fenêtre de votre chambre.

— Je n'ai pas mis de draps. Qu'est-ce que tu me racontes ?

— Venez voir.

Elle la prit par la main, la tira dehors.

Jeanne dut bien remarquer les draps, mais refusa son erreur :

— Comment ça se fait ?... Qui les a mis là-haut ?

— Vous, pardi !

— Est-ce que tu me prends pour une folle ? Il faut bien que ce soit quelqu'un d'autre !

— Mais vous êtes seule dans la maison, depuis que Raymond est parti !

— N'importe qui peut s'introduire chez moi. C'est facile. Il passe du monde devant ma porte. Un mauvais sujet sera entré par la fenêtre pour me jouer un tour. Moi, je n'y suis pour rien.

Rose jugea préférable de ne pas insister. Elles montèrent toutes deux retirer les draps, puis les étendirent devant le feu de la cheminée sur des chaises pour les faire sécher. Cela fit un bel étalage.

— Je vous ai apporté des œufs de mes poules.

— Tu es bien bonne. Je te remercie de tout mon cœur. Mais en ce moment, je n'ai guère d'appétit. Je ferai quand même un effort pour les manger.

— Le facteur Astruc m'a dit que vous aviez de la peine à lire. Il pense que vous auriez besoin de lunettes.

— Des lunettes, moi ? Je n'en ai jamais pris de ma vie.

— Avec l'âge, les yeux se fatiguent. Quel est le vôtre, exactement ?

— Tu m'en demandes trop. Je suis née… Attends un peu… En 1852.

— Vous avez donc soixante-dix-neuf ans.

— Fais le compte.

— Il faudrait aller à Brioude, chez l'opticien.

— Chez le p'tit chien ?

— Chez le marchand de lunettes. Il s'appelle Vialard. Malheureusement, d'ici à Brioude, il y a vingt kilomètres. Comment faire ? Avec votre ânesse, il faut compter quatre heures pour aller, autant pour revenir.

— Je n'ai plus d'ânesse. Elle était encore plus aveugle que moi. Je l'ai vendue. A un boucher. Pour la mort. Il en a fait des saucisses. On commandera un taxi.

— Les lunettes, le taxi, ça va faire un peu de dépense.

Jeanne éclata de rire. Elle conduisit sa bru à une armoire, ouvrit un tiroir.

— Regarde.

— Quoi donc ?

Une pile de billets de banque, des bleus, des roses, des tricolores, de dix, de cinquante, de cent, de cinq cents francs. De sa vie, Rose n'avait eu sous les yeux tant d'argent amoncelé.

— Mes économies de soixante années de galère. A toi, je peux les montrer parce que je te sais honnête. Tu vois : je peux me payer des lunettes et un taxi.

— Il faudra qu'il me prenne à ma maison, si vous voulez que je vous accompagne.

Monsieur Pignol arrangea le transport. Il promit même en cas de besoin d'ouvrir et de fermer les barrières pendant l'absence de son amie. Le garagiste de Saint-Georges la chargea en passant, prit ensuite Jeanne Malartre, les déposa à Brioude devant la boutique de monsieur Vialard. Ce dernier fit essayer cinq ou six verres à chaque œil de sa cliente. Pour le cas où elle n'aurait pas connu les lettres, il lui montrait des images représentant divers objets de plusieurs grosseurs :

— Que voyez-vous ?

— Une fleur.

— Quelle fleur ?

— Une pâquerette… Une tulipe… Un coquelicot…

— Il vous faudra deux paires de lunettes, l'une pour regarder de loin, l'autre pour regarder de près. Revenez dans une heure, elles seront prêtes.

Pour passer le temps, les deux femmes se promenèrent dans Brioude. C'était jour de grand marché. Aux carrefours, sur les places, des paysannes proposaient dans leurs paniers des lapins qui baissaient les oreilles avec le vague espoir de n'être pas remarqués, des poules vivantes, liées par les pattes, des œufs, des fromages. Devant Saint-Julien, deux mendiants tendaient leur chapeau. Rose et Jeanne avançaient difficilement, bousculées dans les rues grouillantes de ménagères, d'enfants, de flâneurs.

— *Aï ! Ke de monde k'y o*[1] ! s'écriait de temps en temps l'ancienne leveuse dans son patois, comme si c'eût été la première foule dans laquelle elle se trouvait prise.

Elles entrèrent dans la basilique immense et fraîche, dont les murs étaient peuplés de diables verts. Le sacristain leur montra et leur expliqua les chapiteaux qui ornaient les sommets des colonnes : deux ânes musiciens jouant de la harpe, un singe portant une corde au cou, le bon pasteur et sa brebis, l'usurier et son sac d'écus... Elles furent ainsi longtemps promenées devant ces images destinées à des chrétiens qui ne savaient pas lire. Elles se reposèrent un moment en récitant des *Je vous salue*.

Elles revinrent chez Vialard. Les lunettes étaient prêtes. Pourvues de verres ronds et de branches à ressort, elles s'accrochaient fermement derrière les oreilles et tenaient bien sur le nez.

— Avec ça, promit-il, vous allez retrouver votre vue de vingt ans. Celle qui a des branches jaunes vous servira pour lire, pour coudre, pour éplucher vos légumes. Vous mettrez l'autre quand vous irez en promenade.

Il les glissa dans deux étuis de cuir et rendit la monnaie sur le billet bleu qu'elle lui tendait. Le taxi ramena la belle-mère à Espeytavi et la bru à ses barrières. Tout semblait arrangé. Rose reprit ses écritures et sa familiarité avec Isménie dont elle faisait souvent un double d'elle-même, lui prêtant ses propres goûts et ses propres dégoûts.

1. « Aïe ! Que de gens il y a ! »

Or la semaine suivante, voici le facteur Astruc qui reparaît :

— Chez Jeanne Malartre, il y a autre chose qui ne va pas. Elle a reçu une seconde lettre de sa sœur qui habite au Puy. Elle dispose à présent de lunettes toutes fraîches pour voir de près. Malheureusement, je me suis aperçu d'un détail : elle ne sait plus ni lire, ni écrire, ni signer son nom. Et j'ai bien peur que dans sa maison elle fasse des bêtises. Vous devriez retourner à Espeytavi.

Comment croire à une telle affirmation ? Jeanne avait jadis la manie de la lecture. Elle se glorifiait même d'avoir lu Victor Hugo. Elle et sa belle-fille se prêtaient de temps en temps des livres. Et maintenant, elle aurait oublié jusqu'à ses lettres ? Il fallait qu'elle eût perdu l'esprit.

Confiant ses barrières à monsieur Pignol comme à l'accoutumée, Rose refit à pied les cinq kilomètres. Tout le long du chemin, elle se répéta une prière, à voix haute pour être bien entendue :

— Sainte Vierge, ayez pitié de cette pauvre femme. Sainte Vierge, ayez pitié de cette pauvre femme...

Elle trouva Jeanne au milieu de la cuisine, dans un incroyable méli-mélo de linges, de vêtements, de chaussures, comme si elle se préparait à déménager, occupée qu'elle était à fouiller et farfouiller là-dedans. Elle tourna la tête quand la porte s'ouvrit.

— Bonjour, belle-mère, dit Rose.

— Bonjour vous.

— Je suis votre belle-fille.

— Bonjour, Rose. Je t'avais mal reconnue en effet parce que je te voyais à l'envers. La lumière du jour derrière toi.

— Vous avez l'air de chercher quelque chose.

— Oui. Je cherche… je cherche… je cherche…

Ne trouvant pas le mot, elle fit avec ses doigts deux zéros devant ses yeux.

— Vos lunettes ?

— Oui, mes lunettes. Je les cherche depuis avant-hier. Je ne les trouve pas. Quelqu'un me les aura volées.

— Si vous voulez bien, nous allons les chercher ensemble. D'accord ?

— D'accord. Mais surtout, ne dérange pas mes affaires. Ne touche à rien.

— Tout ce linge, tous ces vêtements ne sont pas à leur place. Nous devons d'abord les remettre aux bons endroits.

— Si tu veux. Je te laisse faire. C'est le bon Dieu qui t'envoie.

Rose entreprit de réunir les bas avec les bas, les robes avec les robes, les jupons avec les jupons. Se disant que si les lunettes étaient égarées dans ce fatras, elles finiraient bien par en émerger. Elle transporta le tout dans les armoires, dans la penderie. Peu à peu, la cuisine reprit une figure humaine. Aucune vaisselle ne se trouvant sur la table, elle demanda :

— Qu'avez-vous mangé ce matin ?

— Du saucisson. J'en ai un chapelet au charnier. Et du pain que le boulanger m'apporte.

— Rien d'autre ? Pas de soupe ?

— Non, rien d'autre. Il fait trop chaud pour que j'allume mon fourneau.

Les lunettes finirent par se montrer. Rose lui mit sur le nez la bonne paire ; puis elle décrocha le calendrier des PTT fixé au mur, le présenta à Jeanne :

— Qu'est-ce qui est écrit là… sur mon doigt ?

— Je n'y comprends rien.

— Vous ne voyez pas ces grosses lettres ?

— Je vois des bêtes noires, pleines de pattes. On dirait des fourmis.

— Regardez bien. Ca...len...drier...

— C'est la faute aux lunettes. Elles ne valent rien. Faudra qu'on aille secouer les puces à ce... p'tit chien. Comment s'appelle-t-il ?

— Vialard.

Le facteur ne s'était pas trompé : Jeanne Malartre ne savait plus lire. Rose prit un livre sur un rayon, en montra le titre et le nom de l'auteur. Expérience inutile : les lunettes de Vialard étaient responsables.

Elle éprouva un vertige, ne sachant plus ce qu'il convenait de faire. Fallait-il abandonner la pauvre Jeanne à elle-même ? La laisser se nourrir de pain et de saucisson ? A la merci du premier malandrin qui viendrait à connaître son état ? Elle comprit qu'elle devait d'urgence avertir son beau-frère Raymond, à qui il appartenait de décider. En attendant, elle ne pouvait faire autrement que prendre la vieille femme avec elle. La maisonnette du PLM les hébergerait toutes deux. Y mettant les formes pour ne pas froisser la susceptibilité de Jeanne, elle proposa :

— Que diriez-vous de venir passer quelques jours chez moi ?

— Tu parles sérieusement ?

— Ai-je l'air de me moquer ? Vous prendriez comme qui dirait des vacances, vous me tiendriez compagnie. Seule dans ma maison, je m'ennuie souvent. Je suis sûre que nous nous entendrons, qu'entre nous il n'y aura jamais un mot plus haut que l'autre.

Pour toute réponse, Jeanne lui ouvrit les bras.

On ne pouvait partir les mains vides. Rose fit un tri de linge, de vêtements, de chaussures, les serra dans le sac de voyage qui jadis avait fait tant de tournées avec la leveuse. Elle dut en écarter beaucoup, Jeanne aurait voulu tout emporter.

— Nous reviendrons chercher ce qui vous manque.

Au moment de partir et de fermer les portes, nouvel embarras : la clé était perdue.

— Encore un coup des voleurs, expliqua la belle-mère.

On finit par la retrouver dans une boîte en fer qui jadis avait contenu du cacao Van Houten.

— Pour ne pas la perdre, conseilla Rose, mettez-la dans votre sac à main.

— Bonne idée. Avec mes deux paires de lunettes et mon mouchoir.

Dans deux paniers furent entassées des provisions de bouche : saucissons, pommes de terre, farine, sucre. Et les voici en route chargées l'une et l'autre comme des mules. Heureusement, la route était jalonnée de bornes kilométriques sur lesquelles elles purent, à la façon des cantonniers, s'asseoir et se reposer. Chaque fois qu'elle avait ainsi mis son derrière sur la pierre ronde, Jeanne ouvrait son sac et en étalait le contenu sur ses genoux pour vérifier qu'il ne lui manquait rien. Ni la clé, ni les lunettes, ni le mouchoir. Et ainsi, cinq fois de suite.

Elles arrivèrent avant la nuit. Le lilas les accueillit de toutes ses grappes mauves.

— Quelle belle plante tu as ! s'écria Jeanne. Qu'est-ce que c'est ?

— Le lilas que vous m'avez donné quand je suis venue m'installer ici. En souvenir d'Espeytavi.

— Parbleu ! Je me souviens fort bien. Je ne perds pas le nord. Mais comme il a prospéré !

Monsieur Pignol les accueillit de même ; mais il jugea plus convenable de les laisser en tête-à-tête et remonta sur sa bécane.

— Vous coucherez au grenier, dit Rose, dans la pièce où dort mon fils Simon quand il vient me voir.

— Non, non. Je ne veux pas prendre sa place.

— S'il revient, nous nous arrangerons autrement.

— Tu es trop charitable pour moi. Pour une vieille bique bonne à écorcher.

La chambre de Simon était d'une nudité monacale. Meublée d'un lit pliant, de deux chaises, d'un seau hygiénique. Des clous enfoncés dans les murs recevaient les vêtements suspendus. De la porte-fenêtre, on voyait passer les trains et, sur la départementale 56, les voitures et les troupeaux. Rarement un piéton.

— La nuit, dit encore la bru, si vous avez besoin de quelque chose, vous n'aurez qu'à cogner de la canne contre le plancher.

— J'essaierai bien de te laisser dormir. C'est assez déjà que je te dérange le jour.

Elles firent le lit ensemble. Jeanne réclama des couvertures supplémentaires malgré la saison déjà chaude. Elles redescendirent dans la cuisine où Rose lui servit une infusion de tilleul. La conversation était difficile. Fréquemment, la vieille femme commençait une phrase :

— Chère Rose, faut que je te dise quelque chose d'important… Ne me coupe pas, ne me regarde pas, ça me trouble… Ça y est, j'ai oublié ce que je voulais te dire.

— Si c'était important, ça vous reviendra. Soyez tranquille.

Elles se mirent à éplucher des pommes de terre pour faire la soupe. Les doigts de la belle-mère n'avaient pas de trous de mémoire, ils accomplissaient parfaitement leur modeste besogne, enlevaient les épluchures, arrachaient les yeux, mais il leur fallait beaucoup de temps. Rose lui abandonnait les petites *trifoles*, elle trichait sur le nombre et les volumes, comme trichent aux cartes les grand-mères pour laisser gagner leurs marmots. En vérité, elle avait le sentiment que cette femme de soixante-dix-neuf ans était à présent sa fille ou sa petite-fille, puisqu'elle était, comme disent les gens simples, « retombée en enfance ».

— Je me rappelle ce que je voulais te dire, s'écria-t-elle une fois. A propos d'argent. J'ai mes économies dans un sac de toile rouge qui se ferme par une boucle. Tu as dû le remarquer ? Tu prendras dedans le nécessaire pour me nourrir et m'habiller. J'ai toute confiance en toi. Je sais que tu ne... que tu ne... que tu ne... Je ne trouve pas le mot.

— Que je ne vous volerai pas ?

— Pas exactement. Que tu ne... que tu n'en abuseras pas.

L'ennui, c'est que le sac rouge ne figurait point dans le sac de voyage. Et Jeanne :

— Je suis certaine pourtant de l'y avoir mis. Nous avons dû le perdre en route.

— Impossible. Je m'en serais aperçue, j'ai regardé vingt fois derrière nous. Vous avez dû l'oublier à Espeytavi. Nous y retournerons dimanche prochain. Ça nous fera une promenade.

— Pas impossible. Je ne fais que des bêtises depuis quelque temps. On va finir par croire que je suis folle ! Et maintenant, j'aurais laissé mes économies là-haut, à l'abandon ! Heureusement que j'ai bien tourné la clé dans la serrure.

— Heureusement.

L'épluchage des pommes de terre se termina. Pour leur donner un peu de goût, Rose descendit dans son jardin cueillir deux feuilles de laurier. Monsieur Pignol lui en avait exposé les mérites. Non seulement il aromatise les soupes et les ragoûts, mais on en couronnait jadis — à cause de ses feuilles lancéolées — les généraux, les poètes, les empereurs. Au Moyen Age, les étudiants recevaient une couronne garnie de ses baies noires appelée *bacca laurea*, d'où est venu le nom du fameux diplôme. De nos jours, on parle encore de « lauriers » littéraires lorsqu'un écrivain reçoit une récompense : prix Nobel, prix Goncourt, prix Femina. Pour arriver à cette conclusion :

— Si ni les Parisiens ni les Suédois ne vous accordent leurs lauriers, vous aurez toujours, chère Rose, ceux de votre jardin.

Ce soir-là, elles mangèrent donc de la soupe parfumée au laurier, et une tranche de fromage. Elles allèrent se coucher après le train de 22 h 30.

17

Rose écrivit à son beau-frère Raymond Malartre, chez monsieur Raynal, nourrisseur à Sèvres près de Paris. Afin de l'informer de l'état de sa mère et de lui demander des instructions. La lettre atteignit bien son destinataire puisqu'une réponse sans ponctuation vint en retour.

« Chère belle-sœur la santé de ma mère ne m'inquiète pas je sais que c'est une vaillante et qu'elle se trouve entre de bonnes mains elle me dirait elle-même que tant qu'une personne mange bien dort bien et va bien à l'étable il n'y a pas à se préoccuper voyez si elle remplit comme il faut ces trois fonctions c'est le principal vous me parlez de sa tête et de ses yeux elle y voit mal elle ne sait plus lire rien d'étonnant à son âge tous les vieux passent par là comme dit mon patron monsieur Raynal vaut mieux avoir des trous de mémoire que des trous à ses chaussettes pour ce qui est de venir la voir faut pas y compter en ce moment les vaches ont trop besoin de moi j'ai un collègue à leur service mais il est malade il a la pendicite sitôt que monsieur Raynal pourra me donner quelques jours de permission je viendrai dites-lui que je l'embrasse bien fort et vous aussi chère belle-sœur votre fils et beau-frère affectionné Raymond Malartre »

Rose lut toute cette lettre à la leveuse qui n'en éprouva pas trop de dépit. Elle aimait mieux la compagnie de sa bru que celle de son fils ; trop autoritaire, il se prenait pour le propriétaire de la maison d'Espeytavi.

— A présent, conclut-elle, je crois bien que nous sommes greffées l'une à l'autre comme mon lilas est greffé à votre demeure.

Le dimanche suivant, elles y remontèrent. La distance ne faisait peur ni à l'une ni à l'autre. A chaque borne, elles s'asseyaient, Jeanne vidait son sac à main sur ses genoux et en vérifiait le contenu : la clé, les lunettes, le mouchoir. En arrivant, elles purent constater qu'aucun brigand n'était venu en visite.

— Comme c'est triste, disait Jeanne en se promenant dans les pièces, une maison vide ! Sans feu, sans habitants, sans âme !

Même l'horloge s'était arrêtée. Elles remontèrent les poids, tournèrent les aiguilles approximativement jusqu'à la bonne heure. Elles se mirent alors en quête du fameux sac rouge. Après de longues recherches, elles finirent par le retrouver dissimulé derrière l'armoire à glace. Les billets et les pièces y étaient toujours.

— Je me demande qui l'a fourré là !

— C'est peut-être vous, osa supposer la bru, qui l'avez mis à l'abri des voleurs et qui l'avez oublié.

— Non, ma belle, non. Je n'oublie rien. Ce n'est pas moi.

— Qui ça peut-il être ?

— Un brigand, pardi !

— Rien n'est fracturé, ni les portes, ni les fenêtres.

— Les malfaiteurs sont des rusés. Ils peuvent entrer par un trou de serrure. Nous les avons dérangés en arrivant. Ils reviendront après notre départ et seront bien camus de ne pas retrouver le sac rouge qu'ils avaient caché.

Toutes deux sourirent à cette évocation. Leur retour vers la maison du PLM se déroula comme l'aller, avec les cinq repos kilométriques, les cinq fouilles dans le sac à main.

Elles devaient à présent s'habituer à vivre ensemble. Rose n'avait jamais eu précédemment beaucoup d'amitié pour sa belle-mère qui, lui semblait-il, l'avait prise au hasard pour gendresse comme on pêche une bague ou un bracelet de laiton dans la sciure, les jours de foire. Le charlatan affirme qu'il y a une montre en or au fond de la couche, il l'expose au public avant de l'enfouir ; mais ensuite, par un tour de passe-passe, il la fait disparaître, les clients ne la sortent jamais ; ou si l'un d'eux la sort, il s'agit d'un compère. Bref, Rose avait quitté pour simple raison d'économie sa famille. Elle n'était pas une montre en or. Etienne, le gagnant, s'en était longtemps contenté, avant d'aller exercer sa chance dans d'autres sciures. La belle-mère se tenait hors du jeu. Lors de ses rares visites, elle se montrait aimable et libérale ; en repartant, elle abandonnait un billet de cent francs sur la table et refusait les remerciements. Il ne lui en coûtait guère, puisque les pauvres dentellières l'avaient enrichie. Son cheval et sa calèche témoignaient autrefois de sa fortune. Ses générosités gagnaient peu de sentiment dans le cœur de Rose.

Or voici que tout était changé. Encore bien pourvue d'argent, Jeanne se trouvait soudain pauvre de santé corporelle et mentale. Elle égarait ses affaires et accusait de mystérieux voleurs de les lui avoir dérobées. Parfois, ses soupçons se portaient sur Rose elle-même qu'elle considérait d'un air ennemi, alors que la belle-fille passait la moitié de son temps disponible à chercher les objets disparus. Et lorsque tel ou tel se retrouvait, si elle commettait l'erreur de le remettre entre les mains de Jeanne, dans les cinq minutes qui suivaient il s'envolait de nouveau. Certaines fois, pour remplacer la clé d'Espeytavi mystérieusement évaporée, la pauvre malade s'appropriait une autre clé de sa nouvelle maison. Si bien que Rose dut attacher chacune à la poignée de sa porte avec une ficelle. Certaines ficelles furent dénouées ; il fallut y substituer des fils de fer entortillés.

De loin en loin, Jeanne devenait consciente de son état.

— Je crois bien que je suis folle, sanglotait-elle. Tu dois avoir pitié de moi.

Les larmes ruisselaient sur ses joues, remplissaient les sillons de ses rides, atteignaient sa bouche. Elle tirait la langue, les léchait, trouvant plaisir à leur sel. Ainsi font les ânes bien élevés qui lèchent l'endroit chaque fois qu'ils reçoivent un coup de bâton sur les naseaux. Rose sentait son cœur fondre alors de mille compassions et pardonnait toutes les extravagances qui compliquaient leurs jours.

Exemple le temps des repas. Depuis le départ de son second fils, la vieille femme avait perdu l'appétit. Sa bru lui préparait des aliments qui descendent bien : des purées, des omelettes, des soupes. Il fallait prendre garde de lui donner toujours la même cuillère, la même fourchette, la même assiette. Le moindre changement la contrariait et l'empêchait de manger. Rose prenait la peine de réduire sa viande en parcelles minuscules mais dès qu'elle s'était assise à sa place coutumière, Jeanne avertissait :

— Je n'ai pas faim, aujourd'hui. N'essaie pas de m'engoguer avec une montagne de nourriture.

C'est-à-dire de me remplir comme on remplit le boyau de la *goga*, du boudin. En face d'elle, Rose se nourrissait normalement, lentement, essayant de ne pas prendre trop d'avance. Malgré ses efforts, elle atteignait le fond de son assiette alors que la malade n'en était qu'à son commencement. Alors, elle disposait en bandeau ses mains devant ses yeux, surveillant entre ses doigts les mouvements de la fourchette opposée. Celle-ci mettait un temps infini pour choisir entre les différents morceaux. Elle finissait quand même par en piquer un, l'élevait à mi-hauteur ; mais avant d'atteindre la bouche, le morceau retombait ; il fallait une patience nouvelle pour qu'il fût rechoisi.

Jeanne s'alimentait surtout de pain ; ce qui ne laissait dans son estomac guère de place pour le reste. Parfois, elle trouvait la viande trop froide, il fallait la remettre à la poêle. Ou bien, elle la laissait intouchée, se satisfaisant d'un peu de légumes. Le pire se produisait lorsque s'avançait le dessert avant qu'elle eût achevé le plat principal. Chaque jour, Rose avait soin de préparer une crème, ou une tarte aux pommes, ou un *milhar*. Puisant alternativement à sa droite et à sa gauche, Jeanne mélangeait le salé et le sucré, le ferme et le mou, sans d'ailleurs y trouver visiblement le moindre plaisir. La voyant ainsi gâter ses préparations, Rose comprenait qu'elle avait perdu le goût de même qu'elle avait perdu la vue et la mémoire. Cela lui rappelait la plainte de François Maynard, un poète aurillacois que monsieur Pignol lui avait révélé, disant que Baudelaire le connaissait par cœur :

Je touche de mon pied le bord de l'autre monde,
L'âge m'oste le goust, la force et le sommeil,
Et l'on verra bien-tôst naistre du sein de l'onde
La première clarté de mon dernier soleil...

La soupe du matin était une autre épreuve. Il fallait d'abord réveiller la malade, la tirer du lit, elle souffrait d'une fatigue matinale incompréhensible, malgré ses dix heures de sommeil, car, contrairement à Maynard, elle dormait son compte. C'étaient parfois des gémissements infinis :

— Laisse-moi mourir... Je ne peux plus respirer... Appelle le curé, qu'il me bénisse et qu'il m'enterre...

A force de supplications, elle acceptait de se lever, d'entrer dans ses pantoufles, de s'habiller tant bien que mal. Traînant la patte, elle descendait dans la cuisine, s'asseyait devant son bol, répétant qu'elle n'avait pas faim, qu'elle ne pouvait rien avaler. Comprenant qu'il y avait dans ce comportement une part de comédie, Rose s'éclipsait, se dissimulait dans la petite pièce voisine où se tenait le téléphone. De là, par l'entrebâillement de la porte, elle surveillait les gestes de sa belle-mère. Celle-ci n'ayant plus de public à sa disposition, saisissait la cuillère et vidait gaillardement le bol de son contenu. Lorsque Rose reparaissait, elle n'avait plus qu'à débarrasser la table et faire la vaisselle.

Elle fit venir le médecin de Langeac. Celui-ci arriva sur sa motocyclette Terrot, coiffé et botté de cuir. Il examina soigneusement Jeanne Malartre, prit son pouls et sa tension artérielle, ausculta son cœur et ses poumons. Il lui posa des question surprenantes :

— Quelle est votre date de naissance ?... Quels étaient les prénoms de votre père et de votre mère ?... Comment s'appellent vos enfants ?... Dans quel département sommes-nous ?... Quel est son chef-lieu ?

On aurait cru qu'il lui faisait passer l'examen du certificat d'études. Elle répondait souvent juste, quelquefois faux. L'ayant tâtée des pieds à la tête, ayant examiné ses yeux, sa langue, ses articulations, il prit à part la belle-fille pour lui révéler que la malade souffrait d'un ramollissement du cerveau quoiqu'elle n'eût pas atteint un âge très avancé ; qu'aucun remède n'existait pour l'améliorer, ni même pour ralentir une évolution inexorable ; que la seule chose à faire était de lui adoucir la vie, de la protéger contre tout accident possible, de faire brûler des cierges si elle croyait en Dieu.

— Evitez tant que vous pourrez de la contrarier. Et armez-vous de patience. Elle peut vivre encore dix ans dans cet état.

« Et moi, se demanda-t-elle, dans quel état serai-je dans dix ans ? » Elle avait négligé de se faire examiner par le docteur langeadois à cause de la dépense. Pourtant, son cœur lui donnait parfois des inquiétudes. Tantôt il s'emballait, tantôt il marquait des pauses qui pouvaient durer l'espace de deux battements. Mais ce n'étaient là sans doute que des caprices dus au manque de sommeil. Après tout, mourir d'un simple arrêt cardiaque lui semblait la plus facile, la plus douce des fins, celle qu'aucune souffrance n'accompagne. Elle ne s'en inquiétait pas réellement. Ses enfants avaient leur gagne-pain assuré. Elle ne laisserait aucune dette derrière elle. En toutes circonstances, elle s'était efforcée de respecter les Commandements. Elle pouvait partir en bonne chrétienne.

Les choses durèrent ainsi plusieurs mois. Soudainement, Jeanne devint agressive. Cela se produisait presque chaque soir. Pour un oui, pour un non, pour un mot mal prononcé, elle entrait tout à coup en colère, demandant avec une fureur croissante :

— Qu'avez-vous tous contre moi ? Qu'est-ce que je vous ai fait ? Pourquoi me parlez-vous si mal ? Et toi, spécialement, est-ce que tu ne te souviens pas du bien que je t'ai fait, à toi et à Etienne ? Vous êtes tous des… des…

— Qui ça, tous ?

— Toi et tes amis.

— Je n'ai pas d'amis. Je vis seule avec ma chatte.

— Le… le… le professeur…

— On ne le voit pas bien souvent.

— Sans doute cherche-t-il à prendre la place de mon pauvre fils. A entrer dans ton lit.

— Il pourrait être mon père. C'est une personne très respectable.

— Pas comme moi, que vous méprisez tous.

— Où avez-vous pris ça ? Est-ce que je ne fais pas tout ce que je peux pour vous servir ?

— Je n'aime pas qu'on me serve. Tu n'es pas ma domestique.

Chaque aide qu'on lui apportait était pour elle une humiliation, parce qu'elle lui faisait ressentir son incapacité. Il faut dire qu'elle était devenue prodigieusement maladroite. Ses mains n'obéissaient plus à sa tête. Ou plutôt, sa tête donnait à ses mains de mauvaises directives. Elle était de ceux, comme disent les Auvergnats sans pitié, qui ne sauraient ramasser une crotte la pelle à la main. Elle ne pouvait plus verser un peu d'eau dans une casserole sans en répandre, plus tourner une petite cuillère dans une tasse à café, plus découper une tranche de pain. Rose la déchargeait de tout. Elle avait l'impression d'avoir non pas une, mais trois belles-mères : une très fatiguée mais douce le matin, une normale à midi, une diablesse le soir.

Autre chose : née à Saint-Arcons en décembre 1852, habituée pendant soixante ans à braver les frimas, elle était devenue d'une incroyable frilosité. Le jour, elle s'enveloppait d'écharpes et de manteaux. Le soir, elle entassait sur son lit une montagne de couvertures et d'édredons. A cause de ses mouvements, tout cela dégringolait sur le plancher pendant la nuit. Sitôt levée, au premier grelottement de son réveil, Rose remettait en place le puy de Dôme écroulé.

— Merci... Merci... Merci... murmurait la malade.

En pleine canicule, elle souffrait encore du froid. A vrai dire, ce froid résidait dans sa tête comme les autres folies. Parfois, elle s'excusait en pleurant :

— Ne faites pas attention à moi, parce que je suis folle.

A moins qu'elle ne protestât du contraire :

— Je vois bien ce que tu penses de moi. Mais je ne suis pas folle. C'est toi qui l'es, ma pauvre fille. Folle et voleuse. Je n'aurais jamais pensé introduire dans ma maison, quand tu as pris mon pauvre Raymond...

— Etienne.

— Mon pauvre Etienne, une voleuse et coureuse de ton espèce. Y a qu'à voir comment tu reçois ton Pignon...

— Pignol.

— ... et les yeux de merlan frit qu'il tourne vers toi !

Rose ne protestait plus contre ces insanités, même si elles lui perçaient le cœur. Entre les deux femmes, de jour en jour, la conversation devenait de plus en plus difficile. Jeanne avait perdu entièrement l'usage des noms propres, noms de lieux, noms de personnes, s'embrouillant même dans ceux de ses fils. Elle cherchait aussi très souvent les noms communs les plus ordinaires, dessinait de l'index sur la table un rectangle pour dire « morceau de sucre » ou « Petit Lu ». Essayant de l'aider, Rose lui soufflait ce qu'elle pensait être le terme défaillant ; quand elle tombait à côté, la malade piquait une crise :

— J'aimerais bien savoir ce que tu... ce que tu... en ce moment...

— Ce que je prépare ?

— M'en fous, de ce que tu prépares, de ce que tu penses ! Savoir ce que tu... Je n'arrive pas à trouver le mot. Je le dirai une autre fois.

Et elle allait bouder au coin du feu, sous le manteau de la cheminée. A moins qu'elle ne se mît à lustrer, à la cendre de bois, le fond des casseroles suspendues. Ce qui lui permettait d'affirmer ensuite :

— J'ai travaillé toute la journée. Je suis rompue. Si je n'étais pas ici, comment irait cette maison ?

Chaque soir lui venait un grand besoin de bavardage. Elle racontait sans se lasser son enfance, ses courtes études, son mariage, la naissance de ses enfants, les débuts de son métier de leveuse de dentelle, son veuvage. Confondant les dates et les détails. Ayant reçu cent fois ces confidences, Rose écoutait sans interrompre, jusqu'à l'heure du coucher. Jeanne quittait ses souliers, cherchait ses pantoufles. Il en manquait une généralement. Rose la retrouvait sous un meuble, au grenier, ou dans la cuisine, parfois dans le coffre de l'horloge. La toilette était plus que rapide, elle se bornait au lavage des dents. Il fallait une grande occasion — un jour de fête, la visite d'un voisin — pour qu'elle consentît à prendre un bain dans un baquet.

Jeanne jouissait d'une amie pourvue d'une patience illimitée : la brave Chattoune. Celle-ci passait des heures sur ses genoux, caressée des oreilles à la queue. La vieille femme lui parlait doucement :

— Toi, du moins, tu ne penses pas à me voler ni à me faire du mal, ni à te moquer de moi parce que j'ai un peu perdu la tête. Quand j'irai à Langeac, je t'achèterai un ruban rose que je te mettrai au cou. Tu seras belle comme une princesse.

Or cette patience féline produisait de fréquentes confusions. Rose possédait un fauteuil en bois de noisetier confectionné jadis par Etienne. Elle y installait souvent sa belle-mère. Le siège était muni de larges accoudoirs dont la couleur rappelait la fourrure de Chattoune. Si bien que la pauvre malade, installée dans le fauteuil alors que l'animal s'occupait au-dehors, prenait tel accoudoir pour le dos de la chatte. Elle le caressait et lui parlait affectueusement :

— Comme tu es sage aujourd'hui ! Comme tu es douce ! Continue de dormir. Et ne cherche pas à me griffer.

Rose pleurait de pitié en entendant ces recommandations.

18

LA DAME DU MÉZENC

Monseigneur Sanial, évêque de Montréal, était natif des Infruits, un hameau de quelques chaumières près des Estables. On ne sait comment ce fils d'un pauvre vacher — sans doute parce qu'un prêtre avait remarqué très tôt son intelligence — avait pu faire des études au séminaire du Puy, avant de gravir les échelons de la hiérarchie catholique, de devenir évêque, expédié au Canada afin de convertir à la foi chrétienne les immigrants de toutes races et religions qui affluaient vers ces arpents de neige. Toujours est-il qu'une année il décida de revenir au pays natal revoir ses vieux parents et ceux qui l'avaient connu valet de ferme.

Le train l'ayant déposé au chef-lieu du département, il emprunta la diligence et débarqua aux Estables un beau matin de juin. Stupeur de la population en voyant débarquer cette soutane violette, ce rabat de dentelle, ce large chapeau de peluche. Tout de suite se forma autour de lui un attroupement. Il leva deux doigts et bénit tout ce monde.

— Je suis monseigneur Armand Sanial, évêque de Montréal. J'arrive du Canada après une semaine de voyage afin de revoir le pays où je suis né.

Quelques personnes tombèrent à genoux. Certaines gaillardes, plus audacieuses, s'emparèrent de sa main droite et baisèrent son anneau d'améthyste. L'Auvergne produisait alors une importante quantité de ces pierres violettes, dites pierres d'évêques, qu'elle exportait dans toute la chrétienté. On raconte que ces messeigneurs les avaient choisies parce qu'elles avaient la réputation de préserver de l'ivresse alcoolique. Un accident qui peut frapper même de saintes personnes, comme le prouve l'Ancien Testament au chapitre de Loth. Comme aussi se plaisait à le raconter Armand Sanial en ses jours de belle humeur :

— A Montréal, se tient chaque année un synode qui réunit les évêques québécois et quelques prieurs de monastères. En tout, une douzaine de prélats. Une certaine fois — je n'étais encore que vicaire général — l'évêque qui présidait l'assemblée, dont je ne dirai pas le nom pour ne pas grisailler son souvenir, voulant faire une citation précise empruntée au livre des Psaumes, eut une défaillance de mémoire. S'adressant à ses vénérables confrères, il leur demanda si par hasard l'un d'eux aurait sur lui un exemplaire de la sainte Bible. Il en existe des éditions en menus caractères qui la rendent transportable. Eux se sont fouillés ; mais aucun ne l'avait dans sa poche. Le président a dû par conséquent faire une citation approximative. Au terme de son très long discours et des débats qui ont suivi, un auxiliaire a déposé sur la table trois bouteilles de vin cacheté, importées de France, destinées aux messes et à tous usages pieux, afin que chaque participant puisse se désaltérer. L'auxiliaire est reparti en oubliant d'y ajouter un tire-bouchon. « Chers collègues, a dit mon évêque, quelqu'un d'entre vous aurait-il par hasard un tire-bouchon dans sa poche ? » Et voici que douze tire-bouchons sont instantanément sortis des soutanes. Prouvant que chacun de ces prélats avait bien besoin de se sentir protégé par une bague d'améthyste.

Aux Estables, j'eus moi-même l'occasion de voir et d'admirer l'évêque de Montréal. C'était un homme encore jeune, un peu corpulent, chaussé de souliers à boucle comme on en portait avant la Révolution. Tous les élèves de ma classe voulurent le regarder. Je leur accordai l'autorisation de sortir devant la porte et de crier à son passage :

— Vive Monseigneur !... Vive Monseigneur Sanial !

Or voici comment il leur répondit. Fouillant dans les replis de sa robe violette, il sortit une bourse de toile, y enfonça la main et leur distribua des poignées de bonbons canadiens, qu'ils reçurent et sucèrent avec beaucoup de dévotion. Après quoi, il s'éloigna des Estables et parcourut à pied la demi-lieue qui le séparait des Infruits. Je suis sûre qu'il y reçut un accueil inoubliable...

Certains soirs, au moment du souper, Jeanne Malartre se lançait dans des discours interminables, souvent chargés d'accusations sans fondement. Alors, Rose la suppliait, les mains jointes :

— S'il vous plaît, belle-mère, mangez votre soupe sans parler.

— Je ne demande pas mieux, mais commence d'abord.

— C'est dit. Je me tais.

— Tu me demandes un sacrifice qui ne te coûte guère, car tu n'as rien à me dire. Ingrate que tu es, après tout ce que j'ai fait pour toi... Tandis que moi, j'ai besoin de parler.

Obstinément, Rose restait bouche cousue. La malade finissait par se taire, par manœuvrer la cuillère dans le bol. La belle-fille avait atteint le fond du sien bien avant elle. Les mains sur les yeux, les coudes sur la table, elle restait muette, observant entre ses doigts où en était la soupe opposée. Quand elle la voyait enfin terminée, elle se levait, apportait la suite prévue, fromage sec ou frais, *milhar*, compote de pommes, suivant la saison. Jeanne consentait ou non à en prendre une part.

Les ascensions au grenier par l'échelle de fer devinrent insupportables. Au prix de grands efforts, Rose parvint à descendre le lit pliant et à l'installer dans la chambre du bas, à côté du sien. Il fallut dès lors procéder chaque soir à la cérémonie du coucher qui était un autre supplice. La malade entassait sur son lit sa montagne de couvertures, qu'elle ne manquait pas de renverser pendant la nuit et qui se retrouvaient au matin sur le plancher. Elle exigeait de conserver ses vêtements de jour excepté les bas et le corset ; Rose devait déployer une patience infinie pour qu'elle acceptât d'en enlever quelques-uns et d'enfiler la chemise de nuit par-dessus. Elle la bordait dans son lit, l'embrassait sur le front, lui souhaitait de bien dormir, comme une mère eût fait à sa fillette. Puis elle se couchait à son tour, pleurant parfois dans son oreiller, rompue par tant de ménagements. Elle se signait et suppliait la Vierge de guérir sa pauvre parente, ou de l'enlever pour rejoindre son fils, ou de l'enlever elle-même afin qu'elle pût enfin se reposer.

Elle dormait jusqu'au moment où grelottait la sonnerie du réveil pour le train de 4 h 12, tandis que Jeanne continuait de ronfler.

Certains jours, la malade se réveillait et se levait toute seule. Rose avait la surprise de la trouver assise sur son lit, lui tendant les bras, la régalant de paroles tendres.

— Comment vas-tu, ma mignonne ? Pas trop fatiguée ? Ah ! ces trains qui t'empêchent de dormir ton compte ! Tu fais un métier, ma très chère, qui te gagne le paradis.

D'autres fois, au contraire, vers les neuf heures, il fallait la secouer, la tirer de son sommeil. Elle refusait de se lever. Rose l'implorait, la menaçait, pleurait pour qu'elle consentît à mettre les pieds dans ses pantoufles, pour qu'elle reprît ses vêtements complets, pour qu'elle se dirigeât vers la soupe du matin.

Au milieu du jour, il lui arrivait de dire des choses sensées :

— Je me demande ce que je fais sur terre, utile à personne, alors que tant de jeunes sont partis, comme mon pauvre Etienne. Le bon Dieu devrait bien avoir pitié de moi et me fourrer dans sa besace.

L'après-midi, la folie revenait. Un jour, elle posa la plus inattendue des questions :

— Je voudrais te demander un service. S'il te plaît, rappelle-moi comment je m'appelle.

Et la belle-fille, éberluée :

— Vous vous appelez Jeanne.

— Jeanne comment ?

— Jeanne Malartre.

— C'est bien ce qu'il me semblait. Mais je n'en étais pas sûre. Et toi, comment t'appelles-tu ?... Je sais que tu portes un nom de fleur. Marguerite ? Véronique ?

— Rose.

— Parbleu ! Rose... La plus belle des fleurs. A présent, pour que je ne l'oublie plus, voudrais-tu bien écrire mon nom sur une feuille ?

— Mais vous ne savez plus lire !

— C'est la faute des lunettes. Ecris-le en grosses lettres, je pourrai le lire, sois tranquille.

Rose prit un carton blanc, traça ce qu'on lui demandait. La vieille femme l'approcha de son nez, constata avec satisfaction :

— *Jeanne Malartre*... Je le lis très bien. Faut pas me prendre pour une dingue.

Elle glissa le carton dans son chemisier.

La toile cirée de la cuisine était ornée de fleurs peintes sous la cire. Quand la malade était à table, il lui arrivait souvent d'avancer la main pour les cueillir, afin sans doute d'en parer son corsage. Rose cherchait à la retenir :

— Ce ne sont pas de vraies marguerites. Seulement des fleurs dessinées.

Mais la belle-mère ne tenait aucun compte de l'avertissement ; elle poursuivait son inutile cueillette.

Malgré les prières, malgré les cierges consumés, la raison de Jeanne ne revenait pas. Un dimanche qu'elles étaient toutes deux dans l'église de Saint-Georges-d'Aurac, Rose lut une affichette informant les paroissiens qu'un pèlerinage à Lourdes était organisé par le curé Bournerie. Avec les dates de l'aller et du retour, le prix du transport et de l'hébergement. Rose envia les personnes qui pouvaient s'offrir ce voyage. Elle savait que tous les malades qui allaient là-bas se tremper dans la piscine miraculeuse ne revenaient pas guéris ; quelques-uns seulement recevaient ce privilège. Ainsi la petite Augustine Philippe du Monastier-sur-Gazeille dont le cas faisait encore du bruit dans les chaumières. Etant tombée d'une rampe d'escalier sur laquelle elle jouait, l'enfant, alors âgée de cinq ans, s'était brisé la jambe droite avec plaie suppurante. Les médecins y avaient perdu leur latin. Elle devait vivre couchée avec un corset pour soutenir sa taille et un poids de cinq kilos qui lui tirait la jambe. Ce supplice avait duré deux ans. C'est alors que le curé du Monastier avait conseillé à la famille de la conduire à Lourdes. Portée sur un brancard, elle en était revenue capable de marcher. Pourquoi ne pas espérer la guérison pour Jeanne Malartre ? Malheureusement, Rose était liée à ses barrières et ne pouvait se permettre de l'accompagner. Son seul recours fut de brûler un nouveau cierge.

Or c'est elle qui bénéficia du privilège. Chose incroyable et pourtant aussi vraie que le soleil existe.

Elle qui ne pouvait faire le pèlerinage, elle, la misérable Rose Malartre née Borel, fut honorée par une visite de la Vierge Marie. Celle-ci lui apparut en rêve et lui parla longuement :

— Chère Rose, sachant que vous ne pouvez venir à moi, je viens à vous.

Sa voix était d'une douceur infinie. Elle portait le voile blanc, et la robe bleue qu'elle avait montrés à Bernadette Soubirous dix-sept fois. Rose eut la hardiesse de lui répondre :

— Sainte Vierge, je vous ai demandé maintes et maintes fois de guérir la tête de la pauvre Jeanne Malartre, ma belle-mère. J'ai brûlé devant vous deux cierges à trois francs et deux autres à cinq francs. Malgré cela, Jeanne ne va pas mieux. Au contraire. Elle m'a demandé d'écrire son nom sur un carton de peur de l'oublier. J'aurais bien voulu l'accompagner à Lourdes, mais les barrières me retiennent. O Sainte Vierge ! Faites que cette pauvre femme recouvre un peu de raison !

— Rendez-vous compte d'une chose : elle a passé les quatre-vingts ans. C'est déjà une belle grâce que lui a faite le Ciel. Le sort habituel des personnes qui atteignent cet âge est la perte progressive de leur esprit. Jeanne ne peut échapper à la règle. A Bernadette, je n'ai jamais promis que je guérirais tout le monde. Si j'avais ce pouvoir, plus aucun homme, plus aucune femme ne mourrait, ce qui n'est pas une chose naturelle.

— Vous avez bien guéri Augustine Philippe.

— Augustine n'avait que sept ans. Jeanne doit accepter sa condition comme vous acceptez la vôtre. Ne faites plus brûler de cierges, je vous prie. Cela produit trop de fumée.

La conversation s'arrêta là, l'image de la Vierge s'évanouit. Rose aurait bien voulu prolonger l'entretien, cela faisait partie des choses impossibles. Lorsqu'elle se réveilla à la sonnerie du premier train, elle se frotta les yeux, se demandant si elle était sur terre ou au séjour des bienheureux.

Jeanne dormait près d'elle, profondément. Elle sauta sur le plancher, passa dans la cuisine, craqua une allumette, mit le feu au menu bois qu'elle avait préparé dans son fourneau, poussa la cafetière sur le rond du milieu, laissa tomber un demi-sucre dans sa tasse. Le balancier de l'horloge, selon son habitude, coupait en deux moitiés chaque seconde. Ainsi partagées, plus légères que des grains de poussière, les secondes s'envolaient, se déposaient dans les recoins. Du dehors, venait le chant d'un rossignol, tout en trilles et en roulades. Elle poussa la porte, promena les yeux sur la campagne sans lumière, encore endormie. La venue de la Vierge Marie n'avait laissé aucune empreinte.

Le dimanche suivant, elle rencontra le curé de Saint-Georges-d'Aurac dans son église vide. Entre deux messes, comme elle venait entre deux trains. Il la reconnut assise sur un banc, les mains jointes sur ses genoux, s'approcha d'elle, la salua par son prénom.

— Je ne sais pas ce que je fais ici, avoua-t-elle.

— Je pense que vous dites intérieurement une prière, sinon, vous ne seriez pas venue.

Elle secoua la tête.

— Non ?

— Non. Je ne prie plus.

— Votre présence ici est déjà une prière.

— Que de prières j'ai dites dans ma vie ! Vous ne pouvez pas croire !

— Je vous crois très bien.

— Je me demande s'il y a quelqu'un là-haut pour les entendre.

— Il faut prier sans rien demander d'autre que ce que disent les mots du *Notre Père* : « Donnez-nous aujourd'hui notre pain quotidien… Délivrez-nous du mal… » Vous serez sûre d'être entendue.

— Je ne suis sûre de rien. Je doute même ; non pas de l'existence de Dieu, mais de sa bonté.

— Il vous a donné la vie… Deux enfants…

— Et une belle-mère complètement toc-toc. Qui fait ou qui dit bêtise sur bêtise.

— Il faut de tout monde pour faire un monde.

— Je doute de Lui. Et de son Fils. Et de sa Belle-Fille.

L'abbé Bournerie resta un long moment muet. De sa manche, il tira un mouchoir à carreaux, s'essuya le visage, le remit dans la manche.

— Voulez-vous que je vous dise ? lâcha-t-il enfin. Vous doutez ? Vous n'êtes pas la seule. En ce qui me concerne, chaque matin je mange un kilo de doute.

— Un kilo ?

— Ensuite, je le digère. Et quand je ne le sens plus sur mon estomac, je continue de vivre.

— Et ce kilo, il ne vous étouffe pas ?

— Non, parce que je l'assaisonne avec un demi-gramme d'espérance.

A Rose, les étouffements étaient d'une autre sorte. De temps en temps, lorsqu'elle faisait un effort pour tourner la manivelle de ses barrières, pour tirer l'eau du puits, pour monter au grenier, elle sentait son cœur s'emballer et lui couper la respiration. Elle connaissait bien ces symptômes et se savait cardiaque. Elle se faisait un petit signe de croix sur le devant de la poitrine, c'était son unique remède ; au bout d'un moment, le cœur retrouvait son rythme paisible.

Un autre jour, elle trébucha dans l'escalier, tomba, se fendit le genou. Elle couvrit la blessure d'une pelure d'oignon macérée dans l'huile, puis d'une bande de toile, comme le lui avait enseigné sa mère. Ces misères lui inspiraient une plainte qu'elle adressait à Qui-de-Droit :

— Vous trouvez, Sainte Vierge, que je n'ai pas assez de malheur avec ma pauvre belle-mère ? Vous auriez pu me retenir sur ces marches et m'empêcher de tomber. J'aurais été très heureuse de vous en remercier.

Jeanne exprima un désir surprenant : celui de se rendre à Saint-Arcons.

— Vous voulez revoir votre ancienne maison ?

— Non. Je veux aller parler à mon fils.

— A Etienne ?

— Oui, à Etienne, au cimetière.

Il fallut en passer par là. Le taxi de Saint-Georges les y transporta toutes deux. Elles montèrent jusqu'à la tombe où les Malartre défunts dormaient depuis un siècle, serrés les uns contre les autres. Elles la désherbèrent, enlevèrent les fleurs séchées, redressèrent l'entourage. Puis, s'adressant au cantonnier, Jeanne prit la parole :

— C'est moi, ta mère, qui viens te voir. Je te demande, mon cher garçon, de nous protéger, ta femme et moi, si tu as un peu de pouvoir au paradis. Protège-nous. Protège-nous. Protège-nous.

— Protège-nous, répéta Rose sans bien y croire.

Elle revint de Saint-Arcons seulement avec un demi-gramme d'espérance.

LA DAME DU MÉZENC

Le monde est rempli de choses inexplicables. Voyez le cas d'André Perrel. Un des clients les plus fidèles de l'auberge des Estables. Un des plus estimés aussi car il avait accumulé dans sa caboche toutes les histoires, toutes les légendes du pays. Il les racontait volontiers pour peu qu'on lui offrît un morceau de boudin avec une chopine. Par exemple, il introduisait son public dans le moulin de l'Aubépin. Cette construction avait ceci de particulier que, de temps en temps, les meubles, l'horloge, la vaisselle se mettaient à trembler. Les voisins y venaient pour constater ces étranges mouvements qu'aucune force naturelle n'expliquait. Un matin, le meunier trouva même sur la table de la salle une lettre signée de sa première femme — qui de son vivant ne savait pas écrire — disant qu'elle était bien malheureuse au Purgatoire et réclamant des messes. Appelé en consultation, le curé de Saint-

Front arrosa d'eau bénite les murs, les planchers, le mobilier. Il consacra ensuite plusieurs messes à la défunte, et les meubles retrouvèrent leur immobilité. On ne sait si le séjour de la femme en Purgatoire s'en trouva raccourci. Le curé du moins tira profit de tout ce tremblement.

19

Le visage de Jeanne, si lisse autrefois, aux pommettes si roses, s'était creusé d'une multitude de sillons. L'on aurait dit un vieux porte-monnaie. Sa chevelure blanche se raréfiait, on devinait dessous la courbure du crâne. Ses cils et ses sourcils étaient partis. En revanche, une moustache jaunâtre s'était formée sur la lèvre. Ses yeux restaient cependant d'un joli bleu pâle qui devenait violet par temps mouillé.

— Tes yeux sont notre baromètre, prétendaient ses fils dans les bons jours.

Rose observait ces yeux quasi inchangés et se demandait comment ils voyaient maintenant le monde, ce qu'ils en comprenaient encore, ce qui leur était devenu complètement étranger : les placards publicitaires proposant le chocolat Menier ou l'apéritif Dubonnet, le mouvement des voitures et des trains, la signification des fumées. Une seule chose semblait captiver l'intérêt de la malade : le passage des avions dans le ciel. Elle écoutait leurs ronflements, les cherchait parmi les nuages, heureuse lorsqu'elle pouvait les découvrir, gros comme des fourmis.

Elle aimait aussi le chant des oiseaux et restait des heures devant la porte à les entendre gazouiller. Elle leur répondait en sifflant de même. Peut-être comprenait-elle mieux les oiseaux que les personnes.

Car sa comprenette s'était terriblement affaiblie. Rose devait lui répéter deux ou trois fois les choses, en articulant au mieux, jamais certaine du résultat. Trop souvent comprise à rebours, ce qui engendrait d'interminables discussions. Terminées par des radotages :

— Je n'ai jamais fait de tort à personne... Je n'ai jamais eu peur du travail... Je me suis toujours tenue propre...

Elle posait trois fois de suite la même question dans l'espace de cinq minutes, ne se rappelant plus les réponses. Lorsqu'elles sortaient ensemble, bras dessus bras dessous, pour une courte promenade, Jeanne exprimait de curieux étonnements :

— On a élargi cette route... Autrefois, il y avait ici une maison, elle a disparu... Tiens, hier on a planté ce poteau...

Trahisons de sa mémoire. Le mal, sans remède, s'accentuait de jour en jour. Il arrivait cependant qu'elle retrouvât par moments une parfaite lucidité, qu'elle se rendît compte de son esprit en fuite.

— Aie pitié de moi, implorait-elle. Je suis folle. Je ne fais, je ne dis que des sottises. Aie pitié de moi.

— J'ai pitié de vous vingt-quatre heures sur vingt-quatre. Mais vous n'êtes pas folle, chère Jeanne. Il s'en faut ! Vous souffrez seulement d'étourderies. J'en souffre autant que vous. Tenez, hier matin, je suis descendue au jardin sans m'apercevoir que j'avais pris ma galoche droite du pied gauche et la gauche du pied droit.

Elles rirent un peu.

Entre 4 h 12 et 6 h 8, Rose rouvrait son cahier d'écolier. Elle oubliait leurs deux existences pour raconter celle de la Dame du Mézenc. En 1931, elle en avait noirci plus de deux cents pages. Elle osa enfin les faire lire toutes à monsieur Pignol. Il les suivit ligne à ligne, mot à mot, soulignant à l'encre rouge ce qui lui semblait imparfait, inscrivant dans la marge des suggestions. Ils reprirent le tout ensemble et cela les occupa une dizaine de soirées. Pendant ce temps, au coin du feu, Jeanne somnolait dans son fauteuil aux accoudoirs de chat.

— Cette histoire n'est pas terminée, affirma Hector. Votre institutrice n'est pas restée toute sa vie aux Estables. Si nous trouvons un éditeur pour ce début, il faudra lui donner une suite. Nous en reparlerons.

Il se procura une machine à écrire d'emprunt, une Remington de 1910, sur laquelle, se servant de deux pouces et de deux index, il tapa le texte en trois exemplaires grâce à du papier à décalquer. Il le fabriquait lui-même en imprégnant des feuilles blanches ordinaires d'un mélange de saindoux, de térébenthine et de plombagine. Bien séchées au soleil, elles permettaient cette triple copie. Les éditeurs du temps présent n'acceptent plus les manuscrits à la plume d'acier pas plus qu'à la plume d'oie. Par la même occasion, il fit le calcul qu'à la rédaction des *Misérables* Victor Hugo avait dû employer au moins deux mille plumes, provenant d'une centaine d'oies, car seules les rémiges permettent l'écriture. La réussite littéraire n'exige plus la collaboration forcée de ces volailles.

Lorsque Rose vit ses gribouillages transcrits en caractères typographiques, elle en éprouva une vive émotion, comme si déjà ils sortaient de l'imprimerie. « Si le roman est publié, se dit-elle, qu'en pensera madame Isménie Merley, son inspiratrice ? J'ai pris la précaution de changer quelques noms, les dates, les lieux. Ai-je le droit de conserver le sien ? Il faut que je lui demande sa permission. » Elle écrivit une belle lettre à son ancienne institutrice, en retraite à Monastier, jointe à l'une des trois copies. Madame Merley lui renvoya son texte avec son accord et ses félicitations.

Hector Pignol choisit dès lors trois éditeurs parisiens auxquels il expédia le travail de Rose, accompagné d'une préface de sa main ; il y exprimait ses sentiments sur *La Dame du Mézenc* et racontait dans quelles circonstances elle avait été rédigée :

« Le texte de madame Rose Malartre est le contraire de ce qu'on a l'habitude de voir en librairie. On n'imagine pas possible plus de sincérité, de simplicité, de vérité que ces souvenirs d'une institutrice rapportés par une garde-barrière. Nourrie, il est vrai, de longues et saines lectures. J'y trouve des accents qui me rappellent Ramuz, Marguerite Audoux, peut-être Louis Hémon. Peut-être *Hermann et Dorothée* de Goethe. Mais c'est en ne faisant aucune littérature qu'elle arrive à nous émouvoir, à nous faire sourire quelquefois. » Il ne restait plus qu'à attendre des réponses.

Elles mirent à venir plus longtemps que celle d'Isménie. Maintenant, Rose se sentait désœuvrée entre 4 h 12 et 6 h 8. Elle imaginait le voyage qu'accomplissaient ses manuscrits, selon les informations de monsieur Pignol. Examinés chez l'éditeur X par un comité de lecture. Chaque membre fournit un rapport, de quatre lignes ou d'une page. Le directeur littéraire reçoit les différents rapports, fait la somme des oui et des non. S'il y a partage, il consulte d'autres lecteurs ou prend la peine de lire lui-même. A partir du second mois, elle reçut des réponses échelonnées. Toutes négatives, malgré les formules de courtoisie : « Nous avons bien reçu le roman de madame Rose Malartre, *La Dame du Mézenc*, dont nous n'avons pas manqué de remarquer les qualités littéraires. Cependant, un tel sujet n'entre pas pour le moment dans nos programmes. C'est donc avec regret que nous vous retournons ce manuscrit en vous remerciant de la confiance que vous avez manifestée à notre jugement. Votre bien dévoué Y, directeur littéraire. »

Monsieur Pignol ne se découragea point. Il rafraîchissait les pages retournées et les expédiait vers d'autres éditeurs. Il eut raison, puisqu'à la septième tentative, il obtint une réponse positive de la librairie Valois, 7 place du Panthéon, Paris V^{e}. Dans la maisonnette de la garde-barrière, on déboucha ce soir-là la bouteille de champagne que le professeur avait apportée. Rose en but deux coupes, qu'elle savoura comme ses premiers droits d'auteur.

— Vous allez, j'en suis sûr, prophétisa monsieur Pignol, devenir un écrivain connu de la France entière. Non seulement grâce à votre talent, mais aussi parce qu'un écrivain-garde-barrière, ça ne s'est jamais vu !

— Si mon roman est publié, répondit Rose avec humilité, c'est à vous que je le devrai. Et si je touche un peu d'argent, il faudra que nous le partagions.

— Vous m'offenseriez gravement. Est-ce que vous entendez rémunérer l'amitié que je vous porte ?

Elle ne sut que répondre. Le contrat qui suivit — sur papier timbré — prévoyait un droit de 8 pour 100 sur les trois premiers mille ; de 10 pour 100 sur les sept mille suivants ; de 12 pour 100 au-delà. L'édition originale comprendrait 7 exemplaires sur pur fil Lafuma numérotés de I à VII ; 15 exemplaires hors commerce sur pur fil Lafuma numérotés de A à O ; 3 000 exemplaires sur Vélin spécial ; 250 exemplaires réservés à la presse. Ces droits ne porteraient ni sur les exemplaires dits « de passe » concernant les volumes défectueux, dont le nombre était évalué forfaitairement à 10 pour 100 de chaque tirage ; ni sur les exemplaires de presse, ni sur ceux qui pourraient être distribués gratuitement dans l'intérêt de la publicité à donner à l'ouvrage. L'auteur accordait à la librairie Valois un droit de préférence pour l'édition de ses romans ultérieurs. Ce droit serait épuisé lorsque ladite librairie aurait accepté 5 ouvrages. Elle aurait un délai de trois mois pour informer l'auteur si elle acceptait ou non d'entreprendre l'édition de l'ouvrage proposé.

Rose ne comprit pas grand-chose à cette arithmétique que monsieur Pignol dut lui expliquer par le menu. Pour arriver à cette conclusion :

— Si trois mille exemplaires sont vendus, ce sera un beau succès. Un premier roman a souvent beaucoup de peine à atteindre le millier.

La clause préférentielle lui donna un peu de vertige : elle se vit à la tête de cinq ouvrages édités. Combien d'années lui faudrait-il pour les écrire ?

Vint ensuite le double jeu des épreuves qu'elle corrigea à l'encre violette, utilisant des signes conventionnels dont l'imprimeur lui envoya la liste. Le plus couramment employé était l'ancien *d* de l'écriture manuscrite, abréviation de *delendum*, « à supprimer ». Elle signa enfin le bon à tirer le 19 juin 1932. Les volumes furent mis en place chez les libraires à la fin du mois d'août. Elle en vit un dans une vitrine de Langeac sous couverture jaune, au prix de douze francs. Cette somme lui parut exorbitante. Peu de gens avaient en Auvergne les moyens de s'offrir cet objet des plus inutiles : un livre. La plupart de ceux qui disposaient de douze francs à dépenser préféreraient acheter une paire de sabots ou une douzaine de mouchoirs. Elle n'osa pas entrer chez le libraire pour se faire connaître.

Monsieur Hector Pignol, naturellement, envoya à l'*Almanach de Brioude* un long texte traduisant son estime pour *La Dame du Mézenc*. D'autres articles élogieux parurent dans *Le Moniteur du Puy-de-Dôme*, *L'Avenir du Plateau central*, *La Montagne*, *L'Auvergne littéraire*, *L'Auvergnat de Paris*. Un quotidien national, *Le Petit Parisien*, lui consacra douze lignes. Rose reçut même quelques lettres qui lui apportèrent les compliments d'Henri Pourrat, de Jean Ajalbert, de Gandillon Gens d'Armes. Monsieur Pignol rêva qu'un jour on parlerait de la garde-barrière Rose Malartre comme on parlait du douanier Rousseau.

L'ouvrage se vendait bien en librairie. Le professeur calcula que si les trois mille exemplaires sur Vélin spécial partaient, Rose toucherait la somme considérable de deux mille cinq cent quatre-vingt-douze francs, représentant à peu près ce qu'elle recevait du PLM chaque mois multiplié par six.

— Qu'allez-vous faire de tout cet argent ?

— Je me le demande. J'en donnerai à mes parents, à mon fils, à ma fille.

— Pas trop, j'espère.

— Si j'obtenais un congé de ma direction, j'aimerais faire un beau voyage. J'ai droit à trois billets gratuits de chemin de fer par an. Mais il faut payer le coucher et le manger. Je voudrais voir la mer. Accepteriez-vous de m'accompagner ? Sinon, je serai incapable de me débrouiller toute seule.

— Pourquoi pas ?

Ils choisirent ensemble leur itinéraire. Des quatre mers françaises, la Méditerranée était la plus proche. Ils s'installeraient à Sète — qui s'écrivait alors « Cette » — parce que le poète Paul Valéry, membre de l'Académie française, y était né.

— Un de vos collègues, dit Hector en souriant. Nous y humerons notre future fumée.

Elle ne connaissait rien de lui, malgré sa célébrité ; mais, comme toujours, elle se fia au jugement du professeur. Ensuite, ils iraient voir le Mont-Saint-Michel.

Au printemps 1933, elle toucha une partie de ses droits d'auteur. Deux mille exemplaires étaient partis en six mois. Il en restait un millier à vendre. Le voyage à Cette fut renvoyé à l'année suivante.

Il leur vint une visite inattendue. Un soir, quelqu'un frappa à la porte. Et qui Rose vit-elle entrer ? Madame Bonnefoy, la châtelaine de Chassaniol ! La garde-barrière se dressa de façon si brusque que la chaise se renversa derrière elle. Pleine de confusion, elle la releva, puis s'avança pour accueillir la grand-mère du petit Gaston. Toute souriante, celle-ci levait devant elle un exemplaire de *La Dame du Mézenc* :

— Je l'ai acheté à Brioude. Voudriez-vous m'accorder une dédicace ?

Une dédicace ! C'était la première fois qu'on lui demandait cette formalité à laquelle tous les écrivains doivent se plier, de bon ou de mauvais gré. Rose installa sur la table sa plume et son encrier, reprit place sur la chaise, ferma les yeux, cherchant les mots qu'elle allait tracer, en essayant plusieurs, ne les trouvant pas à son goût.

— Prenez votre temps, l'encourageait Denise. Je ne suis pas pressée.

Près de la cheminée, Jeanne, muette, les mains croisées sur les genoux, considérait la scène sans en comprendre la signification. La visiteuse se pencha vers elle, lui demanda si elle se sentait bien. La vieille femme fit oui de la tête.

— Vous avez là, conclut la châtelaine en désignant Rose penchée sur le livre, quelqu'un qui prend grand soin de votre santé.

Et elle conclut par une interrogation surprenante :

— C'est qui, au juste, cette dame en train d'écrire ?

— Ma mère... c'est ma mère, répondit Jeanne.

— Vous voulez dire votre *gendresse*, n'est-ce pas ?

— Oui, oui, ma... *gendresse*.

— Elle se trompe quelquefois dans les paroles, l'excusa Rose en relevant la tête.

— Ce n'est pas grave.

La châtelaine lut attentivement les lignes tracées sur la page de garde du roman : *A Madame Bonnefoy dont j'apprécie la bonté, cette histoire où le vrai se mêle au faux, très respectueusement, Rose Malartre*. Elle remercia en lui collant sur les joues trois baisers qui sentaient le benjoin. Puis elle s'en alla, les laissant toutes deux dans un doux embarras.

Un peu plus tard, alors qu'elle servait à la malade sa soupe et l'abecquait à la cuillère, la bru s'expliqua sans peine que Jeanne la prît pour sa mère. Elle la traitait comme un nourrisson.

Épilogue

Rose Malartre n'a jamais vu Cette ni la Méditerranée, ni le Mont-Saint-Michel. Dans la nuit du 8 au 9 octobre 1933, son cœur, âgé de quarante-neuf ans, par inadvertance s'est arrêté de battre. Elle ne s'en est pas aperçue. Comme, ce matin-là, les barrières ne fonctionnaient point, les mécaniciens des locomotives ont signalé l'anomalie aux autorités du PLM. Rose a été trouvée endormie dans la froideur de sa couche, tandis que sa belle-mère, en chemise de nuit, chantonnait près d'elle une berceuse. Aux premiers mots du chef de gare de Saint-Georges, elle a répondu en souriant :

— Ma mère dort toujours. Elle est bien fatiguée. Ne la réveillez pas, s'il vous plaît.

Jeanne a été emmenée à l'hospice de Brioude où elle a vécu des jours heureux jusqu'à sa quatre-vingt-huitième année. A présent, Rose repose au cimetière de Saint-Arcons, auprès de son mari Etienne. Ils voisinent amicalement, n'ayant plus rien à se reprocher : les froideurs, les colères, les jalousies, les infidélités des vivants n'existent pas entre les âmes éternelles. Le fils Simon, la fille Eugénie ont touché de l'éditeur les droits qui leur revenaient.

Une autre gardienne est venue en remplacement. Fidèle, devant la porte, le lilas a fleuri en mauve aussi longtemps qu'on le lui a permis. Des années ont passé. La barrière oscillante un jour a perdu sa manivelle au profit d'un système automatique. La maisonnette devenue sans objet a été rasée au sol, le puits comblé, le lilas arraché. Nul voyageur passant près de ces lieux ne se doute qu'ici vécut jadis une femme de plume, une femme de cœur, dont aucune plaque ne rappelle le souvenir.

Très loin de là, à l'autre bout du département, le Mézenc imperturbable continue de dominer des horizons sans limites. Le village des Estables vit du tourisme d'été. Et d'hiver quand la saison est neigeuse. Les habitants permanents y sont de plus en plus rares ; mais les communes se sont groupées pour mieux préserver ce qui leur reste. Elles ont créé la « Route des Fermes », qui offre aux visiteurs miel, fromages de chèvre et de vache, confitures de fruits rouges et autres gourmandises.

La Dame du Mézenc n'a pas été republiée. Peut-être un jour... Tant d'ouvrages mériteraient une résurrection, qui dorment sous la poussière de l'oubli dans les bibliothèques publiques ! Seuls quelques privilégiés, quelques érudits, quelques amoureux de l'Auvergne ou des chemins de fer gardent le souvenir de ce roman d'une garde-barrière, précédemment denteleuse, tissé pendant trois ans chaque matin entre 4 h 12 et 6 h 8.

Ceyrat, 6 février 2002 — 8 octobre 2002

LE ROI DES FOUGÈRES

1

Le jeune Zébédée admirait son père sur toutes les coutures. Bien que Pamphile Lhasard fût assez petit, lui, il le trouvait grand, parce qu'il était plus petit encore. A dix ans, il arrivait à la hauteur de son troisième bouton de cuivre. Il faut dire que le père portait bien cet uniforme bleu. Et cette casquette marquée des autres initiales dorées de la compagnie : TCRC Transports en commun de la région clermontoise. Elle l'avait engagé sur la recommandation de monseigneur l'évêque de Clermont, un ami de l'abbé Chomette qui dirigeait la paroisse du Grand-Morne à la Martinique. Anciens condisciples au séminaire Saint-Irénée de Lyon. La compagnie avait d'ailleurs paru intéressée d'embaucher un Noir. C'était une sorte de curiosité qui attirait la clientèle.

Les Lhasard habitaient à Montferrand, rue des Quatre-Granges, dans le quartier le moins honorifique. On y entendait glousser les poules, hennir les chevaux, grogner les cochons, aboyer les chiens et même meugler les vaches, car il en restait quelques-unes chez un vigneron qui refusait de se moderniser. Pourtant, à quelques pas de là, l'industrie du caoutchouc donnait l'exemple du modernisme et un grand nombre de Montferrandais travaillaient chez Bibendum. On les appelait familièrement des « Bibs ».

Il faut dire, pour ceux qui l'ignorent, que Montferrand est une curieuse paroisse. Vue sur un plan, elle ressemble à un petit caillou retenu par le gros poing de Clermont au bout d'une fronde légère : l'avenue de la République. Autrefois ville indépendante, riche et belle, elle fut mariée de force par le roi Louis XIII à sa voisine. Mais depuis trois siècles, elle ne s'est jamais entièrement résignée à la soudure. Peut-être l'aurait-elle mieux acceptée si, dans l'affaire, on ne l'avait amputée de sa tête ; si, par exemple, on avait choisi d'écrire Cler-Montferrand au lieu de Clermont-Ferrand qui a fait gagner une queue à sa rivale. Ces questions de syllabes ont une grande importance dans l'histoire locale. L'orthographe choisie par ce bégayeur de Louis XIII indiquait nettement sa volonté de décapiter l'une au profit de l'autre.

Bien qu'un maire unique administre officiellement les deux agglomérations, Montferrand s'entête donc à posséder une mairie autonome, à laquelle sont abandonnées quelques miettes des attributions municipales. Un maire adjoint, élu par les Montferrandais, y célèbre les mariages, y enregistre les décès et les naissances. Résultat : Clermont-Ferrand est, sans doute, la seule ville de France qui, depuis trois cents ans, possède un seul maire et deux mairies.

La famille Lhasard y débarqua en 1954 et trouva pour pas cher à se loger parmi les poules et les lapins. Grâce aux allocations, elle n'était pas complètement démunie, mais elle comportait huit bouches à nourrir : le père, la mère, quatre filles et deux garçons. Et le père ne rapportait pas beaucoup d'argent à la maison car il avait ses dépenses personnelles. Oubliant le tout-petit, Oreste, qui n'avait encore que quelques mois et vagissait dans son berceau, Pamphile aimait à dire quelquefois à Zébédée :

— Aujourd'hui, c'est mon jour de repos. On va laisser les femmes à la maison et on s'en va faire un tour, entre hommes.

En principe, la mère, Noélise, ne voyait pas d'inconvénients à cela. Au contraire. Ainsi, elle restait seule avec ses filles, elle les éduquait à sa façon. Les deux hommes partaient donc côte à côte, sans se donner la main, comme deux amis. Les Mulets-Blancs — surnom des Montferrandais — regardaient avec sympathie ce duo dont la couleur s'harmonisait avec celle de leurs façades. Le père et le fils erraient par les rues étroites encombrées d'ânes et de charrettes, les jours de marché, se mêlaient aux bestiaux, place de la Rocade, observaient les joueurs de boules sur la place ronde Marcel-Sembat, dite plus communément « place du Château ». Au carrefour des Taules, ils trouvaient régulièrement un marchand d'oublies. Pamphile en offrait une à son fils. Elle avait la forme d'un quart de cercle et le petit hésitait longtemps à y mordre parce qu'il n'osait pas la déformer. En compensation, on entrait aussi dans un des nombreux bistrots et le père demandait :

— Un rhum, s'il vous plaît. Un blanc, si possible.

— Je n'ai que du jaune.

— Marchons pour le jaune.

Il le humait d'abord, élevait ensuite le verre pour apprécier sa transparence dorée. Il le vidait d'une seule lampée, avec un coup de reins en arrière.

— Un autre, commandait-il. Celui-là était bien petit.

Il leur arrivait de s'éloigner dans la campagne, de gravir les pentes de Chanturgue couvertes de vignes. De là-haut, on avait un beau regard sur les deux villes : au loin, Clermont, avec les flèches noires de sa cathédrale ; Montferrand à leurs pieds, découpée par ses rues parallèles ou perpendiculaires comme une galette ; et les cheminées fumantes de Michelin, avec la cambrure de ses pistes d'essai.

Au retour, ils passaient devant l'échoppe de Palermo, le barbier-perruquier-coiffeur. Pamphile disait, comme si la chose avantageait également son fils :

— On s'offre un petit superflu.

Et il se faisait raser. Visiblement, il prenait plaisir aux soins d'un homme blanc. De sa chaise, l'enfant assistait à l'importante opération. L'Italien prétendait que la barbe de son client martiniquais était si coriace qu'elle ébréchait son rasoir, et il l'appelait Barbe-de-Fer. Zébédée se sentait gonflé d'aise d'avoir un père aussi ferrugineux.

Quand ils rentraient à la maison, c'était moins drôle, parce qu'ils vivaient à huit dans trois pièces exiguës. Ils se marchaient sur les pieds. Noélise pleurnichait qu'elle en avait assez de vivre prisonnière entre ces murs. Elle voulait retourner à la Martinique, à son village du Grand-Morne, où elle pouvait causer avec les voisins, où l'on était toujours invité les uns chez les autres ; sans parler du père et de la mère qui étaient restés là-bas et vieillissaient sans secours. Quand Pamphile était à jeun, il perdait facilement patience ; alors, il flanquait un grand coup de poing sur la table, la vaisselle sursautait et la mère avalait ses récriminations. Zébédée l'admirait aussi pour cette autorité. En revanche, s'il avait bu trois ou quatre verres de rhum, il se sentait rempli d'une inépuisable magnanimité.

— N'as-tu pas honte, l'invectivait sa femme en créole, de gaspiller tes sous à l'extérieur pendant que tes gosses manquent d'air dans ce trou de rats ?

— Tu exagères, Noélise !

— Bon à rien que tu es ! Je ne sais ce qui me retient de te casser quelque chose sur la tête !

— C'est la peur qui te retient. Le bon Dieu a bien fait les choses : il a donné la méchanceté à la femme et la force à l'homme.

Cependant, le principal motif d'admiration, évidemment, provenait du métier de Lhasard : il conduisait le tramway qui reliait Montferrand à Royat. En une journée, il avait appris tout le mécanisme. La clientèle se pressait pour voir ce Martiniquais aux commandes. Souvent, lorsque l'enfant sortait de l'école, il s'arrangeait pour se trouver au départ du convoi, afin que Pamphile lui propose :

— Veux-tu faire un tour jusqu'à Royat ?

Il ne se le faisait pas dire deux fois. Comme on partait du terminus, les places ne manquaient jamais. Sur les banquettes de bois, les femmes tricotaient ou parlaient des rougeoles de leurs mioches. Les hommes restaient de préférence debout sur les plates-formes, ce qui était plus commode pour fumer. Charlot, le receveur, clignait de l'œil vers Zébédée, car ils étaient copains. C'était un homme grand et maigre, aux moustaches somptueuses : elles se soulevaient quand il souriait. Parfois, il sortait de sa sacoche une sorte de crayon enveloppé de papier rose ; et c'était un bâton de sucre d'orge qu'il lui offrait d'un geste cérémonieux, en disant :

— A toi !

Quand tout le monde était en place, Charlot criait à l'adresse du machiniste et en créole :

— *Nou ka pati !*

C'est-à-dire : en route ! Il avait ainsi appris quelques mots d'antillais pour faire plaisir à Pamphile et laisser croire aux voyageurs qu'il était bilingue. Ceux-ci lui présentaient leur ticket ; il les estampillait dans un petit moulin, avec un claquement sec de la poignée. L'enfant observait fièrement son père qui, debout à l'avant, conduisait cette énorme machine suivie de ses deux baladeuses. Tout seul, en gouvernant ses manivelles, il emportait les trois voitures, les femmes qui tricotaient, les hommes qui fumaient, les gamins et leurs cartables, les Bibs fatigués, les paysannes et leurs paniers. Sans compter quelques Arabes nouveaux venus en Auvergne, ahuris, qui s'agrippaient aux montants des portes et semblaient souffrir du mal de mer.

Des habitués, aussi : M. Chouvel et son chien. Un retraité qui n'avait que cette bête pour famille et passait tout le temps du voyage à lui faire la morale :

— Ne te gratte pas. Les gens vont penser que tu as des puces... Finis de t'agiter. Tu occupes une place et pas deux... Ne peux-tu pas rester tranquille un moment ? Tu as la colique ou quoi ?... Si tu me fais honte, je ne t'emmènerai plus...

Et comme ça pendant vingt minutes. Si bien que le pauvre cabot ne savait plus où il en était.

Le professeur Proslier, qui était également écrivain et composait des livres d'histoire. Apprenant ses qualités, Pamphile lui avait un jour proposé joyeusement :

— Monsieur l'écrivain, si vous avez besoin d'un nègre, je me tiens à votre disposition.

Ce qui avait fait éclater de rire tous ceux qui savaient ce qu'est un nègre en écriture.

Le tramway emportait donc le petit Zébédée qui suçait le sucre d'orge de Charlot. Le père appuyait du pied sur une courte pédale, la sonnette tintait et tout le monde s'écartait dans la rue pour laisser le passage au tram de Royat. On remontait la longue avenue de la République. On passait devant la caserne du 92, gardée par deux sentinelles dans leur guérite. Place des Carmes-Déchaux, on embarquait ou débarquait une cargaison de Bibs. Plus haut, c'étaient des élèves du pensionnat Godefroy-de-Bouillon. On atteignait le centre de Clermont. Place de Jaude, on saluait la statue de Vercingétorix qui avait combattu les Romains. Il y avait là un grand micmac de convois qui se croisaient ou qui faisaient demi-tour. On repartait par la rue Blatin en direction du puy de Dôme qui dressait au loin son crâne blanc ou violet suivant les saisons. A Royat, place Allard, Pamphile descendait de la motrice, empoignait le câble du trolley, le faisait tourner dans le sens opposé. La poulie produisait sur la caténaire des étincelles bleues, on eût dit un feu d'artifice. Après un arrêt prolongé, on repartait vers Montferrand. De sa place, l'enfant voyait les piétons fouler la poussière rougeâtre des trottoirs et il se sentait rudement privilégié de passer au milieu d'eux dans son tram tintinnabulant, dans le tram que conduisait son père.

— Drin-drin ! faisait la sonnette.

Aussitôt, les voitures s'arrêtaient, les cyclistes mettaient pied à terre, les cochers tiraient sur les rênes de leurs chevaux, les passants s'écartaient. Le tram poursuivait sa route triomphalement. Après la rue Montlosier, on arrivait place Delille, couverte de fleuristes et de fleurs, ornée d'un bassin, de drapeaux, de militaires. Cet étalage avait l'air d'avoir été exposé là exprès pour les accueillir, exprès pour le tram de Pamphile Lhasard. Celui-ci bloquait son frein et criait avec autorité aux voyageurs impatients de s'installer dans la voiture :

— Doucement, s'il vous plaît !... Laissez descendre !

Les Auvergnats regardaient ce Noir avec surprise et ils obéissaient. On sentait que le Martiniquais était devenu dans Clermont un personnage important. De temps en temps, il avait soif. Ou froid. Ou chaud. Il ouvrait un petit placard à côté de son poste de pilotage, en sortait une bouteille de rhum blanc dont il tirait le bouchon avec les dents : le bouchon faisait ploc ; il suçait une gorgée et remettait le flacon à sa place. Cela l'aidait à ne pas trop se lasser de la monotonie du trajet. De retour à Montferrand, place de la Fontaine, Zébédée s'approchait de lui, l'embrassait sous les yeux de tous ; il clignait de l'œil en guise d'au revoir à son copain Charlot ; puis il descendait à son tour, son cartable sous le bras, et se dirigeait vers la rue des Quatre-Granges. Lorsqu'il avait marché quelques pas, il se retournait, faisait un grand geste en direction du conducteur, criant en créole :

— *Au oua, papa ! A soua !*

A chaque passant qu'il rencontrait, il avait envie de proclamer : « Vous voyez ce tram, là-bas ? C'est mon père qui le conduit ! Lui tout seul ! » Zébédée avait dix ans. Il rêvait d'être un jour, lui aussi, wattman, conducteur de tramway.

2

A la maison, généralement, il ne trouvait plus sa mère. Depuis quelque temps, elle s'était faite « lessiveuse », comme on dit aux îles : elle lavait le linge des Montferrandaises riches et paresseuses. Pendant ce temps, le reste de la marmaille était confié à Domina, l'aînée des filles. Ses fonctions étaient essentiellement négatives : elles consistaient à empêcher les cadettes de se battre avec trop de fureur. Sans elle, ces trois chipies, Françoilise, Sylverine, Eléonore se seraient mutuellement arraché les yeux. Elles se disputaient la même poupée, les mêmes pierres, les mêmes bouts de bois. A force de taloches, Domina les faisait tenir un peu en paix. Seul Oreste demeurait tranquille dans son berceau. Ou à quatre pattes sous la table. Dans sa figure sombre, ses yeux luisaient comme des boules de billard. A chaque entrée de son frère, il tendait les bras en gémissant : « Ah ! Ah ! Ah ! » Zébédée le prenait sur ses genoux et jouait avec ses mains. Le petit en bavait de satisfaction.

Quelquefois, Zébédée gagnait cinq francs de la façon suivante. En cas de beau temps, monsieur Montorcier, l'épicier de la rue de la Rodade, l'installait devant son magasin en compagnie d'un grilloir à café. Pendant des heures, il tournait la manivelle, cinq fois dans un sens, cinq fois dans l'autre, lentement. L'arôme du café se répandait dans la rue, faisait palpiter les narines des passants. Ceux-ci ne pouvaient résister longtemps ; ils entraient dans la boutique et se faisaient servir. Tous les quarts d'heure, monsieur Montorcier venait renouveler le contenu du grilloir. Zébédée remettait les cinq francs à sa mère qui les dépensait en nourriture familiale.

Quand elle rentrait de son travail, elle se laissait tomber sur une chaise, hors d'haleine. L'âge la faisait enfler, si bien qu'elle peinait à se déplacer.

— Jésus-Marie ! se lamentait-elle. Pourquoi suis-je si grosse ? Pourtant, vous le savez, vous, que je ne mange presque rien ! Alors, pourquoi suis-je si grosse ? Ça doit être le climat de l'Auvergne.

Et elle se mettait à pleurnicher : son menton tremblait, sa voix s'éraillait, ses yeux sécrétaient une larme chacun. Elle pleurait sur les quatre sous qu'elle gagnait si péniblement chez les femmes riches du quartier. Elle pleurait sur leur trou de rats. Elle pleurait sur la Martinique si lointaine, où il faisait si bon vivre, avec les bananes, les mangues, les ananas qui poussaient tout seuls et qu'il suffisait de cueillir. Alors qu'ici tout s'achetait. Elle pleurait sur le passé, le présent et l'avenir. Elle pleurait sur elle-même qui avait épousé un ivrogne et un gaspilleur ; il donnait son argent au compte-gouttes et dépensait le reste elle ne savait trop comment. Juste bon à remplir la maison de gosses.

— Un ou deux, comme les Auvergnates, passe encore. Mais ne me parlez pas de six ! Si tu avais été la seule fille, disait-elle à l'aînée, j'aurais pu te faire une dot, comme c'est l'usage chez nous, aux Antilles. Seulement, où veux-tu que je la prenne, la dot ? Alors, tu ne te marieras point, tant pis pour toi ! Tu élèveras des chats.

— Toi, lui disait son mari, tu pleures comme trois rivières.

Quant à Domina, elle considérait avec détestation ses frères et sœurs :

— C'est vous qui me mangez ma dot ! Sans vous, j'aurais un beau trousseau et je ne serais pas condamnée à rester fille !

Ce matin-là, en arrivant à l'école Michelet, Zébédée trouva le directeur, monsieur Vigouroux, qui arrêtait les élèves :

— Vos maîtres et maîtresses sont en grève. Retournez chez vous si vous avez quelqu'un à la maison. Seuls ceux qui n'ont personne pour les recevoir peuvent rester ici. Mais ils ne travailleront pas. Personne ne leur fera classe.

Zébédée fit donc demi-tour comme on le lui conseillait. Ce congé inattendu le prenait à l'improviste : comment l'occuperait-il ?

Il se dirigea vers la place de la Fontaine. Qui sait si son père n'accepterait pas de le garder avec lui sur son tram au moins une partie de la journée ?

Le terminus était vide de convoi, mais des voyageurs attendaient déjà. Comme toujours, ses cheveux crépus, sa figure, son nez retroussé attiraient les regards et la sympathie. Dans Montferrand, il entendait quelquefois parler de racisme ; mais, personnellement, il n'en avait jamais souffert. Sauf un peu à l'école, où ses copains se moquaient de lui, l'appelant « Blanche-Neige »,

« Bamboula », « Y'a bon Banania ». Mais ils avaient coutume de se moquer tous les uns des autres, et il n'était pas en reste pour répliquer « Nez-de-Canard », « Canotier », « Pif-et-Paf ». Souvent même, en revanche, il sentait la main d'un instituteur se poser sur son crâne pour une amicale caresse.

Le tramway approcha. Comme à l'ordinaire, Pamphile en descendit pour changer l'orientation de son trolley, pendant que ses passagers l'évacuaient. Il aperçut son fils :

— Qu'est-ce que tu fais là ?

— L'école est en grève. Est-ce que tu veux me garder un peu avec toi ?

— Tu peux bien, dit Charlot pour appuyer sa demande.

— D'accord. Mais un ou deux allers et retours seulement. Ensuite, tu rentreras à la maison.

L'enfant se tint debout dans la cabine, juste à côté du wattman, afin d'étudier ses manœuvres. Il avait compris l'usage de chacun des leviers : mais il posait quand même des questions, donnant ainsi à Pamphile le plaisir de s'expliquer :

— Ça, c'est le frein ordinaire... Ça, c'est le frein de secours... Ça, c'est l'accélérateur... Ça, c'est l'avertisseur...

De temps en temps, pour se donner du courage, le conducteur atteignait la bouteille de rhum blanc et avalait une gorgée, discrètement. Après le premier voyage, Zébédée abandonna la cabine, entra dans la voiture, s'assit sur une banquette. Charlot s'approcha de lui, frotta lui aussi la main sur sa tignasse. L'enfant voulut connaître le fonctionnement du moulin à tickets et le receveur lui permit de tourner la manivelle. Mais la foule des clients les sépara.

Alors, il s'intéressa au spectacle des rues. Des terrassiers émergeaient d'une tranchée, la tête coiffée d'un large chapeau de paille garni sur le pourtour de pompons multicolores. De petites voitures Panhard pétaradaient, avec des phares qui leur sortaient du capot, comme les cornes d'une limace. Des agents de police réglaient la circulation avec leur bâton blanc. Place de Jaude, tandis que les passagers sautaient sur le pavé, un homme galonné monta dans la cabine. Court de taille et gros du ventre, il avait la forme d'une rave. Pamphile le salua avec empressement :

— Mes respects, monsieur l'Inspecteur.

Celui-ci, appuyant sur un bouton, bloqua toutes les issues. Zébédée s'approcha néanmoins pour entendre leur conversation. Le gros homme pointait l'index vers les trous de nez du wattman :

— Je vous surveille depuis ce matin. Quatre fois, entendez-vous ? Quatre fois, je vous ai vu biberonner à votre bouteille pendant le service !... Qu'est-ce que c'est que ces façons ?... Nous ne sommes pas à la Martinique, ici !

« C'est un raciste ! » pensa l'enfant.

— Mais... Mais... monsieur l'Inspecteur, bégayait le père pour essayer de se justifier, il fait chaud dans cette cabine. Je voulais me rafraîchir un peu...

— Taisez-vous ! Vous puez le rhum ! Pensez-vous que la Compagnie va confier encore longtemps la responsabilité d'une voiture à un ivrogne ? Le pensez-vous ?... Avant-hier, vous ne voyiez même plus les arrêts. Vous en avez brûlé deux !

— Il n'y avait personne, monsieur l'Inspecteur !

— Me prenez-vous pour un idiot ?... Nous avons reçu des plaintes... Et dire que vous nous avez été recommandé par l'évêché ! Incroyable ! Incroyable !... Ne répondez pas ! Taisez-vous !

Le gros homme galonné gesticulait et vociférait avec fureur : en face de lui, le malheureux wattman, les yeux exorbités, essayait de balbutier quelque excuse. Ou bien approuvait servilement :

— Oui, monsieur l'Inspecteur... Certainement, monsieur l'Inspecteur...

Sur le trottoir, les voyageurs assistaient en ricanant au spectacle. Tous plus racistes les uns que les autres. Zébédée lui-même contemplait la scène à travers la vitre de séparation, stupéfait surtout qu'on put traiter son père d'une façon si humiliante et que lui acceptât d'être ainsi houspillé.

— Ecoutez bien ce que je vous dis ! criait le petit homme en se dressant sur ses ergots.

— Oui, monsieur l'Inspecteur.

— Cette histoire a assez duré. J'ai pitié de vous à cause de votre nombreuse famille...

— Huit enfants, monsieur l'Inspecteur.

(Il en ajoutait deux pour les besoins de la cause.)

— Je vous garde encore une semaine à l'essai. Si, pendant cette période, vous sentez le rhum une seule fois... une seule fois, entendez-vous ?...

— Une seule fois, oui, monsieur l'Inspecteur.

— ... Si vous sentez l'alcool une seule fois, je vous fais mettre à la porte immédiatement et sans rémission. Malgré vos recommandations épiscopales.

— Episcopales, certainement, monsieur l'Inspecteur.

Celui-ci s'épongea le front à cause de l'effort qu'il venait de fournir. Le wattman en fit autant pour lui complaire. Alors, un peu radouci ou un peu essoufflé, le galonné termina d'un ton plus tranquille :

— Un bon conseil, mon garçon : si vous voulez vous soûler, soûlez-vous chez vous, entre quatre murs, après avoir quitté la casquette de la Compagnie. Respectez un peu ceux qui vous paient. Compris ?

— Compris, oui, monsieur l'Inspecteur. La casquette...

Zébédée, lui, comprenait que son père n'était point l'homme important qu'il avait cru. Où était sa belle assurance ? Le geste impérieux de son bras par lequel il stoppait la ruée des voyageurs ? Le drin-drin irréfutable de son pied qui balayait les obstacles devant lui ? Le coup de poing sur la table, rue des Quatre-Granges, qui interrompait les pleurnicheries de sa femme ? A quoi lui servait sa barbe de fer ébrécheuse de rasoirs ? Lui qui, d'un seul doigt, pouvait précipiter en avant le poids de ses trois voitures, ne pouvait-il donc rien contre la colère de ce petit homme ? Et s'il ne se sentait pas assez fort, pourquoi n'appelait-il pas Charlot à son aide ? Pourquoi ne faisait-il pas un signe vers son fils ? Avec quelle joie celui-ci se fût lancé à son secours, jeté comme un chien hargneux dans les jambes de l'inspecteur raciste !

— Rappelez-vous ! insistait ce dernier. Une seule fois, et vous êtes à la porte !

Et Pamphile, avec un sourire crispé, une main ouverte en éventail sur sa conscience, d'assurer :

— Soyez tranquille, monsieur l'Inspecteur !... Merci, monsieur l'Inspecteur...

Quant à Charlot, assis sur une banquette du fond, il faisait mine de compter attentivement sa recette, le nez dans sa sacoche, pour bien signifier à tous que cette histoire ne le concernait pas.

Tout à coup, l'enfant se sentit rempli à son égard du plus profond dégoût : est-ce ainsi que doivent se comporter les amis ? Que signifiaient donc ses sucres d'orge, ses caresses amicales ? Lui aussi n'était digne que de mépris comme Pamphile Lhasard.

A présent, ayant débloqué les portes, l'inspecteur redescendait, encore pourpre de courroux, boutonnait sa vareuse, rajustait sa cravate que ses gesticulations avaient déplacée, enfonçait sa casquette et s'éloignait à pas furibonds, cependant que, derrière lui, le wattman se répandait en courbettes.

Les voyageurs, que l'incident avait retenus à terre, commencèrent à monter. Charlot s'avança vers eux avec son moulin à tickets. L'enfant, lui, se sentit pris d'une grande haine envers cette voiture qui l'avait promené tant de fois. Mais, ne pouvant lui échapper place de Jaude, il décida d'attendre le terminus de Royat. Un moment après, les portes se refermèrent et elle se remit en marche. Pamphile se tenait coi dans sa cabine, se bornant à accomplir les gestes nécessaires. C'est Charlot qui avait pris le commandement du véhicule, criant des ordres aux passagers. On remonta la rue Blatin. On passa sous le pont de la ligne de chemin de fer. On atteignit la place Allard. Zébédée se mêla aux passagers descendant et s'enfuit avec son cartable.

3

Il marcha d'abord très vite, afin que nul ne pût soupçonner que le conducteur du tram, ce pleutre qui venait de se laisser houspiller comme un enfant de la maternelle, était Pamphile Lhasard, son père. On était en pleine saison touristique et thermale. Beaucoup de gens se pressaient dans les rues escarpées. La plupart, cardiaques, allaient doucement, s'appuyant sur des cannes. L'enfant en bouscula quelques-uns, s'attirant des remontrances :

— Doucement, gamin !... Ma parole ! ces gens-là n'ont aucune éducation !

Royat était peuplé de racistes. Il filait droit devant lui ; et, quand il arrivait à un carrefour, il traversait en courant, comme celui qui a peur de manquer le train. Après un moment de cette fuite, il alla plus doucement, chercha un banc pour s'asseoir. En bas, très loin derrière lui, il entendait le ferraillement du tram qui repartait sans s'apercevoir de son absence. Il songeait à la Martinique. A sa grand-mère Amandine, à son grand-père Epiphane qu'il avait laissés au Grand-Morne. Eux et leur descendance occupaient tout un quartier du village. Ils ne savaient pas le compte exact de leurs petits-enfants, entre vingt et trente. Ils se trompaient aussi dans les prénoms :

— Toi, tu es Rigobert.

— Non, je suis Zébédée.

— Ça ne fait rien. Tu es mon petit-fils. Entre un peu. Il y a quelque chose pour toi.

Et en effet, dans leur case couverte de tôle ondulée, les vieux trouvaient toujours quelque chose de bon à offrir : une poignée de cerises, une sapote, qui est une sorte de pomme, une marie-tambour, une banane crue ou cuite.

Malheureusement, le grand-père Epiphane, comme son fils Pamphile, avait un peu trop de goût pour le rhum blanc, sa « consolation ». Il se consolait dès le matin, au saut du lit, en avalant ce qu'il appelait son « décollage » ; si bien qu'il oubliait ensuite les choses dont il voulait se consoler : les noms de ses petits-enfants, et même quelquefois son propre prénom. On l'entendait demander à sa femme :

— O doudou ! Rappelle-moi comment je m'appelle, si tu veux bien.

— Tu t'appelles Ivrogne, Buveur de chrub, Téteur de bouteille.

Mais ensuite, ça lui passait, la mémoire lui revenait et il se mettait à tresser des paniers et des corbeilles, ce qui était sa principale profession. Il en exerçait trois ou quatre autres, accessoires : pêcheur, coupeur de canne, rempailleur de chaises, raccommodeur de vaisselle. Il n'empêche que ces ancêtres du Grand-Morne étaient d'une tendresse infinie pour leurs enfants et petits-enfants. Ils avaient pleuré comme des fontaines au moment où Pamphile et les siens étaient partis pour la France avec la recommandation de l'abbé Chomette.

A Royat, les gens qui avaient une besogne à faire se hâtaient vers elle. Mais lui n'en avait plus aucune. L'école ? Il s'en fichait bien maintenant ! Que lui importait ce groupe scolaire Michelet, éblouissant de blancheur, où les instituteurs se mettaient en grève et renvoyaient les enfants chez eux ? Que lui importaient madame Bernardini, son institutrice, la règle de trois, les conjugaisons, le passé, le présent, le futur ? Jamais plus il n'irait à l'école. Jamais plus il ne monterait dans le tram de son père. Il lui fallait changer complètement sa façon de vivre. Au cartable qu'il avait posé à côté de lui, il jeta un regard ennuyé : qu'allait-il faire à présent de cet objet inutile ?

Une passante s'arrêta devant lui. Une vieille femme qui ressemblait, en blanc, à sa grand-mère Amandine. Elle demanda :

— Tu attends quelqu'un ?

— Je... j'attends le tram, bafouilla-t-il.

— Hé ! Le tram ne passe pas ici. Il te faut descendre jusqu'au terminus.

— Oui, madame. Je... je me repose.

Elle le considéra encore, d'un air inquiet. Puis elle s'éloigna. Après quelques pas, elle se retourna. Il fit un geste de la main qui signifiait : « Ne vous inquiétez pas. »

Il reprit sa marche. Il passa sur un pont. Dessous coulait un ruisseau torrentueux dont le nom était peint sur le parapet : la Tiretaine. Se penchant, il la regarda passer un moment. Elle sautillait de rocher en rocher, comme si elle jouait à saute-mouton. Plus bas, elle longeait une grotte qu'on devinait profonde. Un vieil homme vint s'accouder près de lui. Celui-là ressemblait à son grand-père buveur de chrub. Pourquoi tous ces gens s'intéressaient-ils à lui ? A cause de sa couleur, sans doute, de ses cheveux frisés, de son âge.

— Tu observes, dit ce vieux, la grotte des Laveuses ?... Autrefois, les femmes de Royat venaient rincer leur linge dans la Tiretaine. Elles se rassemblaient dans cette grotte où personne ne venait les déranger. Et ça jacassait ! Malheureusement, une année, il y eut un orage terrible. La Tiretaine déborda. Ses eaux remplirent la grotte et plusieurs laveuses furent noyées... Tu habites par ici ?

— Non. J'habite à... à... au Grand-Morne.

— Le Grand-Morne ? C'est de quel côté ?

— Du côté de la Martinique.

— Tu as bien un domicile en France ?

— Oui, oui, soyez tranquille. Je rentre chez moi. L'école est en grève.

— Ah ! Je comprends ! Ces instituteurs ! Ils n'ont pas assez de vacances. Faut encore qu'ils se mettent en grève. Allez, au revoir.

— Au revoir.

L'enfant se dit que ce qui attirait l'attention des passants, c'était peut-être ce cartable qu'il tenait toujours à la main. Il décida de s'en débarrasser. Et le mieux qu'il trouva fut précisément de le lâcher dans la Tiretaine. Pour l'empêcher de flotter, il commença par chercher des pierres autour de lui et l'en remplit autant qu'il put. Il le lesta comme font les criminels avec les cadavres de leurs victimes qu'ils jettent dans la mer. Ainsi pourvu, le cartable fit un joli plouf dans la rivière qui l'emporta dans ses tourbillons.

A présent, Zébédée se sentait merveilleusement libre. Non seulement des bras, mais libre aussi des jambes, libre de la tête, libre du cœur. Plus rien ne l'obligeait de retourner à l'école. Le lendemain, ou le surlendemain, une fois la grève terminée, quand madame Bernardini ferait l'appel de son nom à Michelet, quelqu'un dirait :

— Absent.

— Savez-vous pourquoi ? demanderait l'institutrice.

— On ne sait pas. Il a disparu.

— Disparu ?

— Oui. Il n'est plus chez lui.

Car il avait bien l'intention de ne plus revenir jamais rue des Quatre-Granges. Personne d'ailleurs ne l'y regretterait, ça ferait une bouche de moins à nourrir. Sauf peut-être son petit frère Oreste qui bavait de joie chaque fois qu'il le prenait sur ses genoux. Mais l'idée de revoir son père, cet homme qu'hier encore il admirait tant, qu'à présent il méprisait si fort, lui était insupportable. D'ailleurs, il ne s'inquiétait pas. Il n'avait pas encore faim. Il ne songeait qu'à passer agréablement cette première journée de liberté. Vue du matin, elle paraissait interminable.

Avant d'aller loin, il laissa tomber un ultime regard dans la Tiretaine. Or il remarqua une chose blanche qui flottait. Avec stupeur, il reconnut un de ses livres, échappé du cartable on ne sait comment, qui était remonté à la surface et s'obstinait à ne pas couler. Il s'était ouvert et présentait des pages colorées. Son livre de géographie, sans doute. Zébédée avait une horreur particulière pour la géographie parce qu'on l'obligeait à retenir des altitudes, la population des villes, le nom de fleuves avec leurs affluents, rive gauche, rive droite, qu'il ne verrait jamais. Nulle part, d'ailleurs, la Tiretaine n'était mentionnée. Alors, il ramassa d'autres cailloux et se mit à bombarder l'épave. Plusieurs fois il l'atteignit : elle s'enfonçait, puis reparaissait aussitôt. Enfin, la Tiretaine l'emporta.

Il s'enfonça dans le vieux Royat en regardant les vitrines. Il arriva devant une église qui ressemblait à un château fort, avec des murailles épaisses et des créneaux. L'église du Grand-Morne était tout en bois, peinturlurée de rouge et de bleu. L'abbé Chomette y enseignait le catéchisme et préparait les enfants à la première communion. Mais Zébédée était parti pour la France avant d'avoir communié. Il aimait bien quand même la religion à cause des jolies histoires qu'elle raconte : Adam et Eve au paradis, Jonas dans le ventre de la baleine, la naissance de Jésus dans la grotte de Bethléem et sa mort sur la Croix. Un de ses cousins s'appelait justement Jésus et un autre Jonas. Si bien que le catéchisme de l'abbé Chomette était un peu une histoire de famille.

Or, au flanc de l'église de Royat, assis par terre en tailleur, se tenait un mendiant. Un vieil homme avec une serviette enroulée autour de la tête en guise de turban. Un Algérien, de toute évidence, comme il y en avait tant dans la région. Les uns travaillaient chez Bibendum. D'autres vendaient des tapis, des ceintures, des bretelles. D'autres encore étaient terrassiers, éboueurs ou maçons. Celui-là demandait la charité. Mais en échange des sous qu'on lui jetait, il disait la bonne aventure.

— Arrête-toi, mon fils, dit-il à l'enfant.

L'autre, qui n'était pas pressé, obéit.

— Viens près de moi. Et je te révélerai ce que Dieu a écrit pour toi dans le grand livre de la vie.

Le petit se pencha, vaguement intéressé, observant le devin. Une barbe grise, touffue, partant de sa poitrine, lui grimpait dans la figure et semblait prochainement devoir lui envahir les yeux.

— Prends cela, mon fils, ordonna-t-il en présentant son poing fermé.

Le petit ouvrit la main et l'homme y versa une poignée de blé auquel se mêlaient quelques grains de café vert, comme celui qu'il grillait pour monsieur Montorcier.

— Agite-les, puis répands-les devant moi... là... sur ce tapis, comme il te plaira, mais en pensant fortement à ton avenir.

Zébédée les tint un moment, s'efforça de penser fortement à son avenir, comme on le lui recommandait. Mais l'avenir pour lui n'était rien qu'un mot. Il n'imaginait pas même ce qu'il ferait à midi, quand il aurait faim, à l'heure où l'on se mettait à table rue des Quatre-Granges. Que mangerait-il ? Il ne possédait pas un sou. Que ferait-il le soir ? Où coucherait-il ? Est-ce que le devin pourrait répondre un peu à ces questions ?

Il lâcha d'un coup les grains sur le tapis. Alors, le vieux sortit de ses haillons une paire de bésicles, les jucha sur son nez, étudia longuement la disposition des grains de blé et de café.

Après quoi, il leva les yeux au ciel, les referma, émit des lèvres et du gosier des sons rauques, incompréhensibles. Enfin, pensant avoir suffisamment convaincu l'enfant et les curieux qui commençaient à se rassembler autour d'eux du caractère surnaturel de ses fonctions, il prononça son oracle :

— Bravo, mon fils ! Dieu t'enverra aujourd'hui un grand bonheur. Sois très attentif à ne pas le laisser passer sans le reconnaître. C'est tout ce que je peux te dire. Donne-moi dix francs si tu les as.

Zébédée secoua la tête.

— Ça ne fait rien. Que Dieu te garde. Je suis à la disposition de ceux qui veulent prendre ta place.

Les Auvergnats hésitaient. Puis une femme tendit sa main ouverte pour recevoir le blé et le café. Mais déjà le petit garçon était parti plus loin.

Au-dessus de Royat, le ciel était d'un bleu léger, d'un bleu de lessive, comme celle que préparait sa mère pour y tremper ses draps avant de les étendre sur le versant de la montagne. Il en était ainsi, du moins, au Grand-Morne car, à Montferrand, la lessive séchait dans une cour étroite où le soleil pénétrait difficilement, comme à regret. Si bien que les draps restaient un peu jaunes. L'enfant sortit de la ville et, toujours montant, se dirigea vers le puy de Dôme. Lui aussi ressemblait à son grand-père, par sa tête ronde et ses joues tombantes — Epiphane n'avait plus aucune dent, ce qui le gênait beaucoup pour fumer sa pipe ; aussi y avait-il renoncé et s'était-il mis à chiquer le tabac. Le puy de Dôme n'avait point ce problème de pipe. Zébédée montait vers lui avec une grande confiance, certain qu'il trouverait là-haut quelque assistance.

Il suivit d'abord le cours supérieur de la Tiretaine, de plus en plus effilée mais toujours sautillante. Après un long moment de marche, il atteignit un village dont il lut le nom : la Font-de-l'Arbre. Devant lui, le grand-père puy de Dôme s'élevait de plus en plus dans le ciel. Ses pieds étaient couverts de forêts. Ce qui lui rendit un peu de courage, car le ciel commençait à s'assombrir. « On trouve de tout dans les forêts, se dit-il. Des fruits sauvages, des champignons, des châtaignes. Avec le bois mort, on peut faire du feu : il suffit de taper deux pierres l'une contre l'autre. Avec les branches, on peut se faire une cabane. » C'était l'époque où l'on chantait « *Ma cabane au Canada, est blottie au fond des bois. On y voit des écureuils sur le seuil* ». Là où il y a des écureuils, il y a forcément des noisettes. Et les noisettes, c'est très nourrissant. Bien sûr, l'Auvergne n'est pas le Canada. Mais toutes les forêts se ressemblent.

Il trouva une fontaine et but un peu d'eau claire. Avant d'atteindre ces forêts, il y avait encore un long plateau à traverser, cultivé en blé et en pommes de terre. Autant qu'il put en juger, car il ne connaissait pas encore très bien ces plantes métropolitaines. Plus loin, une vieille femme vêtue de noir gardait des chèvres en tricotant. Il fut obligé de passer près d'elle car elle était assise sur une borne kilométrique. Elle ressemblait à sa grand-mère. Il n'en finissait pas avec ses ressemblances.

— Bonjour ! lui cria-t-elle. Où vas-tu comme ça ?

— Au puy de Dôme.

— Tu peux pas te tromper. C'est tout droit. Il est juste en face. Mais comme tu es noir de figure !

— C'est parce que je viens de la Martinique.

— Tu en viens à pied ?

— Oh non ! J'ai pris le bateau.

— Tu as voyagé sur l'eau ? En bateau ?

— Ben oui.

— Hou ! J'aimerais pas ! J'ai peur de l'eau. Chaque fois que je dois traverser un pont, sur une rivière, je ferme les yeux.

En voyant ces chèvres, et pensant à son ventre qui commençait à lui donner de ses nouvelles, il eut soudain une idée :

— Dites, madame. S'il vous plaît. Je pourrais vous demander quelque chose ?

— Demande toujours. Si on ne demande pas, on n'a rien. Le crapaud n'a pas de queue parce qu'il ne l'a pas demandée au bon Dieu. C'est bien fait pour lui.

— Je voudrais... s'il vous plaît, madame... un peu du lait de vos chèvres.

— Un peu du lait de mes chèvres ? Pourquoi pas. Seulement voilà, j'ai rien pour le tirer... pour les traire... Pas de seau, pas de bol, rien du tout.

— Je pourrais me mettre dessous, la bouche ouverte, comme Rémus et Romulus.

— Comme qui ?

— Rémus et Romulus. J'ai vu leur photo à l'école. Ils tétaient une louve.

— Mes chèvres ne te connaissent pas. Elles ne te donneraient pas leur lait.

Elle regarda autour d'elle, cherchant quelque récipient. Elle n'en vit aucun. Au bout de sa recherche :

— J'en ai un, dit-elle, si tu n'es pas trop regrettif.

— Regrettif ? Qu'est-ce que ça veut dire ?

— Si tu n'as pas de regret, si tu n'es pas trop regrettif, enfin. Regarde.

Elle avait aux pieds des sabots de bois blanc, pointus du bout et hauts de semelle parce qu'ils avaient été chaussés de caoutchouc pour durer plus longtemps. Elle en prit un, frotta bien l'intérieur avec une poignée d'herbe, par mesure d'hygiène. Puis elle clopina vers une de ses chèvres, s'agenouilla près d'elle et se mit à la traire dans son sabot. Quand il fut plein, elle en but une gorgée, pour montrer qu'il n'y avait pas de mal à ça. Le lait lui fit une moustache blanche. Elle le tendit ensuite à Zébédée qui avala tout le reste et le trouva fort bon.

— Tu es sûr que tu n'es pas perdu ? questionna la chevrière.

— Mais non. On m'attend là-haut. Merci, madame.

— Laisse-moi te regarder un peu. Je n'ai jamais vu de Noir de près.

Elle l'observa devant et derrière et demanda s'il était noir aussi en dedans. Il répondit qu'il ne savait pas. Elle lui fit tirer la langue et s'étonna qu'elle fût rose. Roses aussi les paumes de ses mains. Pour finir, elle l'embrassa et lui souhaita bon voyage.

— Pour grimper, recommanda-t-elle, ne prends pas la route. Elle est interdite aux piétons. Réservée aux voitures. Prends les petits chemins. Ceux des lièvres. Ceux des renards. Ceux-là sont gratuits. La route, faut payer.

Elle bouchonna encore l'intérieur de son sabot et le remit à son pied.

Zébédée s'en alla sur la route blanche. Mais il l'abandonna un peu plus loin et s'enfonça dans la forêt. Au commencement, elle était faite d'arbres énormes à l'écorce claire, qui étaient des hêtres âgés de plusieurs siècles. Puis ce furent des arbres couverts d'aiguilles d'un vert sombre. Puis des arbres plus minces encore et plus serrés. Zébédée ne voyait autour de lui ni fruits sauvages ni châtaignes ; il se coucha au pied d'un des arbres, se pelotonna sur lui-même et s'endormit.

4

Quelque chose le réveilla. Une secousse à l'épaule. Une voix qui lui parlait :

— Ohé ! Ohé ! Ohé !

Comme il faisait encore un peu jour, il vit devant le sien le visage d'un homme coiffé d'un grand chapeau. Barbu, moustachu, chevelu, il aurait pu ressembler à Barbe-Bleue, si la sienne n'avait été plutôt blonde. Zébédée en eut peur quand même. Mais sa voix était grave et douce :

— Tu te réveilles ?... Tu as dû dormir un bon moment !... Qu'est-ce que tu fais dans ces bois ?

Pas de réponse.

— Dis-moi au moins comment tu t'appelles.

— Zébédée.

— Zébédée comment ?

— Zébédée Lhasard.

— Où est ta famille ?

— Je n'en ai pas.

— Pas de famille ?... Tu as bien quelqu'un qui s'occupe de toi ?... Quelqu'un que tu aimes ?

— Je n'aime personne.

« Sauf, pensa-t-il, mon petit frère Oreste » ; mais il ne le dit pas.

— Personne. Depuis ce matin.

— C'est avantageux, dit l'homme. Parce que moi non plus, je n'aime personne. Depuis longtemps. Tous deux, on devrait s'entendre. Tu as bien un domicile ?

Zébédée secoua la tête. Il ne parla pas non plus du Grand-Morne.

— Moi j'en ai un, ajouta le barbu. J'habite un château.

L'enfant resta bouche bée. L'homme était plutôt vêtu de guenilles, malgré le petit œillet sauvage piqué à sa boutonnière.

— Un château ?... Comme... domestique ?

— Comme maître, voyons ! Comme seul maître !

— Est-ce loin ?

— Pas très loin. Si tu veux, je t'y conduirai... Tiens, sais-tu comment il est fait ?... Il y a d'abord la salle d'armes. Une grande pièce remplie de soldats. Ce sont eux qui défendent jour et nuit le château contre nos ennemis. Puis, il y a la salle des invités où je fais manger mes amis. Au milieu, une table, une très grande table : on peut y servir cent cinquante personnes en même temps.

— Cent cinquante ? Et qui fait la cuisine ?

— Mes cuisiniers, parbleu. Ensuite, il y a la salle de la reine.

— Quelle reine ?

— La reine d'Angleterre. Je l'ai reçue plusieurs fois chez moi. Nous sommes un peu cousins. Enfin, il y a... il y a...

A ce point de son inventaire, le barbu leva en l'air un doigt prometteur, écarquillant les yeux pour laisser entendre combien ce qu'il allait dire était exorbitant :

— ... il y a, acheva-t-il, la salle des trésors.

— Des trésors !

— Les murs sont incrustés de pierres fines, le sol est couvert de tapis merveilleux, les meubles sont en or et en argent, le plafond en cristal. Et, dans un coin, un coffre grand comme une armoire, rempli de pièces et de billets de toutes tailles.

L'enfant examina l'homme, vit ses genoux à travers ses guenilles et haussa les épaules :

— Tout ça, conclut-il, c'est de la blague. Tu es pauvre.

L'autre éclata de rire :

— Pauvre, moi ? Pauvre, moi ? Premièrement, je peux te montrer tout de suite que j'ai sur moi de l'argent.

Il fouilla dans ses hardes, en sortit une poignée de pièces diverses et plusieurs billets de dix francs, tout chiffonnés.

— Sais-tu, ajouta-t-il, quel est mon titre ? J'ai un royaume et je suis roi.

— Roi ?... Roi de quoi ?

— Roi des fougères. Je règne sur les fougères comme d'autres règnent sur le pétrole ou sur les pneus. Et si tu veux venir dans mon royaume, je te ferai prince. Prince des fougères. Mais avant de te décider, il suffit d'une chose : accompagne-moi et je te ferai entrer dans mon palais.

Alors l'enfant se rappela la prédiction du diseur de bonne aventure : Dieu devait lui envoyer ce jour-là un bonheur qu'il ne fallait pas laisser passer sans le reconnaître. Qui sait si ce barbu n'était pas l'envoyé de Dieu ?

Ils marchèrent dans la forêt en suivant les chemins des lièvres. Au-dessus de leurs têtes, dans les arbres sombres, une pie jacassa : ca... ca... ca... ca... Devant eux, un écureuil occupé à ronger une pomme de pin, dérangé dans sa mastication, grimpa lestement à un arbre en traînant sa queue rousse derrière lui. La forêt n'était pas silencieuse, mais pleine de murmures, de chuchotis, de craquements, de gazouillements.

— Veux-tu qu'on se donne la main ? proposa le Roi des fougères.

— Si tu veux.

Mais leurs paumes étaient chaudes, moites et s'incommodaient l'une l'autre. Ils se contentèrent d'accrocher ensemble leurs deux petits doigts, pour ne pas se perdre. Après une longue marche, ils sortirent de la forêt et se trouvèrent sur un chemin labouré d'ornières. Ils virent un écriteau dont Zébédée put déchiffrer l'inscription :

TERRAIN MILITAIRE. DÉFENSE DE PASSER.

NE RAMASSER AUCUN OBJET DE MÉTAL.

DANGER DE MORT.

— Aucune importance, dit le Roi. L'interdiction n'est pas valable pour nous.

— J'ai soif, dit l'enfant.

— Attends, je connais une source. Ça s'appelle ici un « gargouillou ».

Ils firent un détour, traversèrent des pâturages où paissaient des moutons. Le berger, de loin, les salua du bras.

— C'est un de mes sujets, expliqua le barbu.

Ils arrivèrent enfin devant un creux pareil à une marmite au fond de laquelle un peu d'eau avait l'air de bouillir. Soudain, en son milieu, s'éleva un jet rosâtre d'abord pointu, puis arrondi en forme de parapluie. Il dura environ quinze secondes, puis s'arrêta, tandis que le bouillonnement se poursuivait autour et en dessous.

— Compte jusqu'à quinze, dit le Roi.

— Un, deux, trois, quatre...

Après ces quinze secondes d'absence, le jet de nouveau s'éleva au milieu de la marmite. Il retomba quinze secondes plus tard. C'était le gargouillou.

— Tu peux en boire tout ton soûl.

Zébédée se plaça au-dessus, jambes écartées, et, à la quinzième seconde, il reçut le jet dans la bouche. Son eau était tiède et légèrement piquante. Quand il se fut bien désaltéré, ils reprirent leur marche. Le Roi désigna au loin une montagne arrondie comme un chaudron renversé.

— C'est là-bas que j'habite. Mais il va falloir traverser une route. Ne lâche pas ma main.

Juste au moment où ils atteignaient sa bordure, il y eut une pétarade lointaine, qui très vite se rapprocha. Des motocyclistes parurent, bottés, casqués, vêtus de cuir. Ils précédaient une énorme voiture américaine, une de ces machines basses, dont le capot découvre des fanons de nickel, et qui ressemblent à des baleines ricanantes. A l'intérieur, les deux piétons eurent le temps d'apercevoir un petit vieux à lunettes d'or, affaissé sur les coussins.

— C'est le Roi de Suisse en visite dans la région, expliqua Barbe-Blonde. Je l'ai reçu l'année dernière. Il a beaucoup vieilli.

— Et cette année ?

— Non, cette année, je ne l'invite pas. J'ai pitié de son âge. Il retourne en Suisse. Cette route y mène tout droit.

Ils traversèrent donc l'asphalte avant d'emprunter, de l'autre côté, un autre chemin de lièvres. Derrière eux, dans le ciel de saxe pâle, le puy de Dôme continuait de surveiller leur marche. Ils marchèrent encore. Zébédée commençait de traîner la patte.

— Tiens, dit l'homme, monte sur mon dos.

Il se baissa et l'enfant s'installa sur cette échine large et confortable d'où pendait la bretelle d'une musette, les bras passés autour du cou de son porteur, si bien que sa barbe lui grattait les poings.

— Tu peux t'endormir si tu veux.

— Non. J'ai plus sommeil.

Chaque fois que l'homme lui adressait la parole, il sentait sous lui la voix vibrer dans son échine. Le sentier se fit de plus en plus escarpé. Dans cette posture, c'était un voyage très agréable. On entendait les ronflements d'autres voitures qui couraient sur la route. Le cortège, sans doute, du Roi de Suisse. Mais être porté par un Roi des fougères était un privilège bien plus rare que d'accompagner ce vieux fatigué sur ses coussins.

— C'est où, la Suisse ? demanda Zébédée pour parler aussi un peu.

— Très loin. De l'autre côté des montagnes.

— Aussi loin que la Martinique ?

— Bien plus loin. Sa voiture mettra au moins deux semaines pour arriver.

Encore quelques pas et le porteur déposa son cavalier. Ils se trouvaient devant une cloison faite de planches et de branchages. Le barbu écarta une sorte de porte sans serrure et ils entrèrent dans un trou d'ombre. D'abord, l'enfant ne distingua rien. Ensuite, ses yeux s'étant habitués, il se vit à l'intérieur d'une caverne. Dans un coin, un grabat fait de vieux sacs entassés. Dans un autre, un brasero, il en avait vu de pareils à la Martinique, devant les portes, quand les mères de famille faisaient griller le poisson, ce qui produisait une fumée très épaisse et très nauséabonde. Et puis, çà et là, des caisses, des cartons, des placards.

— C'est ça, ton palais ?

L'homme mit un doigt sur sa bouche, expliqua qu'il fallait le voir au lever du soleil, quand ses rayons pénétraient à l'intérieur et faisaient luire les diamants des parois.

— Et ton royaume ?

Il lui fit retraverser les branchages qui fermaient l'entrée et lui montra, sur les pentes de la montagne, à perte de vue, une étendue de plantes aux feuilles aussi finement découpées que la dentelle.

— Regarde.

— Qu'est-ce que c'est ?

— Des fougères. Mon royaume.

— Et tes soldats ? Et la salle de garde ?

— Ils sont en vacances pour le moment. Mais ne pose pas tant de questions, ça empêche de vivre. Tu dois avoir bien faim. Nous allons faire ensemble notre premier festin.

D'un placard, il tira ce qu'il fallait pour manger : deux assiettes, des fourchettes, du pain, du saucisson, du fromage, une boîte de sardines à l'huile, une de pâté, une bouteille de vin, un berlingot de lait. Avec deux tréteaux et des planches, il dressa au milieu de la caverne une sorte de table et déposa dessus toutes ces richesses. Deux caisses vides furent leurs tabourets.

L'homme servit l'enfant et celui-ci se jeta sur ces nourritures comme le loup sur la chèvre de monsieur Seguin. Il but du lait à même le berlingot. Pendant ces formalités, la nuit était venue. L'homme alluma une lampe de camping qui produisait un léger chuintement et beaucoup de lumière. On put distinguer des creux dans les parois de la caverne qui contenaient toutes sortes de choses.

— Tu dois être bien fatigué. Je te donne mon lit. Moi, je vais chercher des fougères pour en construire un autre à côté. N'essaie pas de sortir : la région est pleine de loups.

Zébédée resta seul, il se prit la tête dans les mains et se mit à songer à sa mère. Il la revit lorsqu'elle rentrait, le soir, après ses lessives chez les femmes riches de Montferrand, et s'écroulait, suffocante, sur un siège. Ses mains étaient toutes plissées ; les paumes, quelquefois, pour avoir trop frotté, saignaient.

Et elle pleurait sur ses mains. Elle pleurait sur son mari qui dépensait son argent avec de mauvaises femmes. Quelles étaient donc ces mauvaises femmes qui coûtaient si cher à fréquenter ? En ce moment, que devait penser Noélise de la disparition de son fils ? Pour elle qui pleurait sur n'importe quoi, il y avait là un formidable prétexte à larmes. L'amour des parents, c'est quelquefois casse-pieds.

Le barbu revint avec une brassée de fougères fraîches. Il les étendit sur le sol à côté du grabat aux sacs.

— Maintenant on dort. Bonne nuit.

5

Il éteignit la lampe de camping. Zébédée s'endormit tout de suite. Mais il eut un cauchemar affreux. Il courait sur la route noire qui va vers la Suisse et, derrière lui, il entendait le halètement de poursuivants. Ils étaient dix, vingt, trente, lancés comme des chiens sur ses talons. Il y avait d'abord sa sœur aînée, Domina, cette grande chèvre, avec ses bras et ses jambes interminables, toujours en fureur parce qu'on lui mangeait sa dot ; les trois suivants, presque aussi enragés ; il y avait son père, Barbe-de-Fer, grimaçant, les coudes au corps, la casquette de travers. De temps en temps, il se retournait vers un gros bonhomme galonné qui s'essoufflait derrière, les pans de sa jaquette volaient au vent ; et, sans cesser de galoper, Pamphile lui lançait une courbette :

— Oui, monsieur l'Inspecteur !... Certainement, monsieur l'Inspecteur !...

Ensuite, venaient le directeur d'école, monsieur Vigouroux ; l'institutrice, madame Bernardini, brandissant sa baguette ; Charlot, brandissant son moulin à tickets et sa sacoche ; Palermo, le barbier, brandissant son rasoir ; l'abbé Chomette, curé du Grand-Morne, avec sa barbe noire en forme de trapèze isocèle, brandissant son aspersoir ; monseigneur l'évêque de Clermont, brandissant sa crosse ; et enfin sa mère, la pauvre Noélise, brandissant ses mains saignantes. Tous ces gens-là voulaient absolument le rattraper, le rendre à la rue des Quatre-Granges, à la règle de trois, au système métrique, aux participes passés. Il voyait leurs doigts crochus tendus vers lui et ils réussissaient réellement à le rejoindre, à l'agripper de toutes parts.

— Fichez-moi la paix ! hurlait-il. Lâchez-moi ! Je ne veux plus de vous ! Je n'aime personne depuis ce matin ! Fichez-moi donc la paix !

Il se réveilla, tout en sueur. Dans l'ombre épaisse, quelqu'un tenait sa main. Un moment, il se demanda où il était. Puis il se rappela.

— Tu as dû faire un mauvais rêve, car tu gémissais en dormant. Il ne faut pas avoir peur dans mon royaume, mon cher fils, car je commande ici à tout ce qui nous entoure : aux fougères, aux arbres, à la pluie, aux vents. Et je te veux du bien. Beaucoup de bien. Ça ne te fait rien que je t'appelle mon fils ?

— Rien du tout.

— Toi, tu n'as plus de famille. Moi, je n'en ai jamais eu. Si tu l'acceptes, tu vas donc devenir mon successeur, mon héritier, avec tous mes pouvoirs. D'accord ?

— D'accord.

— Dès qu'il fera jour, nous procéderons à ton couronnement. Dors encore un peu.

L'enfant se pelotonna sous les sacs qui lui servaient de couvertures. Ils sentaient la farine qu'ils avaient précédemment contenue. Lui, ferma les yeux, mais il ne put retrouver le sommeil. Un peu de jour pénétra dans la caverne. Il entendit que le Roi se levait. Entrouvrant les paupières, il le vit transporter le brasero devant l'ouverture, poser dessus une casserole, craquer une allumette. Il perçut le glouglou d'un liquide versé.

L'homme revint et frappa dans ses mains.

— Debout là-dedans ! cria-t-il joyeusement. Le déjeuner est prêt.

Zébédée s'étira, éberlué de voir ces choses inouïes qu'il n'avait pas remarquées la veille. Il y avait dans la grotte, lui sembla-t-il, tout ce qu'il fallait pour vivre : un jerricane rempli d'eau, des vaisselles ébréchées, des berlingots de lait dans un carton et même des serviettes suspendues à un fil. Sur les planches qui servaient de table, l'homme avait disposé des bols, du sucre, du pain, des couverts. Il versa le lait chaud dans les bols, coupa des tranches dans une couronne de pain :

— Il est un peu rassis. Mais trempé dans le lait il se ramollira. Bon appétit.

Ils mangèrent face à face. Zébédée en profita pour mieux regarder son hôte. Ses longs cheveux lui tombaient sur les épaules. Sa moustache et sa barbe avaient la couleur de la croûte du pain. On eût dit Jésus-Christ, tel qu'il était représenté dans un tableau de l'église du Grand-Morne, assis à une longue table, en compagnie de ses apôtres. Plus il le regardait, et plus cette ressemblance s'imposait à lui. Il voulut en avoir le cœur net :

— Est-ce que, demanda-t-il, tu ne serais pas...

Il n'osait énoncer sa supposition, tellement elle lui semblait incroyable. Pourquoi le Fils de Dieu serait-il venu en Auvergne, pour vivre au milieu d'une grotte et des fougères ?

— Pas qui ? demanda l'homme.

— Est-ce que tu ne serais pas Jésus-Christ ?

Au lieu de répondre oui ou non, au lieu peut-être de se mettre à rire, l'homme sembla réfléchir en se caressant la barbe. Il y eut donc un moment avant sa réponse :

— Est-ce que je ne serais pas Jésus-Christ ?... C'est à considérer. Il se peut que je me trompe ; mais j'ai idée que tous les hommes sont un peu Jésus-Christ lorsqu'on les persécute.

— Persécute ?

— Lorsqu'on leur fait du mal. Jadis, on m'a fait beaucoup de mal.

— Qui ?

— D'autres hommes. Ils m'obligeaient à vivre sous terre. Si bien que je ne voyais presque jamais le soleil. Comme les taupes. C'est pourquoi, un jour, je leur ai échappé et je suis venu habiter ce palais. Inutile de dire combien j'ai gagné au change, puisque à présent me voici Roi des fougères. Si tu veux bien, nous allons procéder à ton couronnement. Suis-moi.

Ils se levèrent. Devant l'entrée, un petit espace plat formait une sorte de parvis. L'homme s'enfonça dans les fougères environnantes, en rapporta une poignée. Il en tressa une sorte d'auréole qu'il disposa sur la tête de son fils. Celui-ci considérait avec émerveillement les lieux et les témoins de cette scène. Les puys violets avec leurs têtes rondes ou évasées. Les villages dispersés, chacun avec son clocher pointu. La plaine lointaine où l'on distinguait une grande ville, sans doute Clermont-Ferrand, sous une vapeur bleuâtre. Les nuages du ciel. Il en descendait un tireli-tireli-tireli des plus gracieux.

— Les alouettes nous disent bonjour, précisa l'homme.

Il disposa le récipiendaire face au puy de Dôme. Puis, armé d'un bâton, il lui en donna une petite tape sur chaque épaule en proférant :

— En vertu des pouvoirs qui me sont conférés par les puissances de la terre et du ciel, je te fais Prince des fougères. Je te confère autorité sur toutes les choses qui t'entourent. Toi et moi en sommes les propriétaires absolus. Tu peux, si tu le veux, garder cette couronne toute la journée.

Zébédée sentait sur sa tête cet étrange poids. Il se promena un peu autour de la grotte afin de bien faire observer aux choses sa dignité nouvelle. Puis il revint et trouva le barbu en plein travail. Il tripotait une casserole en terre et semblait préparer une étrange cuisine. Au bout d'un moment, il lui mit entre les mains un objet brillant et encore chaud.

— Aïe ! Ça brûle !

L'homme se fourra l'objet dans la bouche comme une prune : puis il le cracha, l'essuya de ses haillons et le tendit de nouveau à l'enfant noir. C'était une statuette haute d'une largeur de main représentant un petit bonhomme tout nu et coiffé d'un casque orné de deux petites ailes.

— Qu'est-ce que c'est ?

— Une image de Mercure. Il faut que je t'explique.

Son doigt se tendit vers la tête du puy de Dôme.

— Là-haut, il y a deux mille ans à peu près, les hommes avaient construit un temple. Une sorte d'église carrée, avec des colonnes de pierre et des tuiles en bronze. C'était superbe. Ils y adoraient non point le bon Dieu et son fils Jésus comme dans les églises d'à présent, mais un dieu moins puissant qu'ils appelaient Mercure. Ce dieu se contentait de protéger les voyageurs et les commerçants. On venait de très loin pour lui rendre hommage. On avait même dressé de lui une statue dorée haute de vingt mètres. Les choses ont duré comme ça pendant plusieurs siècles. Ensuite, des hommes sauvages sont venus, se sont emparés de l'or et du bronze, ont démoli le temple. Il en reste de belles ruines que nous monterons voir, un jour, si tu veux bien, tous les deux. Il y a maintenant quelques années, on a fouillé la terre, on a découvert des pièces de monnaie, des bijoux, des agrafes, des statuettes. Bref, des souvenirs de l'ancien temple. Mais tout n'a pas été découvert. Un jour, à quelque distance du sommet, j'ai fait des fouilles personnelles. Et voici ce que j'en ai rapporté. C'est le Trésor !

Il ouvrit une petite caisse, y plongea les mains, en sortit des objets divers, les uns ternes, d'autres brillants, parmi lesquels une image du dieu Mercure toute pareille à celle qu'il avait fait cuire dans sa casserole.

— La mienne est en plomb, expliqua-t-il. Pas en bronze comme celle que j'ai déterrée. Voilà comment je gagne de quoi acheter du pain, des berlingots et tout mon nécessaire. En vendant aux touristes qui viennent nombreux admirer les ruines, ces articles de ma fabrication. Ils les croient authentiques et les paient un bon prix.

— C'est trop brillant ! dit Zébédée, qui raisonnait bien à ses heures. Est-ce qu'ils ne s'aperçoivent pas que c'est tout neuf ?

— Avant de les vendre, je les fais vieillir là-dedans.

Il prit un flacon rempli d'un liquide huileux, en versa dans un verre, plongea dedans le faux Mercure. Aussitôt, celui-ci se couvrit de bulles minuscules et commença de noircir.

— Quand il sera resté vingt-quatre heures là-dedans, il paraîtra avoir deux mille ans d'âge. Mais j'ai bien d'autres articles.

Il lui montra un petit buste d'homme qui était censé représenter l'empereur Auguste. Une médaille entourée d'inscriptions illisibles. Un poisson. Une cigale. Il expliqua sa technique. Le plomb fondait dans un creuset de terre. De là il passait dans un moule dont la forme extérieure était celle d'un flacon ; mais une fois la coulée refroidie, le moule s'ouvrait comme une huître. Il ne restait plus qu'à y cueillir sa perle de métal vil, qu'à l'ébarber de toutes bavures, qu'à la noircir dans le vitriol.

— Et le plomb, où le prends-tu ?

— J'ai mon fournisseur. Un plombier d'Orcines qui me donne de vieux tuyaux pour presque rien. Si tu veux bien, toi et moi, nous travaillerons ensemble et nous gagnerons beaucoup d'argent.

Il entreprit de lui enseigner tout de suite son métier de faussaire. Il lui montra comment il découpait les tuyaux en minces rondelles pour faciliter leur fusion. Comment, à l'aide d'un moule, on fabriquait la statuette ; puis comment, à l'aide de la statuette, on fabriquait un nouveau moule. Zébédée se passionna pour ces travaux et son maître le complimenta de son adresse.

— Plus tard, promit-il, mais beaucoup plus tard, quand tout le monde t'aura oublié, je t'emmènerai avec moi au sommet de la montagne et je t'apprendrai aussi à vendre aux touristes. Les plus faciles à attraper sont les étrangers qui ne comprennent pas le français.

— Et tes soldats en vacances, quand reviennent-ils ?

— Laisse donc tranquilles mes soldats. Ne sommes-nous pas heureux, ici, rien que tous deux ?

— Tu m'avais dit : la salle d'armes...

— Eh bien ! J'ai des armes ! Regarde !

Il fit briller la lame d'un long couteau espagnol. Il s'éloigna de quelques pas, jeta la navaja et celle-ci s'enfonça en vibrant dans la porte de la caverne. Ensuite, il la reprit, la referma, l'essuya soigneusement et la rangea dans sa caisse aux vestiges.

— Tu m'avais dit : la salle des trésors...

— Mais je possède réellement des trésors ! Tu en as vu quelques-uns. Je t'en montrerai d'autres.

— Tu m'avais dit : la salle des invités...

— Eh bien ! Est-ce que je ne t'ai pas invité ? Est-ce que je ne t'ai pas reçu ?

Il lui promena le dos de la main sur une joue. Mais l'enfant boudait :

— Je vois bien que tu m'as trompé. Ton château, ça n'est rien d'autre qu'une caverne ! Il n'y a aucun diamant sur les murs !

— Allons donc ! Tu n'as pas bien regardé.

Ils rentrèrent à l'intérieur et il lui montra de petits fragments de mica qui scintillaient un peu partout. Au terme de cet examen, il lui recommanda de rester bien tranquille dans le palais, de ne pas se montrer au-dehors ; il allait acheter de quoi manger :

— Nous ferons chaque jour festin. Dis-moi ce que tu aimes.

— Les bananes. Les ananas. Les mangues. Le nispéro. La marie-tambour. Le pompoléon. L'avocat.

— Entendu. Je me procurerai tous ces ingrédients.

6

Zébédée resta seul. Il se sentait crasseux. Il aurait aimé prendre un bain dans un baquet, comme il le faisait rue des Quatre-Granges. Son petit frère Oreste trempait en général dans la même eau ; ils jouaient avec leurs membres entremêlés et riaient aux éclats. Un matin, pendant qu'ils étaient occupés à ce débarbouillage, une voisine était venue chercher leur mère pour une besogne urgente. Elles étaient parties en courant, laissant les deux garçons dans leur baquet. Ils y étaient restés jusqu'au retour de Noélise, c'est-à-dire plus d'une heure. De temps en temps, Oreste essayait de se noyer ; mais son frère le repêchait et lui maintenait la tête hors de la flotte.

A la Martinique, c'était bien mieux : on allait se baigner dans la mer. La grand-mère Amandine retroussait ses jupes et entrait dans l'eau jusqu'aux genoux en poussant des cris d'effroi et de plaisir. On voyait les varices plus sombres qui s'enroulaient autour de ses mollets comme des couleuvres. Les enfants se déshabillaient sur le sable. Les filles gardaient leur culotte. Lui possédait un slip de toile que sa mère avait taillé dans un vieux morceau de drap. Et ils barbotaient à qui mieux mieux. Pamphile avait sur l'estomac des touffes de poils qu'on ne soupçonnait pas sous sa chemise. Le grand-père Epiphane nageait comme un poisson en enfonçant la tête ; il revenait haletant, s'allongeait sur la plage. Ses petits-enfants lui demandaient :

— *Ganpè*, tu veux jouer aux tremblements de terre ?

S'il acceptait, c'était une grande joie pour tous. Chacun apportait un peu de sable dans ses mains et on le recouvrait entièrement. Quand il n'était plus qu'une sorte de colline d'où dépassait seulement la tête, on le chevauchait à plaisir, on le foulait, on lui marchait sur le ventre et sur la poitrine. La grand-mère protestait mollement :

— Vous allez l'étouffer !

Mais lui, imperturbable sous son armure de sable, ne remuait ni pied ni patte et ne se plaignait point. Jusqu'au moment où, tout à coup, la montagne se mettait à bouger, à osciller, à tressauter, à se tortiller en tous sens comme la montagne Pelée en 1902, mettant en fuite les gamins qui criaient :

— Le tremblement de terre !... Le tremblement de terre !... Sauve qui peut !

On se lavait encore de tout ce sable. On séchait en bordure de la plage, à l'ombre des palmiers et des flamboyants. Des colibris sans nombre voltigeaient alentour en dessinant le chiffre 8 avec la vibration de leurs ailes. Avant de retourner au Grand-Morne, on s'arrêtait dans un établissement appelé *L'Oiseau bleu*. Au bout de la terrasse, face à la mer, se dressait une hélice d'avion, une hélice véritable, en bois, plus haute qu'un homme.

Théoriquement, elle aurait dû tourner, mais elle ne tournait pas. Elle n'avait d'autre but que de rappeler le voisinage de l'aérodrome. Epiphane commandait de l'eau de créole pour les enfants, qui se confectionne avec les fleurs de mammée ; du punch pour les adultes, aromatisé au citron vert.

Sur les pierres de la terrasse couraient d'énormes fourmis noires, grosses comme des araignées. Les gosses s'amusaient à les bombarder avec des galets. Puis un pick-up se mettait à vomir un torrent de sambas et de biguines. Tout le monde s'empoignait et les dernières fourmis noires étaient écrabouillées. C'était le bonheur intégral. On se demande pourquoi Pamphile Lhasard avait jugé bon de s'exiler pour venir rue des Quatre-Granges.

Assis sur une pierre à l'entrée de la caverne, Zébédée se rappelait ces choses lointaines en contemplant la chaîne des puys. Il se rappelait aussi les odeurs de la Martinique. Celle principalement de la vanille, dont les Européens sont si friands. Celle de la canne à sucre. Odeurs de bonbonnière. Odeurs tellement fortes que, si on l'avait transporté d'un pays à un autre les yeux bandés, il aurait reconnu la Martinique rien qu'en la humant. Il resta ainsi à interroger les souvenirs de ses yeux, de son nez, de ses oreilles pendant sans doute une heure. Au terme de laquelle il vit, suivant le chemin des renards, son ami faussaire qui revenait. Chargé de provisions de toutes sortes.

— Je n'ai pas trouvé de napero, s'excusa-t-il.

— Nispéro !

— ... Pas de nispéro, ni de marie-tambour, ni de napoléon...

— Pompoléon !

— Mais j'ai tout le reste. Et du jambon, et des saucisses, et des cacahuètes, et du *milhar*...

— Qu'est-ce que c'est, le *milhar* ?

— Une sorte de tarte aux cerises. Nous n'aurons pas faim.

Il se mit à cuisiner, en effet, sur le brasero, devant la caverne. A l'école, Zébédée avait appris l'existence des premiers hommes, eux aussi habitants des cavernes, vêtus de peaux de bêtes. Mais il trouvait la sienne bien plus enviable, à cause des cacahuètes et du *milhar*. Ils firent ce jour-là une bombance digne d'un roi et d'un prince.

Quand ils eurent l'estomac garni, l'homme annonça qu'il allait encore s'absenter :

— Je vais vendre mes babioles pour gagner de l'argent. Les touristes montent au sommet du puy de Dôme par cars entiers en cette saison. Tu dois encore rester ici. Au fond du placard de gauche, j'ai quelques livres. Tu peux les lire pour passer le temps. Mais si quelqu'un vient pour te prendre et t'emmener, n'hésite pas à te servir de mon couteau espagnol. Défends-toi. Il ne faut pas ménager ceux qui vous veulent du mal. A ce soir.

De nouveau, Zébédée se trouva seul. Il décida d'explorer la caisse au Trésor.

Il y trouva des fragments de toutes sortes dont certains portaient encore des traces de peintures cuites, noires ou ocre ; une lampe d'argile, des anneaux, une lame mangée par la rouille, une oreille en marbre, des pierres violettes, de nombreuses pièces de monnaie en différents métaux. A côté de ces vestiges anciens, des débris datant d'une époque plus récente : un tube de bois conique qui avait l'air d'une cannelle de tonneau, moins le robinet ; un fond d'assiette portant l'inscription « Sarreguemines » ; un bouchon de radiateur figurant une dame ailée, debout sur un seul pied, les bras tendus en arrière, comme si elle allait réellement s'envoler ; un coude en bronze qui était sans doute un joint de tuyauterie ; un bébé de porcelaine qui avait dû être la fève d'une brioche des rois.

Tels étaient les trésors annoncés. N'importe. Cette nouvelle existence ne manquait pas de charme. Tout était découverte, tout était imprévu. L'ennui, c'est qu'il ne pouvait s'éloigner, par crainte d'être reconnu et ramené à Montferrand.

Il ouvrit les livres du placard-bibliothèque. Pas réellement faits pour son âge : un *Essai sur les volcans d'Auvergne*, par le comte de Montlosier ; des *Souvenirs de l'Orient*, par Louis-Marie-Auguste Demartin du Tyran, comte de Marcellus ; la *Médecine pour tous*, par le docteur Louis Régnier ; la *Course au bonheur, roman d'amour pour les foyers*, de Jules Mary ; *Paul et Virginie*, de Bernardin de Saint-Pierre ; la *République*, de Platon. Il feuilleta ces divers ouvrages, mais n'en trouva aucun à son goût. Il n'aimait que les histoires illustrées, comme *Bibi Fricotin* ou *Les Pieds Nickelés*.

Alors, il entreprit de faire un flûtiau avec une branche de noisetier comme le lui avait montré au Grand-Morne un de ses vingt-neuf cousins. Il y besogna pendant des heures. De telle sorte qu'en revenant du puy de Dôme Barbe-Blonde le trouva dans cette occupation.

— Bonnes affaires, aujourd'hui ! lança-t-il joyeusement. Nous sommes à l'abri du besoin pour plusieurs jours ! Comment as-tu passé ta journée ?

— J'ai visité le Trésor.

— Tu en as parfaitement le droit. Tu es ici chez toi, mon fils. Ensuite ?

— J'ai essayé de lire. Mais ça ne m'intéresse pas. C'est trop difficile. J'ai commencé à faire un flûtiau.

— Fort bien, fort bien.

Le Roi des fougères se remit à cuisiner. Et ils firent une autre bombance ce soir-là. Comme il restait encore du jour dans le ciel, l'homme tira de sa musette un livre tout neuf qu'il avait sans doute acheté ce même après-midi. Un livre avec des illustrations. Et il commença de lire :

— *Il était une fois un gamin d'environ quatorze ans, grand, dégingandé, avec des cheveux blonds comme la filasse. Il n'était pas bon à grand-chose. Dormir et manger étaient ses occupations favorites. Il aimait aussi à jouer de mauvais tours. Un dimanche matin...*

C'était *Le Merveilleux Voyage de Nils Holgersson*, un mauvais sujet avec lequel Zébédée se trouva des points communs. Quand tout le jour se fut évaporé, la lecture s'arrêta.

— Je continuerai demain, promit le barbu.

Ils restèrent côte à côte à considérer le ciel qui s'assombrissait de plus en plus. Dans la plaine, à l'emplacement de Clermont, c'était un lac de lumières, blanches, jaunes, rouges, vertes. Une autre s'était allumée sur la cime du puy. L'enfant songeait au temple qui le couronnait, aux hommes sauvages qui l'avaient détruit. A présent, ce passé se trouvait enfoui sous la terre et sous l'herbe, et la lune qui ne s'étonne de rien baignait la chaîne de montagnes dans le lait bleu de sa clarté. Autour d'elle, à respectueuse distance, il y avait des traînées blanches, des bancs d'étoiles comme il y a des bancs de sardines dans la mer, au large de la Martinique. Il faisait si doux qu'on n'avait pas envie d'aller dormir. Le Roi se mit à chantonner :

Ma mère, pourquoi m'as-tu donné la vie
Si tu ne pouvais me donner le bonheur ?
Ma mère, pourquoi m'as-tu donné la vie,
Si tu ne pouvais me donner l'amour de Sylvie ?...

Sa voix était étrangement tendre et claire. Qui aurait imaginé qu'une telle voix pût sortir d'une telle barbe ? Au loin, des oiseaux gazouillaient, des grenouilles coassaient, des chauves-souris passèrent en froufroutant. Zébédée ne soupçonnait pas que la nuit fût riche de tant de choses. Afin de ne pas être en reste, il chanta une berceuse créole que lui avait serinée longtemps sa grand-mère Amandine :

Pitit dodo !
Manman pati ;
Se papa tou sel
Ki ka vouè misè.
Pitit dodo ! [1]

Comme si elles obéissaient aussi à cette suggestion, ils virent toutes les étoiles glisser vers l'occident, là où le soleil lui-même s'était couché. Seule paraissait demeurer à la même place, juste au-dessus du puy, une étoile isolée, toute rose.

— Pourquoi, demanda le gamin, celle-ci ne s'en va-t-elle pas ?

1. « Fais dodo, mon enfant ! Tu n'as plus de maman ; Papa est tout seul pour regarder la misère. Dors, mon enfant ! »

— Qui sait ?

— J'ai trouvé ! fit Zébédée après un moment de réflexion. Près du temple de Mercure, je vois une autre lumière.

— Oui, celle de l'Hôtel des Dômes.

— L'étoile d'en haut est amoureuse de celle d'en bas. Elle a de la peine à s'éloigner. C'est aussi pour ça qu'elle rougit.

Il savait que les hommes blancs rougissent d'émotion. Pas les Noirs. Eux se contentent d'avoir chaud aux joues. C'était un bien grand honneur pour les deux ou trois maisons construites au sommet du puy de Dôme. Il se demanda s'il existait beaucoup de villes qui pussent se vanter d'avoir une étoile amoureuse d'elles.

Cependant, dépitée sans doute à la fin par l'indifférence de la lueur terrestre, ou lassée de son immobilité, l'étoile rose finit par s'écarter, lentement, à regret.

On entendit, venant du clocher d'Orcines, sonner les douze coups de minuit.

— Mon Prince, dit le Roi des fougères, voici l'heure de votre coucher.

Ils rentrèrent dans la grotte. L'enfant s'étendit sur son grabat et l'homme le couvrit soigneusement de plusieurs sacs qui sentaient la farine. Il s'endormit tout de suite.

7

Le lendemain, ils se levèrent un peu tard.

— Quelle heure est-il ? demanda l'enfant.

— Je n'ai pas de montre. Mais, d'après la position du soleil, il doit être neuf heures, neuf heures et demie.

Le Prince songea que, s'il était resté à Montferrand, il serait à ce moment dans la classe de madame Bernardini, en train d'étudier l'imparfait présenté au futur. A moins que ce ne fût le décalitre et le décamètre. Ou les affluents de la Garonne. Alors qu'ici c'était la récréation perpétuelle. Pas de gronderies, pas de piquet, pas de lignes à copier. Youpiii !

Il déjeuna de bon appétit. Le barbu le prévint qu'il descendait à Orcines acheter de la viande et du pain frais.

— Reste dans le palais autant que tu peux. Et si tu veux sortir prendre le vent, cache-toi au milieu des fougères. N'oublie pas, en cas de besoin, la navaja pour te défendre.

Il partit, sous son grand chapeau noir, avec ses longs cheveux roux qui lui descendaient dans le dos.

Resté seul, Zébédée lut un peu l'histoire de Nils Holgersson. Puis il se remit à son flûtiau. Le plus difficile était de détacher l'écorce du bois. Il fallait la battre avec le manche du couteau jusqu'à ce qu'elle se décollât.

Il y travaillait encore quand le barbu revint. Il apportait des provisions et le journal de la région, *La Montagne*.

— Je crois bien, dit-il, qu'il est question de toi là-dedans. J'y ai même vu ta photo.

En seconde page, en effet, un titre s'étalait sur deux colonnes :

ENLÈVEMENT D'UN JEUNE MONTFERRANDAIS

Depuis deux jours, on est sans nouvelles du petit Zébédée Lhasard, âgé de dix ans, domicilié à Montferrand, rue des Quatre-Granges, d'origine martiniquaise. Son père, Pamphile, est wattman à la TCRC. Cet enfant est le cadet d'une famille de six. Après un voyage effectué en tramway aux côtés de son père sur la ligne Montferrand-Royat, il a soudainement disparu.

On suppose qu'il s'agit d'un enlèvement, bien qu'aucune demande de rançon n'ait encore été formulée. Elle serait d'ailleurs malvenue dans une famille aussi modeste. Quoi qu'il en soit, il a été vu par une gardeuse de chèvres à qui il aurait demandé un peu de lait. Des promeneurs l'auraient aussi remarqué dans les environs d'Orcines, accompagné d'un homme de haute taille, coiffé d'un chapeau sombre, pourvu d'une barbe rousse, d'environ cinquante ans. L'enfant paraissait très fatigué et suivre de mauvais gré son compagnon. On se perd en conjectures sur les motifs de cet enlèvement qui a plongé dans le désespoir une famille montferrandaise. La douleur des parents et des frères et sœurs fait peine à voir. Toutes les recherches entreprises ont été jusqu'ici infructueuses.

On se rappelle un autre enlèvement advenu l'an dernier dans la région de Pontgibaud, dont fut victime une malheureuse fillette retrouvée morte. L'odieux ravisseur n'a pas encore été identifié. S'agit-il du même individu ? Tout est à craindre.

Voici le signalement du jeune disparu : taille 1,40 m, peau noire, cheveux frisés, coiffé d'une casquette de jockey, vêtu d'un pull-over à rayures grises, d'un pantalon bleu marine, chaussé de sandales jaunes éculées. Signe particulier : verrue sur la joue gauche de la grosseur d'un petit pois. Toute personne pouvant fournir des renseignements sur cette affaire est priée de s'adresser aux bureaux de police ou de gendarmerie.

Au centre de ce texte, figurait une photographie de Zébédée, sur laquelle on distinguait nettement le grain de beauté, au milieu de la joue, grâce sans doute à une retouche du photographe.

Cette lecture provoqua une réaction immédiate chez le Roi des fougères : il prit une paire de ciseaux, se coupa la barbe et les moustaches, enleva ce qui restait de poil avec un rasoir. Un homme nouveau apparut à l'enfant. Il ne ressemblait plus à Jésus-Christ, mais à Jean Gabin dans *Pépé le Moko*. Il se raccourcit de même la chevelure autant qu'il put et fit brûler toute cette laine sur le brasero, où elle produisit une odeur de cochon grillé.

— Tu comprends, expliqua-t-il, on ne doit nous reconnaître ni l'un ni l'autre. Je t'ai acheté un short gris et une paire d'espadrilles.

Elles étaient un peu avantageuses. On en garnit la pointe, intérieurement, avec un peu de foin.

— Il faut faire disparaître aussi ta casquette de jockey.

— Je ne veux pas que tu la brûles ! cria l'enfant.

— Pas question ! On la met de côté. Tu la retrouveras plus tard. En attendant, prends ce bonnet.

C'était un bonnet de laine rouge, pareil à ceux dont se coiffent les amateurs de sports d'hiver. Bien que ce n'en fût point la saison, le petit l'accepta sans rechigner.

— L'ennui, ajouta l'homme, c'est la verrue. Il faudrait la faire disparaître. Mais tu n'auras pas ce courage, je le crains. La brûler, par exemple, comme quand on coupe les cornes aux chevreaux.

— Aïe ! fit l'enfant, comme s'il sentait déjà la lame rougie au feu.

— Non, tu n'auras pas ce courage. Seul un homme pourrait le supporter. Et tu n'es qu'un petit garçon. Avec ça sur la joue, c'est comme si tu avais une étiquette portant ton nom : Zébédée Lhasard.

C'était poindre son orgueil de jeune mâle. Après un moment de réflexion, il affirma très fort qu'il supporterait l'opération. Mais il fallait lui laisser un peu de temps pour s'y habituer.

— Je te laisse tout le temps que tu voudras. Mais décide-toi assez vite cependant. Un proverbe auvergnat dit : « Quand faut baiser le cul du chien, tant vaut aujourd'hui que demain. »

Zébédée hésita tout l'après-midi. Pendant ce temps, l'homme faisait fondre du plomb et fabriquait de faux Mercure, de faux Auguste, de fausses pièces gallo-romaines. Quand vint le soir, il dit :

— Je suis prêt.

— Tu es bien sûr ?

— Tout à fait sûr.

— Ferme les yeux. Serre les poings. Serre les dents. Serre les fesses.

L'homme fit chauffer sur le brasero la pointe de sa lame. Quand elle fut pourpre, il l'approcha de la joue de Zébédée allongé sur ses sacs. Il y eut un grésillement. Le vaillant garçon grogna, mais ne cria point. Le barbu fignola son ouvrage, affirmant qu'il devait exterminer la saleté de verrue en profondeur, sinon elle repousserait. Le patient serrait toujours ce qu'on lui avait recommandé. Enfin, ce fut fini.

— Comme tu as été fort ! Jamais je n'aurais cru ça de toi !

Le sang coulait à fil dans le col de la chemise. L'homme alla à l'un de ses placards, revint avec un tampon de ouate et un flacon.

— Je vais te mettre une goutte de teinture d'iode, pour cicatriser.

Zébédée ne s'attendait pas à une aussi brutale agression : la teinture d'iode mordit brusquement la plaie de ses mille dents féroces. Il poussa un hurlement.

Le Roi le prit dans ses bras, tout en maintenant le tampon sur la joue. L'enfant pleurait et gémissait contre sa poitrine. Peu à peu, cependant, la douleur s'atténua, se dilua dans la joue entière, ce qui la rendit plus supportable. Maintenant, il n'avait plus qu'à attendre la cicatrisation.

— Tu es un autre. Tu n'es plus Zébédée Lhasard, mais le Prince des fougères.

8

Un matin, en ouvrant les yeux, il trouva son ami plongé dans une étrange occupation. Assis près de l'ouverture sur une caisse-tabouret, il s'était dépouillé de ses vêtements et les examinait pièce par pièce, loque par loque, avec une attention scrupuleuse.

— Qu'est-ce que tu fais ?

— Il y a de sales petites bêtes là-dedans, qui m'ennuient. Alors, je les cherche.

— Quelles sales petites bêtes ?

— Des poux.

C'était donc ça !

Lui aussi ressentait par moments certaines démangeaisons qu'il n'avait pas su s'expliquer.

— On en écrase quelques-uns. Mais ils ont pondu des œufs, il en naît d'autres, tout est à recommencer. Faudrait les massacrer tous à la fois. C'est embêtant de nourrir toute cette population.

— J'ai une idée. On pourrait aller se baigner, et les poux seraient noyés. Est-ce que la mer est loin ?

— Très loin. Il y a des lacs, mais ils sont trop fréquentés. Et si les poux savent nager ?

— On nagera plus vite qu'eux. Ça fait du bien de se tremper dans l'eau de temps en temps. Je ne me suis plus lavé depuis que j'habite avec toi.

— Je connais, pas loin d'ici, un étang... C'est plutôt une mare, où les moutons vont boire. Mais je crains qu'on nous remarque.

— On pourrait y aller la nuit. Personne ne nous verrait.

Le Roi se laissa convaincre. Zébédée le regardait souvent. Il avait peine à le reconnaître depuis qu'il ressemblait à Jean Gabin, et non plus à Jésus-Christ. Heureusement, sa voix, ses yeux, ses mains, son odeur n'avaient pas changé. Il était bien toujours le Roi des fougères. Ce soir-là, quand l'obscurité fut venue, ils fermèrent la porte du palais et dévalèrent la pente en se tenant par la main, parmi les fougères, les buissons, les genêts.

L'homme voyait dans le noir comme s'il avait eu des yeux de chat. Après une marche longue et difficile, ils perçurent un ruissellement. L'abreuvoir était devant eux, luisant sous la lune, alimenté par une source minuscule. Alentour, l'air sentait le suint et la crotte de brebis. Ils se mirent tout nus et, se donnant toujours la main, ils entrèrent dans l'eau, par petites étapes. Elle noua autour de leurs jambes ses bracelets froids. Lorsque Zébédée en eut jusqu'aux genoux, il refusa de s'enfoncer davantage, malgré les moqueries de son compagnon. Celui-ci lui donna l'exemple et, d'un seul coup, il s'immergea jusqu'au menton. L'enfant finit par l'imiter.

— Couche-toi sur le fond. Il faut bien que tu noies tous les poux. Enfonce aussi la tête, pour ceux qui habitent dans tes cheveux.

Ça, c'était facile. Il l'avait fait cent fois dans la mer, près du Grand-Morne. On y sentait des zones froides se mêler à des zones chaudes. La mare aux moutons, elle, était partout de la même fraîcheur. Le fond était boueux, les pieds s'y enfonçaient avant d'atteindre le dur.

Quand ils eurent assez barboté, ils sortirent et s'ébrouèrent. Puis ils saisirent leurs hardes et les plongèrent à leur tour dans la mare purificatrice. Ils se couchèrent sur l'herbe. Sur eux, l'air avait la légèreté d'un édredon et ils n'auraient pu être mieux que dans cette tenue, la peau ruisselante encore, abluée de sa crasse et de ses parasites. Malgré leurs couleurs naturelles opposées, ils se distinguaient à peine l'un de l'autre, luisants de leur humidité et de leur innocence.

— Ecoute, dit l'homme : cri-cri, cri-cri, cri-cri...

— Qu'est-ce que c'est ?

— Des grillons. Ils pilent du sel dans leur mortier, pour faire leur soupe. Et ça : hou-hou-hououou... Une chouette qui nous a vus et cherche à nous faire peur.

Une fois secs, ils ramassèrent leurs vêtements mouillés et repartirent. Il n'était point nécessaire de s'habiller, car la nuit les couvrait de sa robe.

9

La joue de l'enfant était à présent complètement guérie. De l'ancienne verrue, il ne restait qu'une cicatrice rosâtre, à peine visible. De temps en temps, Jean Gabin rapportait d'Orcines *La Montagne*. On n'y parlait plus de lui. La disparition de ce gosse importait médiocrement aux services de police. Rue des Quatre-Granges, on avait dû se résigner à son absence, qui durait déjà depuis plusieurs semaines. Lui-même s'était habitué à sa nouvelle vie et pour rien au monde il n'aurait voulu reprendre l'ancienne, retourner à Michelet, etc.

Ses cheveux lui poussaient sur la nuque et lui, il commençait à ressembler à Mowgli qu'on voit dans l'album *Le Livre de la jungle*. Sa jungle était le Royaume des fougères. Il y avait aussi fait la connaissance de plusieurs autres habitants. Des lapins de garenne qui le considéraient de loin, assis sur leur derrière, en remuant les oreilles en signe de sympathie. Des hérissons qui sortaient au crépuscule et se promenaient sans crainte autour du palais. Des mulots au ventre blanc. Des sangliers qui passaient en courant, avec leurs marcassins rayés de jaune. Des escargots, des hannetons, des cerfs-volants, des scarabées émaillés, des sauterelles vertes.

Il aidait l'homme dans ses travaux et dans sa cuisine. Maintenant qu'il n'avait plus aucune obligation de lire, comme à Michelet, il prenait plaisir à mettre le nez de temps en temps dans l'histoire de Nils Holgersson. Il en était au point où il se fait enlever par les corneilles. Lorsqu'il ne comprenait pas un certain mot, il le demandait à son compagnon, qui était un vrai dictionnaire vivant. Un jour, il lui posa une question embarrassante :

— Avant d'être Roi des fougères, qu'est-ce que tu étais ?

— Un esclave.

— Un esclave de qui ?

— De tous ceux qui ont l'habitude de commander : la police, l'administration, les médecins, les généraux, les capitaines, les contrôleurs, les inspecteurs...

— Ah ! Les inspecteurs ! Je connais !

Il se rappela celui qui avait humilié Pamphile dans son tramway. Son père aussi était un esclave. Mais il n'avait pas eu le courage de Barbe-Blonde.

— Autrefois, figure-toi que je travaillais dans une mine.

— De diamants ?

— De charbon.

— Tu étais mineur ?

— Non, gouverneur. Chef, si tu préfères. J'avais sous mes ordres les mineurs, qui étaient mes esclaves. Eux avaient comme esclaves les chevaux. Moi, j'étais esclave des directeurs de la compagnie, qui me disaient sans cesse : « En bas, ça ne va pas. Il faut augmenter le rendement. Si vous n'êtes pas capable d'obtenir cette augmentation, on vous balance. » On était tous les esclaves les uns des autres. Même les patrons, tout en haut, esclaves de la concurrence, esclaves de l'argent. Un jour, j'ai soulevé mon chapeau en disant : « Au revoir, messieurs ! » Et je suis venu me retirer en Auvergne, où personne ne me commande. Où je suis Roi des fougères. Libre de mes mouvements, de mes envies, de mes pensées. Voilà, mon Prince. Ai-je bien répondu ?

10

— J'en ai marre, dit un jour Zébédée, de rester dans ce trou. Moi aussi, je voudrais faire du tourisme. Emmène-moi avec toi quand tu montes là-haut. Avec mon bonnet rouge et mon short gris, personne ne me reconnaîtra.

— Tu as oublié une chose : tu es noir. Un enfant noir en compagnie d'un adulte blanc, ça se remarque.

— Eh bien, blanchis-moi !

— Avec quoi ?

En guise de réponse, l'enfant lui chanta la moquerie que les élèves de Michelet lui servaient journellement :

Une négresse qui buvait du lait.
Ah ! se dit-elle, si je le pouvais !
Tremper ma figure dans un bol de lait !
Je serais plus blanche que tous les Français.

— Ça ne tiendra pas, dit Jean Gabin.

— On peut bien essayer.

— Essayons.

Il vida le contenu d'un berlingot dans un saladier. L'enfant y trempa sa figure et s'enduisit de lait le front, le cou, les oreilles. L'homme lui approcha un miroir, car il possédait aussi cet objet dans son attirail. Le petit s'y regarda. Et aussitôt de s'écrier joyeusement :

— Ça y est ! Je suis blanc !

— Attends que ça sèche.

Mais, au lieu de sécher, le lait lui coulait sur les sourcils, sur les joues, sur le menton et jusque sur la poitrine. Devant ce désastre, ses larmes se mirent à couler aussi, se mêlant à l'autre liqueur, ce qui accentuait le lessivage. Jamais sa figure ne lui était apparue d'un noir plus noir, plus verni, pareil aux chaussures de monsieur Vigouroux, le directeur de Michelet. Avec désespoir, il comprit qu'il porterait toute sa vie cette couleur dont, cependant, il n'avait pas souffert jusqu'alors. L'homme essuya toute cette eau avec ses mains, car il n'employait pas le mouchoir, et lui colla sur chaque joue deux baisers bien sonores. Deux « ti bos », comme on dit à la Martinique.

— J'ai un moyen, fit-il ensuite. Je te fabrique un masque de carnaval. Ce n'est pas le moment. Mais les touristes ne s'étonneront pas qu'un gamin se déguise en dehors de la saison.

Il s'y employa, tailla dans un carton une figure de Chinois, avec une peau jaune, des paupières obliques, de longues moustaches, et un petit trou pour laisser passer le nez. Quand il se vit ainsi affublé, Zébédée éclata de rire.

— Et mes mains ?

— Je te ferai une paire de gants.

Quelques jours plus tard, en suivant le chemin des ânes, ils montèrent ensemble au sommet du puy pour faire du commerce et du tourisme. L'ascension était rude, mais affriolante, à cause de tous ces blocs de pierre, de ces troncs d'arbres qui encombraient le chemin et qu'il fallait escalader. Dire qu'autrefois des bœufs, des chars, des chevaux, des carrosses l'avaient emprunté, avant que ne fût ouverte la route réservée aux automobiles ! Elles étaient nombreuses au sommet, en cette période de vacances estivales.

Ils se mirent à la recherche de l'étranger, qu'ils reconnaissaient de loin à l'appareil photographique en bandoulière, à son langage exotique, à ses regards extasiés, à son air de chien de chasse toujours reniflant. L'enfant masqué se laissait complaisamment tirer le portrait, il était devenu une curiosité au même titre que les ruines du temple. Pendant ce temps, Jean Gabin proposait sa camelote gallo-romaine, non sans succès.

Vue de là-haut, l'Auvergne était d'une beauté incomparable, avec tous ces volcans alignés comme une caravane de dromadaires. Et les sommets lointains que le barbu connaissait par leur nom et leur prénom, ainsi que de vieux amis : le Pariou, c'est-à-dire le Pareil ; le Louchadière, c'est-à-dire le Fauteuil ; le Chaudron, alias le Sarcoui, c'est-à-dire le Cercueil, parce que les anciens habitants fabriquaient des sarcophages avec sa substance ; plus près, le Nid de la poule, le Grand Suchet, le Petit Suchet. Il en avait plein la tête.

Le spectacle était si magnifique qu'ils se laissèrent surprendre par le crépuscule. Car il faisait encore jour sur le sommet alors que ses pieds trempaient déjà dans les ténèbres.

Ils redescendirent par le même chemin dont la faible blancheur les guidait. Jean Gabin cita un autre proverbe auvergnat : « Celui qui monte a tous les diables qui le retiennent. Celui qui descend a tous les saints qui le poussent au derrière. »

Et c'était la parfaite vérité. Sur cette pente vertigineuse, Zébédée se sentait des ailes. Quoi qu'il n'en eût plus aucun besoin, il avait gardé son masque chinois sur la figure, car il aimait à se sentir un autre, peu satisfait de ce qu'il était réellement.

— Va doucement ! criait Jean Gabin.

Mais lui, malgré la poussée des saints, n'arrivait pas à le suivre. Et soudain, ce fut le malheur. D'abord, il entendit un cri. Un hurlement de douleur. Le Roi aussi s'élança, trébuchant sur ces maudites pierres.

— Qu'est-ce qu'il y a, mon fils ? Qu'est-ce qu'il y a ?

Le petit ne répondait que par des sanglots. Il le trouva par terre, couché en chien de fusil, tenant à deux mains sa jambe droite repliée.

— Aïe ! Aïe !... Mon genou ! Aïe ! Aïe !

— Montre ! Enlève tes mains.

Mais on ne voyait pas grand-chose, dans cette lueur crépusculaire, excepté une meurtrissure humide de sang. Il essaya de faire bouger cette jambe ; mais chaque mouvement provoquait un crescendo de gémissements. En le soutenant, il mit quand même l'enfant debout :

— Essaye de marcher un peu.

Zébédée se leva difficilement, se tint debout sur une seule jambe, comme un héron. Il osa faire un premier pas... un second... avec le plus grand mal. Il fallait pourtant regagner leur palais des fougères, et la distance était longue.

— C'est bon, dit le Roi en s'accroupissant. Monte sur mon dos.

C'était la seconde fois qu'il lui offrait ce transport. Ainsi attelés l'un à l'autre, ils redescendirent le chemin des ânes. Puis ils empruntèrent les sentiers qui, à travers les bois, devaient les ramener chez eux. De temps en temps, le Roi demandait :

— Tu as toujours aussi mal ?

— Aïe ! Aïe !

— Tu ne veux pas essayer de marcher un peu ?

— Non, non.

Quand ils furent à peu près à mi-chemin, Jean Gabin le déposa, cependant, sur un talus d'herbe, disant qu'il devait un peu reprendre son souffle.

Ensuite, ils repartirent. Oubliant sa douleur, Zébédée finit par s'endormir, la tête sur l'épaule de son porteur. Celui-ci progressait à pas élastiques, pour faire durer cette anesthésie. La lune, qui s'était levée, éclairait leur chemin.

Lorsque, après avoir gravi la dernière grimpette, ils arrivèrent à la caverne, l'homme remarqua juste devant sa porte un minuscule point lumineux, verdâtre, qui gênait le passage. « En voilà une autre ! » pensa-t-il avec colère. Puis, s'adressant au ver luisant, il commanda :

— Enlève-toi de là ! Tu vois bien que je suis chargé ! Oserais-tu t'opposer au Roi des fougères ?

Mais le feu blême, qui devait être républicain, ne s'écarta pas d'une ligne. Si bien que le porteur dut réveiller son cavalier, le déposer sur le parvis avec de grands gémissements et occuper ses deux mains à ouvrir la porte, car la fermeture en était compliquée. Tout cela en prenant bien garde de ne pas poser une semelle sur ce casse-pieds de ver luisant.

Quand le blessé fut étendu sur son grabat, Jean Gabin alluma la lampe de camping et put mieux examiner le genou. Ce n'était pas beau à voir. Une espèce de marmelade rouge couvrait la rotule. Le sang avait coulé le long du mollet, il le lava avec un tampon de ouate et l'eau du jerricane. Puis il prétendit mettre dessus un peu de teinture d'iode.

— Non, non ! cria l'enfant. Ça cuit trop !

Il fallut y renoncer, se contenter d'un peu d'huile et d'un pansement grossier. Après quoi, l'homme entreprit de faire un peu de cuisine. L'enfant voulut bien se lever ; mais il se contenta d'un demi-bol de soupe et regagna sa couche.

— Essaye de dormir.

Ils passèrent une autre nuit côte à côte. Le petit geignait fréquemment.

Le lendemain, à la lumière du jour, on constata que le genou était enflé et la jambe toute raide. Zébédée se la grattait jusqu'à la cheville et prétendait qu'elle était pleine de fourmis.

— Aïe ! Aïe ! Que de fourmis ! Elles vont me dévorer !

— Non, non, ne t'inquiète pas. C'est le sang qui circule, qui apporte la guérison dans tous les coins de ta chair. En attendant, il te faut manger un peu. Ça te donnera des forces.

Il avait fait réchauffer le reste de soupe et le lui présenta cuillerée par cuillerée. Ça ne voulait pas descendre. L'homme ouvrit la porte du palais et regarda le ciel pour lui demander conseil. Mais il s'était couvert d'une épaisse couche de nuages charbonneux ; il n'en descendit aucune réponse.

Il regarda par terre et distingua, parmi les pierres, le ver luisant républicain. Il avait éteint son feu blême et n'était plus qu'une grosse punaise grise à l'échine côtelée.

— C'est toi, dit l'homme avec mépris, qui prétendais me barrer la route hier soir ? Ne sais-tu pas que je transportais le Prince des fougères ?

Puis il l'enjamba et s'en alla tomber de l'eau comme un roturier parmi les genêts.

Quand il revint, le blessé s'était rendormi. Il resta près de lui en marmottant des paroles cabalistiques qui devaient faciliter la guérison. Or, avant qu'il fût au bout de sa prière, l'enfant se réveilla en sursaut :

— Aïe ! cria-t-il. Un coup de poignard !

— Où ça ?

— Là... dans le ventre... Aïe ! un autre... Oh ! que j'ai mal !

— Chut, mon fils !... Ne parle pas... Chut, mon Prince ! Dors encore. Demain tu iras mieux.

Tout le jour se passa ainsi, et toute la nuit suivante. A l'aube, le blessé se mit à pleurer :

— Je vais mourir, c'est sûr... Je sens que je vais mourir...

— Tu ne mourras point si tu te laisses mettre la teinture d'iode. C'est un remède qui réussit très bien.

— D'accord.

La jambe était maintenant enflée de la cheville jusqu'au ventre. Il vida tout le flacon sur la plaie. Il s'attendait à des hurlements ; mais l'enfant ne tressaillit même pas.

— Est-ce que ça te brûle ?

— Je ne sens rien.

Cependant, un moment après, il se reprit à gémir :

— Coupe-moi cette jambe !... Prends ton couteau et coupe-moi cette jambe !

Le plein jour arriva. L'homme sortit en disant :

— Je vais jusqu'à Orcines chercher un médecin.

Il partit, resta absent un très long moment, laissant Zébédée se débattre avec son mal sous ses sacs qui sentaient la farine.

Quand il revint, il annonça que le docteur n'était pas chez lui, que sa femme le leur enverrait dès son retour. Il avait dû dessiner sur un papier le chemin à suivre pour atteindre la caverne. Cependant, la matinée s'écoula tout entière sans que personne ne parût. A chaque instant, le blessé gémissait, l'homme sortait, puis revenait avec un geste désolé.

Un peu avant midi au soleil, ils entendirent tousser. Jean Gabin se précipita :

— C'est lui ! cria-t-il du dehors.

Un petit homme au visage renfrogné entra, portant une serviette.

— Qu'est-ce que c'est que cet antre ? s'écria-t-il tout de suite. On peut vivre là-dedans ?

— On vit très bien, docteur, répondit le Roi. Malheureusement, mon fils a eu un accident.

— Nous allons voir ça.

Des yeux, il chercha un coin propre pour poser son chapeau, n'en trouva point et le remit sur sa tête. Ensuite, il s'approcha du blessé, le regarda avec surprise, regarda Jean Gabin.

— Votre fils ?

— Mon fils adoptif.

Il sortit ses instruments de la trousse, nettoya la plaie, indifférent aux cris de l'enfant. Après quoi, il fit une piqûre et enveloppa le genou d'un pansement propre.

— Je reviendrai demain, conclut-il. Mais je crains bien qu'il ne faille l'emporter à l'hôpital.

— Qu'est-ce que je vous dois, docteur ? demanda l'homme.

— Vous êtes inscrit à la Sécurité sociale ?

— Non. Nous sommes du monde à part.

— On en reparlera demain.

Et il s'en alla sans poser d'autre question.

Le blessé passa une nuit plus tranquille. Jean Gabin, que l'angoisse empêchait de dormir, resta des heures devant la porte. A regarder le ciel dont les nuées sombres s'étaient dissipées, laissant paraître les étoiles. Le ver luisant avait rallumé son lampion. Le Roi marmotta d'autres prières cabalistiques. A l'aube, la jambe allait nettement mieux. L'enflure avait diminué. Le médecin revint avant midi. Il fit une seconde piqûre et ne prononça plus le mot « hôpital ». De nouveau, le Roi parla de le payer.

— Vous avez de l'argent ?

— Un peu. Mais, si vous préférez, je puis vous donner aussi quelque chose de mieux. Un souvenir.

— Quel genre de souvenir ?

Le Roi se dirigea vers le fond de la caverne, creusa dans le sol de pouzzolane avec ses mains nues, retira du trou un objet enveloppé d'étoffe. C'était, comme le petit Mercure, une statuette haute d'une largeur de main. Elle représentait une femme enveloppée de longs voiles, les oreilles cachées sous deux ornements circulaires, pareils à des tambours basques, la poitrine couverte d'un pectoral en forme de tortue ; sur le bras gauche, elle soutenait une colombe. Elle luisait faiblement dans la pénombre.

— Où avez-vous pris ça ? demanda le médecin, stupéfait.

— C'est la plus belle pièce de mon Trésor, dit le Roi en posant un doigt sur sa bouche. Elle est en argent.

— Non. C'est trop.

— Ce n'est pas trop pour la vie de mon fils.

— La vie, la mort, on ne sait pas ce que ça vaut.

Il haussa les épaules et s'en alla sans être payé.

11

Zébédée retrouva ses forces et son appétit. Sa jambe était encore raide, mais il pouvait marcher sans trop d'effort. Le masque chinois s'était perdu dans l'accident. L'homme lui fit un masque de pirate, avec un bandeau sur l'œil et des moustaches terrifiantes. Bientôt, ils pourraient sortir ensemble de nouveau et faire du tourisme. Ils n'en eurent pas le temps.

Trois jours plus tard, en effet, alors qu'ils préparaient leur fricot sur le parvis de la caverne, ils entendirent des voix venant de la vallée. Les voix de plusieurs hommes. Le Roi mit la main sur ses yeux, aiguisa son regard et s'écria :

— Les gendarmes ! Cache-toi ! Maudit médecin ! Il a trop parlé !

Zébédée se précipita tout au fond de la grotte, tandis que le Roi restait devant la porte, continuant de souffler sur le brasero pour donner le change.

Après quelques instants, les voix se rapprochèrent. Six gendarmes sortirent des fougères et entourèrent le Roi, en braquant leurs armes sur lui comme sur un dangereux malfaiteur.

— Les mains en l'air ! cria leur chef.

Jean Gabin obéit. Alors, on vit jaillir de la grotte un petit démon muni d'une lame brillante, celle de la navaja.

Il se plaça devant l'homme pour lui faire un rempart de son corps, en pointant le couteau vers les gendarmes.

— Pose ce joujou, gamin, dit l'officier. Nous ne ferons aucun mal à ton ravisseur. Nous allons simplement l'emmener pour l'interroger. Et toi avec. Tu es bien le petit Zébédée Lhasard ?

Comment le nier ? Les gendarmes savent tout. Il se laissa désarmer tandis que les autres passaient les menottes au Roi des fougères.

Ainsi escortés, ils redescendirent par le sentier des renards jusqu'à deux fourgonnettes bleues qui les attendaient. L'homme fut introduit dans la première, l'enfant dans la seconde. Il s'y trouva en compagnie de deux gendarmes. Elle se mit bientôt en route vers une destination inconnue.

— Bonjour, Zébédée, dit un des deux gardiens avec un sourire à trois francs cinquante. Nous sommes venus te délivrer et te rendre à ta famille.

L'enfant ne desserra pas les dents. Mais un peu plus tard, il retrouva son Roi dans le local de la gendarmerie où il allait subir l'interrogatoire promis.

— Quel est ton nom ? demanda le chef, s'adressant à l'homme.

— Mon nom ? Je l'ai oublié.

— On n'oublie pas son nom, sauf en cas d'amnésie. Ton âge ?

— Je ne m'en souviens pas non plus.

— Montre-nous tes papiers d'identité.
— Je les ai brûlés, il y a longtemps.
— Où es-tu né ?
— Dans le ventre de ma mère.
— Tu te fous de nous, n'est-ce pas ?

Le Roi haussa les épaules, dédaigneusement. Renonçant provisoirement à rien tirer de lui, un autre gendarme se tourna vers Zébédée :

— Cet homme est bien ton ravisseur, n'est-ce pas ?
— Mon... ravisseur ?
— C'est bien lui qui t'a enlevé ? Comment a-t-il fait ?
— Il m'a porté sur ses épaules.
— Je note... Ensuite, qu'est-ce qu'il t'a fait ?
— Il m'a fait... il m'a fait un masque chinois et un masque de pirate.
— Je veux dire : quelles sortes de misère t'a-t-il fait subir ?
— Des misères ?... Pas de misères... Il était toujours très gentil. Quand je suis tombé, il est allé chercher un médecin.

Le chef intervint pour expliquer que la crainte empêchait la victime de parler librement. A moins que celle-ci ne fût atteinte par le syndrome de Mandrin qui pousse les otages à dire du bien de leur ravisseur ; voire, quand il s'agit de personnes du sexe féminin, à tomber amoureuses de lui.

On emmena donc l'enfant dans une autre pièce ; on lui répéta les mêmes questions ; il fit les mêmes réponses. Les gendarmes parurent ébranlés, ils ne lui permirent pas cependant de revoir son Roi des fougères.

— Tu dois mourir de faim, supposa le chef. Que veux-tu qu'on t'apporte ?

— Rien. Rien du tout.

Comme il avait marié sa fille quelques jours plus tôt, le chef de gendarmerie atteignit une boîte de dragées, l'ouvrit, la lui présenta. L'enfant en prit une, pensant que cela faisait partie de ses obligations.

— Prends-en une autre.

Il en prit une autre.

— Mange-les.

Il les mit dans sa bouche. Soudain il vit paraître devant lui son père, Barbe-de-Fer, en uniforme de wattman, qu'on était allé chercher.

— C'est bien lui ! s'écria Pamphile, se jetant sur son fils, le couvrant de gros baisers. Et l'autre, le ravisseur, où est-il ? Laissez-le-moi, messieurs les gendarmes, que je lui arrache les yeux et le reste !

— Nous nous en occupons, le rassura le chef.

— Et le cartable du petit ? Qu'est-ce qu'il en a fait, ce voyou ? Faudra qu'il le rende ou qu'il le rembourse !

Tout à coup, la bouche encore pleine de dragées, on vit le gamin fondre en larmes. Des larmes grosses comme des noisettes.

— C'est la joie qui le fait pleurer ! s'écria le père. La joie de m'avoir retrouvé !

Un taxi attendait devant la porte. Il les ramena à Montferrand.

Rue des Quatre-Granges, un rassemblement s'était formé devant leur porte. Les voisins félicitaient Barbe-de-Fer. Zébédée pleurait encore, inépuisablement.

— C'est la joie de l'enfant prodigue qui rentre dans sa famille ! expliquait le wattman.

Alors la mère, Noélise, parut à son tour. Elle n'ouvrit pas les bras, car elle portait le petit Oreste. Elle le tendit au grand frère retrouvé. Le nourrisson bavait comme une grenouille et riait de la bouche, du nez, des yeux, de ses dix doigts écarquillés. Le grand frère le prit et le serra contre sa poitrine.

DU MÊME AUTEUR

Romans

Le Chien du Seigneur (Plon, 1952).
Les Mauvais Pauvres (Plon, 1954).
Les Convoités (Gallimard, 1955).
L'Immeuble Taub (Gallimard, 1956 — Bartillat, 2001).
Le Fils de Tiberio Pulci (Laffont, 1959) ou *La Combinazione* (Julliard, 1988).
La Foi et la Montagne (Laffont, 1962).
Le Péché d'Ecarlate (Laffont, 1966).
Des chiens vivants (Julliard, 1967).
La Garance (Julliard, 1968 — AEDIS, 2000).
Une pomme oubliée (Julliard, 1969).
Le Point de suspension (Gallimard, 1969).
Un front de marbre (Julliard, 1970).
Le Voleur de coloquintes (Julliard, 1972).
Un temps pour lancer des pierres (Julliard, 1974).
Le Tilleul du soir (Julliard, 1975).
Le Tour du doigt (Julliard, 1977).
Les Ventres jaunes (Julliard, 1979).
La Bonne Rosée (Julliard, 1980).

Les Permissions de mai (Julliard, 1981).
Le Pays oublié (Hachette, 1982).
La Noël aux prunes (Julliard, 1983).
Les Bons Dieux (Julliard, 1984).
Avec flûte obligée (Julliard, 1986).
La Dame aux ronces (Presses de la Cité, 1989).
Juste avant l'aube (Presses de la Cité, 1990).
Un parrain de cendre (Presses de la Cité, 1991).
Le Jardin de Mercure (Presses de la Cité, 1992).
L'Impossible Pendu de Toulouse (Fleuve noir, 1992).
Gens d'Auvergne (Omnibus, 1992).
Y a pas d'bon Dieu (Presses de la Cité, 1993).
La Soupe à la fourchette (Presses de la Cité, 1994).
Un lit d'aubépine (Presses de la Cité, 1995).
Suite auvergnate (Omnibus, 1995).
La Maîtresse au piquet (Presses de la Cité, 1996).
Le Saintier (Presses de la Cité, 1997).
Le Faucheur d'ombres (France Loisirs, 1998).
Le Grillon vert (Presses de la Cité, 1998).
La Fille aux orages (Presses de la Cité, 1999).
Un souper de neige (Presses de la Cité, 2000).
Auvergne encore (Omnibus, 2000).
Les Puysatiers (Presses de la Cité, 2001).
Dans le secret des roseaux (Presses de la Cité, 2002).

Biographies

Hervé Bazin (Gallimard, 1962).
Sidoine Apollinaire (Volcans, 1963).
Pascal l'insoumis (Perrin, 1988).
Les Montgolfier (Perrin, 1990).
Qui t'a fait prince ? (Laffont, 1997).

Histoire

La Vie quotidienne dans le Massif central au XIXe siècle (Hachette, 1971).
Histoire de l'Auvergne (Hachette, 1974).
La Vie quotidienne contemporaine en Italie (Hachette, 1973).
Les Grandes Heures de l'Auvergne (Perrin, 1977).
La Vie quotidienne des immigrés en France de 1919 à nos jours (Hachette, 1984).
Le Pape ami du diable et autres histoires mystérieuses (Le Rocher, 2000).

Essais

Les Greffeurs d'orties (La Palatine, 1958).
Grands Mystiques (Pierre Waleffe, 1967).
Solarama Auvergne (Solar, 1972).

Albums

L'Auvergne que j'aime (SUN, 1973).
Drailles et burons d'Aubrac (Le Chêne, 1980).
L'Auvergne et le Massif central d'hier et de demain (Ed. Universitaires, 1981).
Clermont-Ferrand d'autrefois (Horvath, 1981).
Clermont-Ferrand fille du feu (Xavier Lejeune, 1990).
Les Auvergnats (La Martinière).
Mémoires d'Auvergne (De Borée, 1991).
L'Auvergne vue du ciel (De Borée, 1993).
Trésors de bouche (De Borée, 1996).
Mon beau-pays la Haute-Loire (De Borée, 1998).
Aux sources de mes jours (Presses de la Cité, 2002).

Divertissements

Célébration de la Chèvre (Robert Morel, 1970 — Annie Coralli, 1997 — AEDIS, 2002).
Riez pour nous (Robert Morel, 1971).
Cent Clés pour comprendre le feu (Robert Morel, 1973).
Les Zigzags de Zacharie (CREER, 1978).
Jean Anglade raconte (Le Cercle d'Or, 1975).
Fables omnibus (Julliard, 1981).
Mes montagnes brûlées (A.C.E., 1985) ou *Le Pain de Lamirand* (De Borée-Coralli, 2000).
L'Auvergnat et son histoire, B.D. (Horvath).
Confidences auvergnates (De Bartillat, 1993).
L'Auvergne aux tisons (Coralli, 1994).
Auvergnateries (Canope, 1994).
La Bête et le Bon Dieu (Presses de la Cité, 1996).
Le Faon sans héritage (AEDIS, 1996).
Abécédaire auvergnat (Coralli, 1997).

Traductions de l'italien

Le Prince, de Machiavel (Le Livre de Poche).
Le Décaméron, de Boccace (Le Livre de Poche).
Les Fioretti de saint François d'Assise (Le Livre de Poche).
Le Convoi du Brenner, de Ruggero Zangrandi (R. Laffont).
La Religieuse de Monza, de Mario Mazzucchelli (R. Laffont).

Poésie

Chants de guerre et de paix (Le Sol Clair, 1945).

Théâtre

Le Cousin des îles (scénario en trois temps, d'après *Les Bons Dieux*).

Films

Une pomme oubliée (réalisation de Jean-Paul Carrère).
Les Mains au dos (réalisation de Patricia Valeix).

Cassettes C.D.

Contes et légendes d'Auvergne (Nathan).
Si Lempdes m'était chanté, musique de Patrick Brun (Mairie de Lempdes, Puy-de-Dôme).

Vidéocassettes

Mémoires d'Auvergne (Films Montparnasse).
Le Tour de France des métiers, en Auvergne (BETA production).

Impression réalisée sur CAMERON par

BUSSIÈRE CAMEDAN IMPRIMERIES

GROUPE CPI

à Saint-Amand-Montrond (Cher)
en mai 2003

Édition exclusivement réservée
aux adhérents du Club
Le Grand Livre du Mois
15, rue des Sablons
75116 Paris
réalisée avec l'autorisation des Éditions Presses de la Cité
ISBN : 2-7028-8475-X

N° d'impression : 032445/1.
Dépôt légal : juin 2003.
Imprimé en France